KB090218

멸망 지구학 클럽

WARERA METSUBO CHIKYUGAKU KURABU © 2021 SHOGO MUKAI
Original Japanese edition published by Gentosha, Inc., Tokyo, Japan
Korean edition published by arrangement with Gentosha, Inc.,
through Japan Creative Agency Inc., Tokyo and BC Agency, Seoul

D-110, 죽기 전에 할 일 찾기

멸망
지구학
클럽

무카이 쇼고 지음
고향옥 옮김

팀

목차

일러두기
본문의 각주는 모두 옮긴이 주입니다.

화성의 저녁노을은
붉지 않다

"후지모토 선생님? 어제부터 출근하지 않았어."

"아……, 네. 감기라도 걸리신 건가요?"

"그건 아니고……."

"그럼, 실종되신 건가요?"

"아마도."

담임인 오사코 선생님의 대답에 까까머리 고등학생 덴도 아오는 생물 교과서를 손에 든 채로 입술을 일그러뜨렸다. 실종. 조짐이 전혀 없었던 건 아니었다. 슬슬 문제가 터지지 않을까 싶은 느낌은 있었다. 그래서인지 생각보다는 당혹스럽지 않았다. 그렇다, 생각보다는.

아오는 교무실을 둘러보았다. 선생님들 네다섯이 맞대어

놓은 책상에 앉아서 뭔가를 쓰고 있다. 후지모토 선생님의 책상은 며칠 전에 봤을 때나 다름없이 책이며 서류 들이 비죽비죽 피어난 버섯처럼 정리되지 않은 채로 쌓여 있지만…… 머지않아 누군가의 손에 의해 정리되어 다른 실종자의 책상과 마찬가지로 그저 짐을 올려 두는 곳으로 전락할 것이다. 그것이 사흘 후일지, 한 달 후일지는 모르지만.

아오는 다시 머리가 희끗희끗한 담임 선생님에게로 돌아섰다.

"지난번 수업이 끝난 뒤에 후지모토 선생님께 질문을 했거든요."

"다음 시간부터는 고스게 선생님이 생물까지 가르칠 거다. 그 선생님은 전공이 화학이지만 생물도 잘 알거든."

"네, 알겠습니다. 그럼 다음에 고스게 선생님께 물어보겠습니다."

아오는 그렇게 대답하고 발길을 돌렸다. 삐걱거리는 출입문을 열었다 다시 닫고(한낱 문에 불과할지라도 나이가 들면 인간에게 반항하는 법을 익히는 모양이다.) 교무실을 나왔다. 대낮인데도 불 꺼진 복도는 어두컴컴했다. 아오는 나지막이 한숨을 내뱉었다.

선생님 한 명이 또 직장을 내팽개치고 사라졌다. 편하게 상담할 수 있고, 의지할 수 있는 형 같은 선생님이었던 만큼 섭

섭함이 컸다. 후지모토 선생님에게 배울 게 많았는데, 이제 공부 방법을 다시 생각해야 한다.

아오는 창 너머로 운동장을 내다보면서 복도를 걸었다. 야구부가 목이 터질 듯이 소리치면서 수비 연습에 열중하고 있고, 축구부는 공 하나를 가지고 질서 있게 싸움을 펼친다. 수업은 받지 않아도 동아리 활동만은 하겠다는 건지 생각보다 많은 학생들이 운동장을 뛰어다니고 있다. 그들의 힘찬 목소리에 섞인 관악부의 연습 소리가 귀를 간질인다.

빠른 걸음으로 계단 쪽으로 갔다. 벽면에는 대학 입시와 취업 관련 정보 게시판이 마련되어 있지만 게시물은 단 한 장도 없이 압핀만 여러 개가 꽂혀 있다. 게시판에 난 무수한 압핀 자국이 공허함을 자아냈다.

아오는 실내화를 갈아 신고 총총히 자전거 보관소로 향했다. 그리고 애용하는 자전거를 타고 교문을 나왔다.

하교 중인 학생들 몇 명을 앞질러 불에 탄 채 방치된 자동차 옆을 지났다. 더는 차단기가 내려갈 일이 없는 건널목을 건너자마자 페달을 밟는 다리에 힘을 주었다. 주택가와 밭 사이로 난 길은 곧장 산으로 이어진다. 아오는 이대로 곧장 산으로 가서 다른 두 명과 합류할 셈이었다.

그러나 우체국 옆을 지날 때 마음이 바뀌었다. 우체국 모퉁이를 돌아 잠시 직진하다가 작은 다세대 주택 앞에서 자전거를 멈췄다. 3층 건물은 꽤 낡았고, 집 주위의 잡초는 자랄 대로 자란 상태였다. 사람이 사는 곳이 아닌 산토끼나 너구리 소굴이라고 해도 믿길 지경이었다.

아오는 자전거를 세워 두고 다세대 주택 뒤쪽으로 걸어갔다. 베란다마다 말라 죽은 식물 화분과 널린 빨래가 방치되어 있었다. 전체적으로 공동 주택에 있을 법한 활력은 찾아볼 수 없었다. 죽어 가는 동물, 곧 시시각각 사체로 변해 가는 생명을 보는 듯해서 영 마음이 편치 않았다.

곧이어 어느 베란다에 눈길이 멈췄다.

창문이 깨져 있었다. 후지모토 선생님의 집이었다.

커튼이 쳐져 있어서 집 내부를 볼 수는 없었지만 상황은 대충 살필 수 있었다. 요즘 들어 직장을 버리고 자취를 감추는 사람이 드물지 않은데, '실종'이 됐다거나 '행방불명'이 됐다는 소문은 언젠가 온 마을에 퍼진다. 실종자의 집은 빈집털이의 표적이 되어 결국 이런 꼴이 되고 마는 것이다.

깨진 창문은 잠금장치와 가까운 쪽이다. 집 안에 값나가는 물건이 남아 있기나 했을까. 후지모토 선생님은 중요한 것들을 잘 챙겨서 떠났을까.

마음은 한동안 거기서 머물고 싶었지만.

이내 아오는 깨진 유리창을 등졌다. 다세대 주택 정면으로 돌아 나가 다시 자전거에 올라탔다. 그리고 우체국 앞으로 되돌아가 이번에는 곧장 산을 향해 달려갔다.

'너무 늦었어.'

자전거 페달을 밟으면서 아오는 먼저 산에 가 있을 두 사람을 생각했다.

'도착할 때까지 그 애들이 얌전히 기다리면 좋겠는데……'

아오의 가슴에 불안이 살짝 퍼져 나갔다.

괜한 걱정이길 바랐지만 아니나 다를까 나쁜 예감은 보기 좋게 적중했다.

"그런데, 너 지금 대체 뭐 하는 거냐?"

"보면 몰라? 못 움직이니까 끌어 올려 달라는 거 아냐."

허리에 밧줄을 감은, 몸집이 작은 여자 고등학생이 공중에 매달린 채 위쪽을 올려다보고 있다. 아오는 벼랑 위에서 그 모습을 내려다보며 미간을 모았다. 그 애의 허리에 묶인 밧줄은 위로 뻗어, 아오의 발밑을 지나 굵은 나무줄기에 묶여 있었다. 아오 옆에서는 하얀 가운 차림의 갈래머리 안경 소녀가 그 모습을 지켜보고만 있다.

공중에 매달린 여자애는 고마쓰 다마카다. 카고 바지에 우주 고양이 그림이 그려진 티셔츠를 입고, 머리는 평소처럼 포니테일로 묶었다. 손에는 펜과 공책과 자가 들려 있다. 아무리 봐도 제힘으로 올라올 수 있을 것 같지 않았다.

"어쩌다 그렇게 된 거야?"

"새 둥지를 관찰하다가."

다마카는 손에 들고 있는 자로 벼랑 중턱쯤에 불거져 나온 바위를 가리켰다. 아니, 정확히는 그 바위 뒤의 그늘진 부분을. 아오가 벼랑을 따라 몇 발짝 걸어가 내려다보자, 바위를 지붕 삼은 바위제비의 둥지가 보였다.

포장도로에서 멀리 떨어져 있을 뿐만 아니라 자전거로는 올라갈 수 없는 험한 비탈을 한참 올라가면 나오는, 거의 수직으로 깎아지른 듯한 벼랑이다. 오랜 옛날에 가라앉았는지, 아니면 반대로 솟아올랐는지 자세한 내막은 알 수 없다. 아무튼 거대한 삽으로 지면을 깎아 낸 듯한 형태고, 그 높이는 10여 미터에 달한다. 다마카는 그 벼랑 중턱에서 조금 위쪽 부분에 매달려 있었다. 그 애 바로 밑에는 혹여 떨어질지도 모르는 여고생을 받아 내려는 듯이 나무들이 가지를 펼치고 있지만 안타깝게도 푹신한 쿠션 역할을 하기에는 역부족일 것 같았다.

아오는 다시 다마카가 매달려 있는 바로 위쪽으로 돌아가 가만히 서 있는 안경 소녀에게 물었다.

"세쓰나, 왜 말리지 않은 거야?"

"다마카 선배가 재미있어하는 것 같아서요."

쓰쓰미 세쓰나는 걱정하는 기색이 전혀 없었다. 벼랑 위에서 비스듬히 몸을 기울인 그 애는 공중에 매달린 다마카를 향해 손수 만든 핀홀 카메라*를 들이댔다. 쿠키 상자로 만든 그것은 정육면체에 가까운 모양이었다.

"선배, 여기 보고 좀 웃어요. 고맙습니다. 그대로 자세를 바꾸지 말고, 40초!"

다마카는 눈부시게 미소 지으며 세쓰나를 올려다보았다. 아오는 세쓰나에게 더 이상 책임을 묻지 않고, 까까머리를 긁적거리면서 잠자코 40초 동안 기다렸다. 그리고 세쓰나가 카메라에 셔터 대신 접착테이프를 붙이는 것까지 지켜보고 나서 다시금 다마카에게 말을 건넸다.

"다친 데는 없고?"

"응. 괜찮아."

"그래, 그럼 다행이다. 아니, 역시 좋지 않아. 산에서 반소매 차림은 안 된다고 몇 번을 말해. 벌에 쏘이면 어쩌려고."

아오는 다마카의 복장과 위험하기 짝이 없는 가느다란 밧줄을 번갈아 보며 얼굴을 찡그렸다.

"그리고 제발 내가 없을 때 위험한 짓 좀 하지 마."

"알았어, 앞으로는 너 있을 때 할게."

• 렌즈 대신에 자그마한 구멍을 뚫은 금속판을 댄 초보적인 사진기. 빛이 작은 구멍을 통과함으로써 상을 맺는 작용을 이용한다.

"아니, 나 있을 때도 안 돼."

"아 진짜, 무슨 걱정이 그렇게 많은 거야! 아오 너, 그거지, 돌다리를 계속 두드리다 결국은 건너지 않는 타입!"

다마카는 불만스러운 표정이었다. 그러고 있는 동안에도 다마카는 공중에서 계속 흔들렸고, 밧줄이 벼랑에 쓸리면서 깎여 내린 흙이 부슬부슬 떨어졌다. 아오는 속으로는 안절부절못했지만 당황한 모습을 보이면 다마카가 덩달아 허둥댈 게 불 보듯 뻔하므로 짐짓 태연한 척했다.

"그래도 돌다리가 무너져 떠내려가는 것보단 낫지."

"난 이것저것 도전해 보고 싶어. 죽는 걸 늦추는 것보다 어떻게 죽을지를 생각하는 쪽이 재미있잖아."

"그래……?"

"사람은 어차피 한 번은 죽으니까, 이왕이면 즐겁게 죽어야지. 안 그래, 세쓰나?"

"저도 그렇게 생각해요. 다마카 선배는 어쩜 그렇게 멋진 말만 해요?"

"아오, 너 그렇게 멍청하게 있으면 내가 먼저 찾는다, 최후에 할 거."

"누……."

아오는 뭐라 반론하려다 그만두고 교복 재킷을 벗었다. 그러고는 셔츠 차림으로 잠자코 밧줄을 끌어 올리기 시작했다. 사람을 놀라게 한 부장이 조금씩 위로 올라왔다. 세쓰나는 "아오 선배, 파이팅!" 하고 응원할 뿐 거들 생각은 없는 모양이었다. 따스한 봄볕 아래, 아오는 혼자서 밧줄을 끌어 올렸다. 이건 계절에 어울리지 않는 1인 운동회다.

밧줄이 손바닥에 깊이 파고든다. 손이 아프지만 이를 악문다. 이마에서 땀이 흐른다. 아마 얼굴이 시뻘게졌을 것이다. 그렇게 한참을 밧줄과 씨름해야 했다. 결국 아오는 중력과 고된 줄다리기 끝에 승리를 거머쥐었다.

손이 닿을 정도로 끌어 올려진 다마카는 세쓰나의 도움을 받아 몸을 비틀면서 기어올라 왔다. 티셔츠는 흙투성이가 되었다. 한숨을 돌린 아오는 그 자리에 털썩 주저앉았다. 두 손바닥은 마비된 듯이 거의 감각이 없었다.

"고마워. 어떻게 되는 줄 알았지 뭐야."

"진짜 못 말린다. 그런데 새 둥지는 왜?"

"자동차가 줄어드니까 곰의 활동 영역이 넓어졌잖아? 새들한테도 무슨 변화가 있나 궁금해서."

"아, 하긴."

아오는 후들후들 떨리는 손을 간신히 들어 올려 땀을 훔쳤다. 되도록 좀 쉬고 싶었다. 하지만 다마카에게는 애초부터 그런 선택지는 없었던 모양이다. 그 애는 티셔츠에 묻은 흙을 대충 털고는 핀홀 카메라를 들고 선 세쓰나와 기진맥진해 있는 아오를 향해 싱긋 웃으며 말했다.

"그럼, 곧바로 오늘의 활동을 시작하겠습니다. '카메라'를 향해서 레츠 고!"

카메라. 반쯤 잊고 있었지만 오늘 동아리 활동의 목적은 바로 '그것'이었다. 아오는 저릿저릿한 두 손을 되도록 바닥에 짚지 않도록 하면서 비틀비틀 일어났다. 발걸음이 가벼운 다마카와 세쓰나를 따라 휘청휘청 걸었다. 셋은 벼랑에 등을 돌렸지만 아오의 자전거를 세워 놓은 포장도로 쪽으로 돌아가지는 않았다. 무성하게 자란 풀 사이로 살짝 드러난 흙 빛깔에 의지해 좁디좁은 오솔길을 더듬더듬 나아갔다. 때로는 나무를 잡고 넘어지지 않도록 몸을 지탱하고, 때로는 진로에 방해가 되는 덩굴을 손으로 헤치면서 '카메라'가 있는 곳으로 올라갔다.

성가시지만 '카메라'는 산속에서 옮길 수 없으니 찾아가야만 했다. 목표를 이루기 위해서는 매번 이렇게 산길을 오르는 수밖에 없었다.

"카메라야, 안녕. 기다렸지? 나와 유쾌한 친구들이 왔어."

덤불숲 사이로 난 좁은 길을 빠져나오자 다마카가 유쾌한 목소리로 인사를 건넸다. 그곳은 나무숲에 둘러싸인 자그마한 들판으로, 한가운데에 오도카니 오두막이 하나 서 있다. 목조로 지어진, 말하자면 산장인 셈이다. 관리인이 실종되었다는 이야기를 들은 터라 이들이 유용하게 쓰기로 한 것이다. '산속 오두막 카메라'라고 부르는 이곳을 처음 발견했을 때 외벽은 군데군데 금이 갔고, 처마 밑에는 거미줄이 늘어져 있었다.

그러나 외관은 아무래도 상관없었다. 아오는 커다란 자물쇠를 열고 오래된 목제 문을 열어젖혔다. 안에서 기다리는 것은 이전 주인의 생활감이 어렴풋이나마 남아 있는, 전체적으로 검소한 방……이 아니었다.

그 오두막 내부는 온통 검은색이었다. '대체로 검정으로 꾸민 방'이라거나, '생활의 때가 묻어 거무칙칙하다.'라는 차원이 아니었다. 먹물을 쏟아부은 듯이 새까맸다. 벽도, 바닥도, 천장도, 모든 것이 빈틈없이 까맣게 칠해져 있었다.

"어때? 오, 완벽해!"

다마카가 아오 옆에서 방 안을 들여다보았다. 코를 킁킁거리며 새까만 바닥과 열어젖힌 천창을 번갈아 보았다. 그러고는 까치발로 오두막 안에 들어가 손으로 벽을 살짝 만져 보았다.

아오도 다마카를 따라 벽을 쓰다듬어 보았다. 잘 마른 페인트의 꺼끌꺼끌한 질감이 느껴졌다.

"내가 맡은 곳은 특히 더 잘 칠해진 것 같은데."

다마카는 어지간히 기분이 좋은 모양이었다. 지금 그 애가 쓰다듬고 있는 곳은 나중에 아오가 다시 칠했지만 그 잔혹한 진실은 덮어 두기로 했다.

세쓰나에게 처음 핀홀 카메라에 대해서 들은 건 바로 지난달이었다.

배우고 보니 만드는 법은 의외로 간단했다. 일단 쿠키 상자 같은 적당한 크기의 금속제 깡통을 준비해 그 안쪽을 까맣게 칠한다('광택 없는' 검은색 래커 스프레이 등을 사용하면 좋다.). 그리고 드릴로 가운데에 구멍을 뚫고, 그 구멍을 정사각형 알루미늄판으로 막는다. 알루미늄판에는 바늘을 이용해 지름 0.3밀리미터 정도의 미세한 구멍을 뚫어 둔다.

마지막으로 안에 인화지만 끼우면 완성된다. 바늘구멍은 접착테이프로 막아 두고, 촬영할 때는 그 테이프를 떼기만 하면 된다. 단순하고 원시적인 구조이지만, 그래서 더욱 깊이 있고 느낌 있는 사진을 찍을 수 있다. 0과 1로 환원할 수 없는 아날로그 기술은 현실을 그대로 베껴 낸다는 의미에서 때로 디지털보다 뛰어난 현실감을 지닌다.

이상은 세쓰나에게 들은 말을 그대로 옮긴 것이다.

지난달, 이 설명을 듣자마자 부장 다마카의 눈이 반짝반짝 빛났다. 다마카가 핀홀 카메라의 재료로 선택한 것은 쿠키 상자 따위가 아니었다. 그 애가 점찍어 둔 것은…… 한 채의 오두막이었다.

"카메라의 본체는 상자형이면 뭐든 다 되는 거지?"

"네, 이론상으론 그렇지만……."

"그렇다면 오두막도 카메라로 만들 수 있겠네?"

이리하여 우리의 멸망 지구학 클럽은 폭주 기관차 같은 부장의 즉흥적인 생각에 이끌려 건물을 통째로 카메라로 개조하는 해괴한 작업에 착수하게 된 것이다.

"페인트가 마르거든 곧장 다음 작업에 들어가자."

다마카가 아오의 눈을 올려다보며 흥분한 목소리로 말했다. 새까만 벽과 새까만 바닥. 거기에 서 있기만 해도 새까만 세계로 빨려 들어갈 것 같았다. 아오는 실내 여기저기를 만져 보면서 이제 덜 마른 곳이 없다는 것을 확인하고는 고개를 끄덕였다.

"그러게. 이제 마무리만 하면 되는 거지?"

"드디어 나의 올림픽 선수급 솜씨를 보여 줄 때가 왔군."

"그러게."

"뭐, 내키지 않으면 너희 둘은 계속 쉬고 있어도 돼."

"그러게."

"아오! 지금 내 말 듣고 있는 거야?"

"그러게. 뭐, 어쨌든 접착테이프를 가져와야겠는걸."

"벌써 가져왔는데요."

오두막 밖에서 세쓰나의 목소리가 들렸다. 돌아보니, 실내와는 대조적인 푸릇푸릇한 풀을 밟으며 세쓰나가 걸어오고 있었다. 양손에는 뒤란의 창고에서 가져왔는지 검은 접착테이프가 네다섯 개 들려 있었다.

"모아 둔 건 이게 다예요. 뭐, 모자라지는 않을 거예요."

"그럼, 각자 나눠서 붙이자."

"나는 천장의 채광창을 붙일래."

"위험해서 안 돼. 높은 곳은 내가 할게."

아오는 세쓰나에게서 접착테이프를 받아 들었다. 그리고 오두막 뒤란의 창고에서 가져온 사다리를 실내 벽에 세워 놓았다.

"빛이 조금도 새어 들어와선 안 돼요. 꼼꼼하게 막아요."

세쓰나가 주의를 줬다. 검은 방 안에서 저마다 작업을 시작했다. 다마카는 덧문 테두리에 접착테이프를 붙이기 시작했다(큰소리친 것과 달리 올림픽 선수급 솜씨는 아닌 듯했지만 그래도 딴에는 열심히 하는 것 같았다.). 아오는 사다리에 올라가 천장에 난 채광창과 환기팬을 보았다. 열어 둔 문으로 들어오는 빛이 바닥에서 벽으로 이어지는 빛의 띠를 만들었다. 세쓰나는 한 손에 검정 스프레이를 들고 납죽 엎드려서는 페인트칠이 제대로 되지 않은 곳을 찾고 있었다. 접착테이프 찢는 소리, 이따금 스프레이 뿌리는 소리가 오두막을 채웠다.

그렇게 저마다 맡은 작업을 마쳤을 때는, 어느덧 새들이 보금자리로 돌아가는 시각이 되었다.

"그럼, 시험해 볼까요?"

그렇게 말하고 세쓰나는 안에서 문을 닫았다. 입구에서 들어오는 직사각형의 빛이 서서히 좁아지더니 이윽고 문이 완전히 닫히자 셋은 칠흑 같은 어둠에 감싸였다. 세계와의 연결고리가 가위로 싹둑 잘린 듯한, 기묘한 불안감이 엄습했다.

아오는 얼굴 앞에 손을 들어 봤지만 아무것도 보이지 않았다. 조금 전까지 다마카가 서 있던 곳으로 고개를 돌려 보아도 빈틈없이 완벽한 어둠이었다. 거기에 사람이 있는지 없는지 전혀 알 수가 없었다. 오른쪽도 왼쪽도. 앞도 뒤도. 위도 아래도. 모든 것이 검정.

'작업이 잘됐구나.'

아오는 마음속으로 중얼거렸다. 일상적인 생활 속에서는 거의 만날 수 없는 진정한 어둠이다. 자신이 서 있는지 앉아 있는지 그마저도 확신이 없어지면서 차츰 숨이 막혀 왔다. 하지만 이것은 어찌 생각하면 환영할 만한 답답함이다. 검정, 어둠, 무(無). 섬뜩한 공포가 느껴지지만 그것도 죽음의 감촉보다는 훨씬 낫다. 멸망을 의식하지 않아도 되는 이 순간에 아오는 고마움마저 느꼈다.

"대박! 완전 깜깜하다."

"완벽해요. 이제 '카메라' 본체는 완성된 거예요."

세쓰나가 문을 열었다. 아오가 문득 정신을 차렸을 때는 노르스름한 저녁 햇살이 실내의 어둠을 떨쳐 내고 있었다. 아오는 엉겁결에 눈을 감아 버렸다. 빛은 포근한 안전지대를 찾아 헤적거렸다. 현실은 아오를 사로잡고 놓아 주지 않았다.

몇 초쯤 지나서 실눈을 떠 봤다. 오두막 밖에서는 여전히 푸릇푸릇한 들판이 기다리고 있고, 그 너머로 덤불숲이 반겨 주고 있었다.

아오는 실망스러웠다. 숨 쉬기는 편해졌지만 그뿐이었다.

'오두막 안에 있는 동안, 이 현실이 전부 꿈으로 바뀌었다면 얼마나 좋을까.'

아무런 의미 없는 바람이다.

아오는 작게 한숨을 내뱉고 밖으로 나갔다. 그런 그와는 대조적으로 다마카는 즐거워 보였다. 오두막에서 뛰어나가더니 힘차게 뒤돌았다. 그러고는 정성껏 만든 '카메라'를 찬찬히 살펴보았다.

세쓰나가 밖에서 문을 닫았다. 문짝 한복판에는 정사각형 판자가 붙어 있고, 그 중앙에는 다시 10센티미터쯤 되는 접착테이프가 오도카니 붙어 있었다. 세쓰나는 그 중앙의 테이프를 가리켰다.

"이게 셔터예요. 비에 젖지 않게 비닐을 씌워 둬야겠어요."

"세쓰나, 그 테이프를 떼면 사진이 찍히는 거지?"

"맞아요."

"그럼, 지금 해 보지 않을래?"

"한낮이 아니면 잘 찍히지 않을 수도 있어요."

세쓰나가 오렌지 빛깔로 물들기 시작한 하늘을 올려다보며 대답했다.

"인화지도 부족하고요."

"인화지가 뭐였더라?"

"빛에 반응하는 종이예요. 그걸 현상하면 사진이 되고요."

"아, 그렇구나."

다마카가 "흐음." 하고 심각한 표정으로 고개를 갸우뚱했다. 아오는 문에 손을 짚고 오두막 지붕을 올려다보았다.

세 사람이 3주에 걸쳐 완성한 노력의 결정체다. 이 거대한 카메라를 사용하면 오두막 벽면과 같은 크기의 초대형 사진을 촬영할 수 있다. 하지만 그러기 위해서는 벽을 전부 메울 정도의 인화지가 필요하다고 한다. 과연 암시장에 인화지가 나돌까? 그렇게 많은 인화지를 마련할 수 있을지, 아직은 장담할 수 없었다.

"그 문제는 차츰 해결해 가기로 하죠, 뭐. 아무튼 오늘은 모두 수고했어요."

세쓰나는 안경을 만지작거리며 평소처럼 냉철하게 말했다.

하긴, 오늘만큼은 완성을 축하한다고 해도 누가 벌을 주지는 않을 것이다.

애초에 주인이 실종된, 이 정도로 구미에 맞는 오두막을 발견하지 못했더라면 거대 핀홀 카메라 같은 걸 어떻게 만들었을까. 만에 하나 주인이 돌아온다면, 밤의 어둠과 오징어 먹물과 악령의 머리카락 따위의 세상의 검은 것을 깡그리 모아서 잘 섞은 뒤 치덕치덕 칠해 놓은 듯한 실내를 보고 졸도할지도 모르지만……. 아무튼 세상이 이 지경이기에 아오 일행은 이 카메라를 완성할 수 있었다.

'멸망' 직전에만 할 수 있는 뭔가를 찾아서 실행한다. '멸망'해 가는 현실을 원망하거나 슬퍼하는 대신 그 현실을 최대한 이용한다. 아오가 속한 '멸망 지구학 클럽'은 바로 그런 방침으로 활동하고 있다.

다만 그런 방침을 선선히 받아들였느냐고 묻는다면, 아오는 순순히 고개를 끄덕일 수 없다.

"뒤에 태워 줘."

"안 돼. 둘이 타는 건 위험해."

자전거를 끌고 가면서 아오는 고개를 저었다. 등 뒤에 남겨 두고 온 산 밑으로 금방이라도 해가 쏙 넘어갈 것 같았다. 붉은 노을이 타오르는 하늘 아래로는 왼쪽에 집들이, 오른쪽에는 밭이 펼쳐져 있다. 셋은 그 풍경을 보면서 걸어갔다.

다마카는 여름 방학을 맞은 초등학생처럼 옷이 온통 흙투성이였지만 결과가 만족스러운지 발걸음이 아주 가벼웠다. 한편 아오는 밧줄에 쓸린 손바닥의 통증이 다시 심해져서 자전거를 끌고 가는 것조차 힘들 지경이었다.

밭 한가운데에 허수아비가 쓸쓸히 서 있었다. 모든 것을 내팽개치고 사라지는 일 따위는 결코 없을 성실한 일꾼이다.

"아, 참. 깜빡했는데요."

세쓰나가 핀홀 카메라를 가방에 넣고는 둘둘 말린 도화지를 꺼냈다.

"다마카 선배, 포스터 말이에요."

"완성한 거야?"

다마카는 걸음을 멈추지 않고 밑그림이 그려진 포스터를 건네받아 펼쳤다. 아오가 옆에서 들여다보니 굵직한 글씨로 '멸망 지구학 클럽, 신입 부원 모집!'이라고 쓰인 문구와 함께 동그란 지구의 그림이 눈에 들어왔다. 아래 절반은 아직 비어 있었다. 포스터는 전체적으로 많이 구겨진 상태였다.

다마카는 흡족한 얼굴로 고개를 끄덕이고는 가방에서 필기구를 꺼냈다.

"좋아, 좋아. 그럼 이 빈 곳에 열정적인 영혼을 표현할 문구만 써넣으면 되는 거네?"

"야, 가방을 열고 다니면 어떡하냐."

아오는 손을 뻗어 다마카의 가방 지퍼를 닫아 줬다.

"그리고 걸으면서 쓰면 안 되지. 그러다 또 넘어진다."

"괜찮아, 괜찮아. 나는 매일매일 성장하니까."

다마카는 의미를 알 수 없는 말을 내뱉고는 포스터의 빈 곳을 연필 꽁무니로 톡톡 두드렸다.

"흐음, 여기에 뭘 쓰지."

"구체적인 활동 내용은 어때?"

"산속 오두막을 카메라로 개조했습니다, 그런 거?"

"미쳤다고 오해받기 딱 좋을 거 같은데."

"그럼, '반딧불이 관찰'이라고 쓸까?"

"그거 좋을 거 같아요. 어쨌거나 마지막 여름이잖아요. 특별한 이벤트가 될 거예요."

"아오, 반딧불이 설명은 네가 해 줄 거지?"

다마카는 연필로 '반딧불이'라고 써넣었다.

"그리고 연구 여행에 관해서도 쓰고 싶은데. 아오, 넌? 하고 싶은 거 있으면 말해, 대신 써 줄게."

"나는 됐어. 너희가 하자는 대로 할게."

"안 돼, 안 돼. 지금은 없더라도 생각해 봐. 지구가 사라지기 전에 멋지게 죽는 방법을 찾아야 한단 말이야."

다마카는 포스터를 바라보면서 다시 생각에 빠졌다. 아오도 더는 아무 말도 하지 않았다. 멋지게 죽는 방법. 인생의 마지막에 할 일. 다마카의 입에서 그 말이 나올 때마다 아오는 가슴이 미어지는 것 같았다.

'국제 우주국은 무인 요성(妖星) 델타 탐사선이 촬영한 사진을 공개했다. 또한 대피소 건설과 화성 로켓 계획에 관하여 각국의 연계를⋯⋯.'

인가의 열린 창문에서 라디오 소리가 흘러나온다. 도망치는 아오를 현실로 잡아끄는 저주의 기다란 팔처럼, 그 소리가 온몸을 휘감아 왔다.

한편, 아오와 마찬가지로 라디오 소리를 들은 세쓰나는 전혀 다른 인상을 받은 모양이었다. 세쓰나는 퍼뜩 떠오른 듯이 입을 열었다.

"아, 화성이란 말을 들으니까 생각나는데요. 아오 선배, 얼마 전에."

"얼마 전?"

"선배가 물어봤잖아요, 화성의 저녁노을 빛깔."

"화성의⋯⋯. 아, 그런 얘기 했지. 왜? 붉은색 아니야?"

"그게요, 책을 찾아봤는데⋯⋯ 놀랍게도 파란색이던데요. 화성의 대기 중에는 모래 폭풍처럼 미립자가 많이 날아다니지만 그게 붉은빛의 진행 방향을 바꿔 놔서, 산란 효과가 가장 큰 아침과 저녁에는 남은 파란색 빛만 눈에……."

엄청 빠르게 설명하는 세쓰나에게 아오는 "흐음." 하고 맞장구를 쳐 줬다. 잘은 모르겠지만 이 붉은 저녁노을도 우주에서는 당연하지 않다는 건가.

아오는 저물어 가는 하늘을 올려다보았다. 다마카와 세쓰나도 덩달아 하늘을 보았다.

가로등이 띄엄띄엄 서 있지만 하나같이 꺼진 지 이미 오래였다. 밭 너머에서 한 노인이 손수레에 장작인지 뭔지를 산더미처럼 싣고 터벅터벅 걸어가고 있었다. 노인의 눈빛이 허수아비보다도 희망이 없어 보였다.

전에는 4월이면 어디든 새로운 생활에 대한 기대와 불안으로 부풀었다. 그런데 지금 이곳, 구마타하라 마을에는 그 어떤 기운도 찾아볼 수가 없다. 아니, 이 나라 방방곡곡에서, 전 세계 어디에서도 그런 기운은 찾아볼 수 없으리라.

"충돌하려면 며칠 남았지?"

연필을 귀에 꽂은 채로 다마카가 물었다.

그리고 세쓰나가 "110일요."라고 대답하자 히죽 웃는다.

"좋아, 그럼 이렇게 써야겠다. '지구가 멸망하기 110일 전에만 할 수 있는 것, 함께 찾아봅시다.'라고."

"좋은 아이디어예요. 근데 문제가 하나……."

"문제?"

"내일은 '앞으로 109일', 모레는 '앞으로 108일'. 날짜가 계속 줄어들 텐데요."

"아, 그러네. 그럼, 포스터를 매일 새로 바꿔야지."

셋의 시선 끝에서 성미 급한 별들이 깜빡깜빡 빛나기 시작했다. 그 사이 어디쯤 있을, 태양계 밖에서 찾아온 내방자는 아직 육안으로는 보이지 않았다. 그러나 그 정도로 멀고 희미한 빛밖에 뿜어내지 못하는 존재여도 죽음의 별 델타의 궤도는 이미 전 인류가 다 알고 있었다.

물리학자들의 계산에 따르면, 오늘로부터 110일 후 델타 좌표와 지구 좌표가 정확히 겹치게 된다. 델타의 지름은 지구의 약 4분의 3. 수없이 계산을 거듭해 봤지만 결론은 달라지지 않았던 모양이다. 2년 전, 물리학자들은 그동안 내내 숨겨 왔던 사실을 마침내 발표했다.

이 지구는 멸망한다.

그리고 다마키는, 이 멸망하는 지구에서 죽을 방법을 찾고 있다.

지구의 마지막
신입 부원 모집

풀과 흙과 비료 냄새가 뒤섞인 공기를 맡으며 까까머리 고등학생 덴도 아오는 자전거 페달을 밟고 있다. 교복 자락이 바람에 펄럭인다. 멀리서 소 울음소리가 들린다. 길게 이어지는 농로에는 아오와 마찬가지로 학교로 향하는 자전거와 농사일을 나가는 어른들의 모습이 보이지만 자동차는 한 대도 보이지 않는다. 아오는 여느 때처럼 지나가는 어른들의 모습을 일일이 확인하며 페달을 밟는다. 그러나 부모님은 없다. 물론 몰라서 이러는 게 아니다. 아오에게는 이런 행동이 그저 일과일 뿐이며 그 폭동 사태 이후로 계속 이어지는 의미 없는 루틴이다.

농로가 끝나고 주택가 도로로 접어들었다. 신호기는 여전히 빛을 잃은 채 침묵 중이었다. 지붕마다 추가로 급히 설치한 티가 나는 굴뚝이 솟아 있고, 가느다란 연기 몇 줄기가 피어오르고 있었다. 마당에서 감자를 굽는 집도 있었다.

주택가를 빠져나와 도로와 선로를 가르는 철망을 따라(선로 위에 버려진 빈 깡통이며 잡지류, 전자제품 같은 쓰레기를 보면서) 한동안 달리다가 이윽고 차단기가 결코 내려갈 일 없는 철도 건널목을 건넜다. 부쩍 많아진 교복 차림의 학생들이 우르르 한 방향으로 걸어가고 있었다. 불에 탄 고철 자동차 옆을 지나 학생들의 물결과 합류하자 하류에 교문이 보였다.

"좋은 소식과 나쁜 소식, 어느 쪽 먼저 들을래?"
"아무 쪽이든……. 그럼, 나쁜 쪽 먼저."
"미안, 실은 나쁜 쪽은 준비 안 됐어."
"그럼 왜 물었냐?"
"그냥 한번 말해 보고 싶었거든."
다마카는 가슴을 펴고 칠판 앞에서 하얀 분필을 휘둘렀다. 교복이 아닌 티셔츠에 늘 입고 다니는 카고 바지 차림이다. 특별히 4월의 생동하는 기운 때문이 아니라 다마카는 늘 이러고 다닌다. 아침 햇살이 비치는 교실은 삼삼오오 모인 학생들이 재잘거리고 있어 기분 좋은 소란함으로 가득 차 있다.

아오 옆자리에서 세쓰나가 침착하게 물었다.

"다마카 선배. 좋은 소식이 뭐예요?"

"잘 물어봤어. 무려! 휘발유 예정량을 다 모았어."

과연, 좋은 소식이다. 아오는 다마카의 손에서 떨어지는 분필을 잡아 냈다. 그리고 교실에 있는 아이들을 의식하면서 목소리를 낮췄다.

"이제 연구 여행을 갈 수 있겠네."

"나도 올해 열여덟 살이니까, 슬슬 운전할 수 있겠지."

"선배. 열여덟 살이 된다고 운전 실력이 자동으로 몸에 붙는 건 아니에요."

"그런가. 그럼 운전은 세쓰나 어머니가 하셔야 하나. 어렵게 만든 기회니까 가능한 한 멀리, 모르는 곳에 가고 싶다."

"위험한 데는 안 돼."

"그치만 여행인데? 그것도 지구에서 마지막 여행이라고."

"그건 경계를 풀 이유가 안 돼."

아오는 한숨을 내쉬었다.

"평화로운 마을만 있는 게 아냐. 경찰은 제구실을 하고 있는지, 강도는 출몰하지 않는지, 폭동의 조짐은 없는지 꼼꼼하게 알아보고 나서……."

"그건 나도 알지."

다마카는 한 손을 들어 아오의 말을 가로막고 씩 웃었다.

"그 문제는 너한테 맡길게."

"나한테…… 결국 작년이랑 똑같잖아."

"너 말고는 연약한 여자들뿐이잖아. 부탁한다."

"와아, 완전 멋대로네."

아오는 어깨를 으쓱하고는 말을 멈췄다. 애초에 다마카에게 다소 엉뚱한 구석이 있다는 건 모르는 바가 아니었다. 그런 만큼 아오 자신이 정신을 바짝 차리면 된다.

다마카는 칠판 앞에서 새 분필을 손에 들었다. 이번에는 노란색이다.

"그리고 오두막 카메라도 무사히 완성했으니까, 다음 연구를 시작할까 해."

"뭘 연구할 건데?"

"음, 역사 같은 건 어떨까?"

"역사?"

"그래. 기간은 세계 폭동 후부터나 그 직전쯤부터. 뭐, 그렇게 정하면 어떨까?"

괜찮겠어. 아오는 수긍하고 고개를 끄덕였다.

그 끔찍한 세계 폭동이 일어나고 대략 2년이 지났다. 다마카는 그동안에 일어난 사건을 정리하자고 말하는 것이다. 지구 멸망 전의 역사는 멸망 직전에만 조사할 수 있다. 그렇다면 이것이 바로 멸망 지구학의 일종이다.

역사 연구는 어려울 것 같지만…… 가까이서 일어난 사건을 정리하는 정도라면 충분히 가능할 것이다.

"재미있을 것 같은데."

"그치?"

다마카는 뿌듯한 듯이 웃고는 칠판에 '역사'라고 썼다. 언제나 지금 할 수 있는 것을 끊임없이 떠올리는 다마카. "이 오두막을 카메라로 개조하자."라고 먼저 말을 꺼낸 것도 다마카였다. 물론 그 아이디어에 구체적인 형태를 부여하는 것은 늘 세쓰나였지만 뭔가를 제안하는 쪽은 항상 다마카였다. 다마카가 공을 던지면 세쓰나와 아오가 잡는 것이다. 멸망 지구학 클럽의 활동은 그렇게 이뤄졌다.

그래서 이날도 아오는 다마카가 던진 공을 잡기 위해 날고, 뛰고, 넘어졌다. 아무튼, 엄청난 작업이 될 것 같은 예감이 들었다.

"그럼, 우리 학교의 역사를 정리하는 거야? 아니면 마을의 역사?"

하지만 이렇게 물은 아오는 훗날 이 역사 연구란 것을 너무 만만히 여겼음을 인정해야만 했다. 다마카는 큰 것을 좋아한다. 쿠키 상자보다 산속의 오두막, 마을 지도보다 세계 지도. 그걸 알고 있었던 만큼, 당연히 어떤 답이 돌아올지 예상했어야 했다.

"그것들 다. 마을 역사도, 세계 역사도."

"세계까지……?"

아오는 되묻고 나서 3초 후에 '이거 큰일 났다!' 하고 마음 속으로 비명을 질렀다. 흘끗 세쓰나에게 눈짓을 해 봤지만 말없이 어깨만 으쓱할 뿐이었다.

다마카가 던진 공은 아오와 세쓰나의 머리 위를 아득히 넘어 태평양 한가운데로 풍덩 떨어졌다.

"세계사라고. 세쓰나, 기말고사 몇 점이었어?"

"30점 정도요."

"나보단 높네."

아오와 세쓰나는 꿈도 희망도 없는 말을 주고받았다. 다마카는 칠판에 쓴 '역사'라는 글자 옆에 '세: 30점', '아: 30점 이하', '다: 비밀'이라고 썼다.

역사를 정리하기 위해서는 당연한 이야기지만 현재뿐 아니라 이전의 역사도 알아 둬야 한다. 거기에 지리나 문화 분야의 지식도 필요할 것이다. 하지만 안타깝게도 세쓰나가 잘하는 과목은 물리, 아오는 생물이다. 다마카의 경우는 문과 과목도 이과 과목도 젬병.

더구나 일본은 지금 인터넷 불통 상태다. 아득한 과거의 역사는 고사하고 어제 세계에서 발생한 일조차 전처럼 손쉽게 알아볼 수 있는 상황이 아니다.

"지금부터 공부한다 해도 불가능해."

"그렇다면 역사에 조예가 깊은 사람을 스카우트할 수밖에 없죠."

세쓰나도 아오와 같은 문제의식을 가졌던 모양이다. 세쓰나는 스카우트라고 말했지만 정확하게 말하면 신입 부원 모집이다.

'결국 신입 부원 모집 문제로 귀결되는 건가.'

아오는 쓴웃음을 지었다. 지구 멸망을 몇 개월 앞둔 올해는 신입생이 예년보다 현저히 줄었다. 아직 동아리를 결정하지 못한, 더욱이 역사에 조예가 깊은 신입생. 그런 조건에 딱 맞는 인재를 과연 찾을 수 있을까.

"그 점은 걱정 마."

다마카는 아오와 세쓰나의 걱정 따위는 전혀 신경 쓰지 않는 눈치였다.

"실은 이미 적당한 사람을 점찍어 뒀거든."

다마카가 분필을 빙글빙글 돌리며 말했다. 때마침 교실 문이 열리고 머리가 희끗희끗한 오사코 선생님이 들어왔다. 멸망 지구학 클럽, 즉 멸지부 멤버 셋은 얼굴을 마주 보고는 일제히 칠판 위 시계를 올려다봤다.

어느새 수업 시간이었다.

세쓰나가 벌떡 일어나 하얀 가운을 휘날리며 자기 교실로 돌아갔다. 학년이 뒤섞인 A반 학생들은 우당탕탕 제자리로 돌아가 앉았다. 거의 절반이 빈자리다. 구령에 맞춰 인사를 마치자 선생님은 출석 점검도 하지 않고 크게 하품을 한 번 했다.

"하아암…… 자아, 연락 사항은…… 그렇지, 요 며칠 후지모토 선생님의 행방을 알 수가 없습니다."

"앗, 실종되신 건가요?"

"또 선생님 수가 줄었네."

"조용히. 아직 확실한 건 모릅니다. 아무튼 2교시는 자습으로 대체합니다."

"밭에 가도 돼요?"

"그래요, 가도 됩니다."

조회는 그걸로 끝이었다. 쉬는 시간 없이 그대로 물리 수업이 시작되었다. 오사코 선생님은 머리를 긁적긁적하면서 한 손으로 칠판에 수식을 써 나갔다. 반발 계수 e를 고려했을 때의, 물체의 반동 방식에 관한 계산인 모양이다. 제대로 따라가지 못해서 난감해하고 있자니, 조금 전 세쓰나가 앉았던 옆자리에서 다마카가 소곤소곤 말을 걸어왔다.

"야, 아오."

"왜?"

"저기 봐, 저 애야 저 애."

맨 앞자리임에도 다마카는 참으로 당당하게 딴짓이다. 아오는 슬그머니 다마카가 가리키는 방향으로 눈을 돌렸다. 복도 쪽 자리, 앞에서 세 번째. 머리가 자랄 대로 자라 더벅머리가 된 학생이 열심히 필기를 하고 있었다. 남자 중에서는 유일하게 고등학교 교복이 아닌 중학교 교복 차림이다.

"저 중학생? 그런데, 저 애가 뭐?"

"아까 말했잖아. 저 애를 스카우트하려고."

"저 애를?"

"고등학교 수업을 들으러 올 정도니까, 분명 재미있는 애일 거야."

아오는 눈썹을 모으고 다시금 중학생 쪽을 보았다. 주위 남학생들과 비교하면 왜소한 체구다. 하긴 아직 열네 살짜리가 고등학교에 다니는 것 자체가 평범하지 않다는 증거일 수도 있다. 하지만 지구 멸망이 몇 개월 앞으로 다가온 요즘은 십대의 생활이 다양해졌다. 학교에 다니는 것도 자유라 스스로 몇 단계를 뛰어넘어 고등학교에 들어왔다 해서 별반 놀랄 일도 아니다. '역사에 조예가 깊을 것 같은 후배'가 필요한 이 시점에 하필 왜 저 애를 점찍은 걸까.

다마카는 아오에게 몸을 기울이더니 이렇게 속삭였다.

"쟤가 어제 쉬는 시간에 이와나미 문고˙를 읽더라."

"그래. 근데 그게 왜?"

"어? 그게 왜라니?"

다마카는 아오를 빤히 보며 눈을 깜빡거렸다. 아오는 그 이마를 손가락으로 밀었다.

"이와나미 문고를 읽더라. 그러니까 역사에 조예가 깊을 것 같다고?"

"응. 맞아. 나, 감 좋은 거 같지 않냐? 날 존경해도 돼."

"좀 더 자세한 설명이 필요할 것 같은데."

"그게, 이와나미 문고는 역사적인 책, 뭐 그런 이미지잖아."

하아, 저 엉성한 논리란. 아오는 어이가 없었지만 다마카의 온몸에서는 이미 의욕이 철철 넘치고 있었다.

"아무튼 나중에 내가 말해 볼게."

"네가 말해 본다고⋯⋯? 격하게 불길한 예감이 든다."

"걱정 붙들어 매. 내가 이래 봬도 완전무결한 부장이잖냐."

"이 문제를⋯⋯ 자, 고마쓰 다마카."

"헷?"

별안간 이름을 불린 '완전무결한 부장' 다마카는 괴상한 목소리로 대답하면서 벌떡 일어났다. 아오의 눈에 분필을 손에

• '이와나미 쇼텐' 출판사가 발행하는 단행본으로, 문학, 철학, 역사, 사회, 자연과학 등 다양한 분야를 폭넓게 다룬다.

든 오사코 선생님과 칠판에 적힌 mg이라든가 $\cos \theta$ 같은 기호들이 눈에 들어왔다. 다마카가 얼굴을 찡그리고 아오 쪽으로 몸을 숙였다.

"저기, 아오. 알아?"

"미안한데, 나도 물리는 젬병이야."

"그렇지? 선생님, 모르겠습니다!"

"솔직해서 좋군. 그럼, 안자이."

"네."

대신 이름이 불린 것은 예의 그 중학생이었다. 그는 쭈뼛쭈뼛 칠판으로 걸어 나가더니 분필을 쥐고 문제를 풀기 시작했다. 여러 번 막히고, 간혹 선생님에게 조언을 받기도 하면서 수식을 조금씩 나열해 갔다.

다마카가 아오에게 눈짓을 해 왔다.

'봐, 고전하고 있어. 역시 문과가 맞지? 그리고 문과라면 역사에 밝을 게 틀림없어.'

말은 하지 않았지만 어쩐지 그런 소리가 들리는 것 같았다. 다마카의 편견에 가득 찬 견해는 제쳐 두더라도…… 그 중학생이 필사적으로 문제와 씨름하는 모습을 보면서 아오는 진심으로 감탄했다.

'정말 열심이네. 우리보다 훨씬 더.'

동시에 이름 말고는 아무것도 모르는 이 남자애에게, 지구 멸망이 코앞으로 다가왔음에도 불구하고 고등학교에 다니기로 결심한 이 중학생에게 크게 흥미가 일었다.

결국 '안자이'라는 중학생은 시간은 조금 걸렸지만 물리 문제를 끝까지 풀었다. 다마카는 점점 더 관심을 두고 그 애를 관찰했다.

수업이 끝나자 다마카는 망설임 없이 복도 쪽 자리로 갔다.

"헤이, 재미있어?"

"예……?"

다마카가 다짜고짜 자신의 어깨를 툭툭 치자 '안자이'는 당황하는 눈치였다. 이미 교과서를 집어넣고 문고본을 읽기 시작했지만, 그 애는 시선을 주위로, 다시 자신의 몸 쪽으로 옮기고 나서야 마침내 다마카에게 돌렸다. 앞머리에 거의 가려지다시피 한 눈에는 당혹한 빛이 역력했다. 고등학생들 틈에 있는 단 한 명의 중학생.

문득 다마카의 말이 떠올랐다.

"아오, 넌 덩치도 큰 데다 머리까지 빡빡 밀어서 괜히 무서워 보이니까 일단 나 혼자 가서 말을 걸어 볼게."

'아, 저런 성격이구나. 다마카 판단이 옳았어.'

자기 자리에서 둘을 지켜보며 아오는 고개를 끄덕끄덕했다. 그럼에도 답답한 마음은 여전했다. 지금 아오가 할 수 있는 건 멀찍이 떨어진 곳에서 온 신경을 곤두세우고 둘의 대화를 듣는 것뿐이었다.

다마카 혼자서 동아리에 가입하라고 설득할 수 있을까. 동아리 활동에 대해 제대로 설명할 수 있을까. 쓸데없는 이야기를 하지나 않을까.

아오는 제 일처럼 긴장됐다. 아니다, 자기 일이라면 이렇게까지 긴장하지 않을 것이다. 곁에서 다마카를 도울 수 없다는 사실이 이토록 초조할 줄이야. 손에 땀이 나고, 속도 울렁거렸다.

"아까는 고마웠어, 나 대신 물리 문제를 풀어 줘서."

"아니……."

'안자이'는 눈을 내리깐 채 경계심을 숨기지 않고 대답했다. 반면 다마카는 상대의 영역에 성큼성큼 들어갔다. 털끝만치도 거리낌이 없는 모습이다.

"나는 고마쓰 다마카라고 해. 넌, 으음, 안도였던가?"

"아니요, 안자이예요. 안자이 마사요시."

"아, 미안. 근데 마사요시, 좋아하는 과목이 뭐야?"

서론이고 뭐고 없었다. 다마카는 다짜고짜 그렇게 물었다. 안자이 마사요시는 당황스러운지 의자를 살짝 뒤로 빼더니 한동안 잠자코 있었다. 눈을 반짝거리며 자신을 바라보고 있는 수상쩍은 이 여자가 질문에 답할 때까지 꼼짝도 하지 않으리란 걸 간파했는지 이윽고 입을 열었다.

"철학요."

"철학, 역시나! 철학."

다마카는 팔짱을 끼고 모든 것을 다 안다는 듯이 고개를 끄덕였다.

"철학, 좋지. 으음, 그러니까 철학 하면, 뭐니 뭐니 해도 이와나미 문고지?"

"예에…… 뭐."

"그건 그렇고, 마사요시. 동아리에 들어갈 생각 없니?"

다마카는 책상에 두 손을 짚고 소년 앞으로 몸을 쑥 내밀었다. 화제를 바꾸는 방식이 지독히도 서툴렀다.

"훌륭한 우리 동아리에 꼭 들어오면 좋겠는데."

교실 안이 점점 시끄러워지면서 그 둘의 목소리가 들리지 않았다. 아오는 자리에서 일어나 슬금슬금 두 사람에게 다가갔다. 복도 쪽 벽에 등을 기댄 채 다른 곳을 보면서 신경은 온통 귀에 집중했다.

"동아리 활동요?"

"그래그래. 우리 동아리는 '멸망 지구학 클럽'이라고……."

"아니요, 됐습니다."

"엇?"

다마카의 눈이 동그래졌다. 마사요시는 벌써 문고본으로

시선을 되돌린 상태였다.

"잠깐만, 적어도 어떤 동아리인지 들어나 봐."

"저는 동아리에 들어갈 생각이 전혀 없습니다."

단호하게 거절당했다. 그 말투에서 털끝만큼도 호감이 없다는 것이 느껴졌다.

아오를 바라보는 다마카의 눈길이 간절히 구원을 요청하고 있었다. 아오가 그 요청을 받아들여야 할지 말지 망설이는 그 잠깐 사이에 마사요시는 문고본을 들고 자리에서 일어났다. 그리고 다마카가 무슨 말을 하기도 전에 도망치듯이 교실을 나가 버렸다.

"와아, 말 붙일 엄두도 못 내겠더라."

방과 후, 계단 출입구를 향해 천천히 복도를 걸어가면서 아오가 말했다. 옆에서 함께 걷던 다마카는 아까부터 고개를 갸웃거리면서 연방 신음 소리를 냈다.

"흐음……."

"야아, 포기하자. 다른 사람을 찾아보자고."

"흐음……."

"다마카 선배. 그 안자이라는 사람을 왜 그렇게까지 끌어오고 싶은 거예요?"

세쓰나가 의아하다는 듯이 물었다. 다마카는 심각한 얼굴

그대로 대답했다.

"커피야."

"커피?"

"그 애 물통에 커피가 들어 있었어. 냄새로 알았지."

"어, 그랬어? 그건 좀 특이하네."

"응. 그 애, 분명 나랑…… 아니, 우리랑 닮은 구석이 많을 거야. 그래서 우리 동아리에 들어오기를 바라는 거지."

다마카는 다시 고개를 갸웃거리면서 생각에 잠겼다. 마사요시가 물통에 커피를 담아 왔으니 자신들과 닮았다는 말에, 솔직히 아오는 전혀 동의할 수 없었다. 하지만 다마카가 그렇게 말하는 데에는 무슨 근거가 있을 것이다.

'아니, 근거 따위 없을지도 모르지. 다름 아닌 다마카니까.'

잠깐 생각하고 나서 아오는 생각을 고쳤다.

'하지만 다마카가 이렇게까지 집착하는 게 이상해. 역사를 좋아하는 신입생이 그 애 말고 또 없으리란 법도 없는데 말이지.'

아오와 다마카와 세쓰나는 복도 모퉁이를 돌아 현관 입구로 나왔다. 오늘의 공부를 마친 학생들이 우르르 밖으로 나갔다. 그들 대부분은 내일이 되면 되돌아올 것이다. 누가 강요한 것도 아닌데도 돌아온다. 공부가 도움이 될 '미래'는 영원히 오지 않는데도 돌아온다. 아오는 그 점이 조금은 기묘하고, 동시에 당연하게 여겨졌다.

"어?"

신발장 쪽으로 가던 다마카가 걸음을 멈췄다. 덩달아 아오와 세쓰나도 멈춰 섰다. 순간, 무슨 일인가 싶었지만 그 이유는 바로 알게 됐다.

대학 입시와 취업 정보 게시판 앞에서 중학교 교복 차림의 왜소한 남학생이 담임인 오사코 선생님과 마주 보고 서 있었다. 왜소한 남학생, 안자이 마사요시는 압핀만 남은 게시판을 흘끗 보고 나서 오사코 선생님에게 물었다.

"그럼, 대학 입시 정보는 없는 겁니까? 하나도?"

"내년에는 그…… 그러니까. 알죠? 대학 입시가 치러지지 않아요."

"입시에 대해서는 그렇더라도…… 정상적으로 수업을 하는 대학이 어디인지, 알아볼 방법은 없을까요?"

"그걸 나한테 물어 봤자……."

오사코 선생님은 가로인지 세로인지 분간이 안 되는 애매한 방향으로 고개를 흔들었다. 그러고 나서도 마사요시와 두세 마디 더 주고받고는 교무실 쪽으로 가 버렸다.

게시판 앞에는 마사요시 혼자 오도카니 서 있었다. 학생들이 마사요시 옆을 지나고 신발장 앞을 지나 건물 밖으로 나갔다.

마사요시는 고개를 떨군 채 터벅터벅 복도 끝으로 사라져 갔다. 신발장 쪽이 아니라 교사의 구석진 곳에 있는 도서실 방향이었다. 그의 뒷모습을 지켜보던 아오 일행은 서로 얼굴을 마주 보았다.

"아무래도 좀 더 매달려 보는 게 좋겠다. 동아리에 들어오라고."

다마카의 눈빛은 진지했다.

"일단 이야기를 좀 해 봐야겠어. 저 애를 더 알고 싶고, 우리 활동도 말해 주고. 어쩌면 우리가 힘이 돼 줄 수 있을지 몰라."

"그렇다면야, 뭐."

아오가 동의하자 세쓰나도 고개를 끄덕였다. 그리고 아오는 압핀만 남은 쓸쓸한 게시판을 슬쩍 곁눈질했다. 아오는 이 게시판이 싫었다. 마치 '더는 너희의 미래는 없다.'라고 소리 높여 선언하는 것 같아서.

"필요한 도구는…… 이거랑 이거. 아오, 좀 빌려 와."

"빌려 오라고? 누구한테?"

"아마, 연극부에 있을걸요."

"역시 세쓰나라니까. 그럼, 부탁한다. 성공을 빌게. 우리는 도서실에 가서 기다리고 있을게."

"와아, 너 진짜……."

"나는 대현자이니라. 방황하는 젊은이에게 앞길을 제시하는 걸 보람으로 삼고 산다네."

하얀 수염을 붙이고, 치렁치렁 늘어진 검은 법복을 걸친 여자가 말했다. 안뜰의 풀밭에 앉아 있던 더벅머리 소년 안자이 마사요시는 책에서 눈을 들고 어리둥절한 얼굴로 여자를 보았다.

전기를 쓸 수 없기 때문에 책을 좋아하는 학생들은 안뜰로 나와 나뭇잎 사이로 쏟아지는 봄 햇살 아래서 책을 읽는다. 지금은 마사요시 외에도 대여섯 명이 더 독서에 열중하고 있다. 그들은 갑작스러운 대현자의 등장에 얼굴을 들었지만, 그 정체가 다마카인 걸 알고 '아, 또야.'라는 표정으로 책으로 눈길을 되돌렸다.

아오는 세쓰나와 함께 다마카의 법복 자락이 바닥에 끌리지 않도록 손으로 떠받치며 따라다녔다. 만일 더럽혔을 경우에 곤욕을 치르는 건 다마카의 상대역으로 오해받고 있는 아오다. 아오의 마음고생은 전혀 아랑곳하지 않고, 자칭 대현자는 조잡한 연극을 이어 갔다.

"그대여, 동아리에 들어갈 마음은 없는가?"

"예, 없습니다."

지구의 마지막 신입 부원 모집

"대현자가 추천하는 동아리가 있느니라."

"됐습니다."

"어, 왜?"

"왜긴 왜야."

보다 못한 아오가 끼어들었지만 다마카는 정말로 궁금하다는 눈치였다. 아까는 진지한 표정이어서 이야기가 잘되나 싶었는데……. 이 코미디는 뭔가. 더구나 코미디의 주연은 이미 대현자의 말투를 잊은 것 같았다.

"자, 자, 아무튼 들어 봐. 정식으로 내 소개를 할게. 나는 멸망 지구학 클럽 부장 고마쓰 다마카. 애들은 생물 팀장 겸 잡무 담당 아오와 물리 팀장 세쓰나."

"야아, 다마카."

"난 세쓰나라고 해. 선배들하고 함께 '멸망 지구학' 연구 활동을 하고 있어."

마사요시는 다마카의 엉뚱한 언동에 잠시 당황하더니, 얼추 자기소개가 끝나자 정신이 좀 드는지 입을 열었다.

"멸망 지구학이…… 뭔데요?"

"그것참, 좋은 질문입니다!"

다마카가 들뜬 목소리로 말하고 몸을 내밀었다. 법복이 당겨지면서 아오와 세쓰나는 끌려가는 모양새가 되었지만 역시나 당사자인 다마카는 신경 쓰지 않았다.

"지구가 멸망해 가고 있는 지금이 아니면 할 수 없는 뭔가가 있어. 그 뭔가를 탐구하는 것이 멸망 지구학이야."

다마카는 가짜 수염을 손가락으로 배배 꼬면서 설명했다.

"예를 들면, 교통량이 격감한 도로 한복판에서 몇 초 동안이나 누워 있을 수 있는지를 계측하는 것. 그것도 멸망 지구학이야."

"그건…… 그냥 민폐 행위 같은데요."

"또 무인 차량 기지에 침입해서 전동차 지붕 위를 전력으로 질주하면서 시간을 재는데, 그것도 멸망 지구학이고."

"그건, 그냥 범죄 아닌가요?"

"뭐, 어쨌거나. 지구 멸망이라는 희대의 사건을 최대한 이용해서 이런저런 걸 해 보자는 게 우리 동아리의 목표야. 이해돼?"

다마카는 의기양양하게 마사요시를 향해 윙크를 날렸다. 하지만 아무리 봐도 마사요시는 곤혹스러운 기색이었다. 당연한 반응이다. 아오는 이 중학생을 진심으로 동정했다.

'학문 비슷한 활동을 아예 안 하는 건 아니지만……'

아오는 마음속으로 중얼거렸지만 끼어들 여지는 없었다. 다마카는 이야기를 계속했다.

"그리고 다음 연구 주제인데 말이야. 세계 폭동이 발생한 이후의 역사를 한눈에 보이도록 정리해 보자, 그런 계획이거든. 만약 네가 들어온다면 역사 팀장 아니, 철학 팀장으로 발탁할게! 내 말은 함께 연구하고 싶다는 뜻이야."

"아, 예. 역사 연구라고요."

"그래그래. 그리고 이건 더 중요한 건데. 우리는 멸망 지구학을 통해서 다 같이 '죽기 전에 할 일'을 찾고 있어. 모든 것이 사라지기 전에. 마사요시, 너도 이 지구에서 마지막에 할 일을 찾는 중이지? 우리와 함께 최고로 잘 죽는 법을 찾아보지 않을래?"

이건 아마 다마카 나름으로 생각해 온 결정적 한마디였을 것이다. 하지만 참으로 유감스럽게도 기대했던 효과는 얻지 못했다. 다마카의 이야기가 끝나기 무섭게 마사요시는 재빨리 책으로 시선을 되돌려 버렸다.

"저 좀 내버려 둬요."

책 표지에는 《인생론》이라고 쓰여 있었다.

"제가 할 일은 정했어요. 공부를 많이 하는 것…… 그것뿐입니다. 죽기 전에 많은 걸 알고 싶어서요."

"그러려고 고등학교에 오는 거니?"

다마카가 묻자 마사요시는 다시 책에서 얼굴을 들었다. 입술을 몇 번 달싹이다가 말을 꺼냈다.

"제 생명의 의미를 생각해 볼 겁니다."

"생명의 의미."

"《인생론》에 나와 있어요. 육체가 사라져도 세계와의 관계는 사라지지 않는다고. 생명은 영원하다고."

"그렇구나. 흐음…… 뭐, 그렇다고?"

"다시 말해, 저라는 한 개인이 죽는다고 해도 저와 가족, 저와 친구들, 저와 선생님들의 관계가 사라지는 건 아니라는 말이에요. 오히려 죽음으로 인해 관계가 더욱 강고해지고, 상대에게 더 많은 영향을 미치는 거죠."

"응응."

"하지만 제 생각은 이렇습니다. 지구가 없어진다는 것은 타자와의 관계도 통째로 소멸해 버리는 것이 아닌가 싶거든요. 톨스토이의 주장은, 즉 이 지구의 영속성을 전제로……."

"스톱, 스톱!"

다마카는 어떻게든 맞장구를 치려고 시도해 봤지만 결국은 말을 자르고 말았다. 그리고 수염을 쓰다듬으며 말했다.

"답답하도다. 인류의 뇌는 너무 어려운 생각을 하지 않는 쪽이 행복을 느끼게 되어 있느니라."

"맞아요, 다마카 선배! 맞는 말이에요."

"일단, 영원이고 뭐고 없으니까. 저 태양도 앞으로 몇 년만 지나면 다 타 버릴 거잖아. 으음, 세쓰나, 몇 년 후였더라?"

"약 50억 년이에요. 수소의 핵융합이 끝나서 연료가 떨어지게 되니까요. 기간은 태양의 크기와 밀도 등을 근거로 산출······."

"맞아, 맞아, 50억 년. 석 달이냐 50억 년이냐, 차이는 그것뿐이야."

"무슨 말도 안 되는······."

마사요시는 노골적으로 황당하다는 표정을 지었다. 아오도 마사요시에게 완전히 공감했다. 다마카는 항상 저런 식의 말도 안 되는 소리를 한다.

"뭐 어쨌든, 생명의 의미를 생각하는 것도 일종의 '멸망 지구학'이라고 할 수 있을 것 같은데. 그러니까 너에게는 '멸망 지구학'의 재능이 있다는 거지!"

"예에······?"

"지금 당장 오늘의 활동 내용을 발표할게! 자, 세쓰나 물리 팀장!"

"오늘의 일정은 천체 관측입니다."

"좋아."

다마카는 엄지손가락을 척 치켜들었다. 마사요시에게는 미안하지만 이렇게 폭주하는 다마카를 멈추게 하는 건 불가능하다. 아오는 그저 즉흥적으로 일을 진행하는 다마카를 보며 미간을 찡그릴 뿐이었다.

"다마카, 무슨 천체 관측을 한다는 거야. 그래도 돼? 지금껏 역사를 연구하는 데 협력해 달라고 해 놓고."

"으응, 그건 그래. 하지만 아까부터 계속 협력해 '달라'고만 했잖아. 우리 쪽에서도 뭔가를 줄 수 있다는 걸 확실하게 보여 주는 게 좋을 것 같아서."

"과연…… 아니지, 잠깐. 만약 임시 부원이 된다 해도 당장 오늘 밤에 데리고 나가는 건……."

"지금 그렇게 세세한 것까지 어떻게 신경을 써. 그때그때 하고 싶은 걸 바로바로 하면 되는 거야. 지구는 우리를 위해 멈춰 주지 않으니까."

"하아, 말 참 쉽게 하네……."

"덴도 아오 생물 팀장, 이번에도 도시락 부탁해."

"아, 예에, 그러죠."

아오는 법복 자락을 떠받친 채로 어깨를 으쓱 추켜올렸다. 이쯤 되면 흘러가는 대로 맡길 수밖에 없다. 문제는 마사요시를 배제한 채로 이야기가 진행되고 있다는 건데…….

'만약 거절하면 천체 관측은 우리 셋이서 하면 되지, 뭐.'

아오는 거절당하는 것을 전제로 태평하게 생각했다.

그런데.

"으음, 그리고 아오가 도시락을 준비하는 동안에 나와 물리 팀장은 학교에서 필요한 도구들을 챙길게. 아오, 준비되면 학교에 문자 보내고."

"옛, 문자라고요?"

다마카의 그 말에 비로소 마사요시의 눈이 빛났다. 지금까지 단순한 당혹스러움과는 달랐다. 그건 확실하게 멸지부 멤버들 이야기에 흥미를 보이는 반응이었다.

"저기…… 인터넷 회선이 살아 있어요?"

뭐라고 대답하지 싶어 아오는 다마카를 바라보았다. 다마카는 세쓰나를 바라보았다. 하지만 세쓰나는 도로 아오를 쳐다보았다. 그 눈길이 부담스러워진 아오는 도시락 메뉴를 생각하면서 일단 얼버무렸다.

"문자는 원래 하던 거랑은 조금 달라."

"진짜 재미있어. 너한테도 방법을 알려 줄게."

다마카는 그렇게 말하고는 가짜 수염을 쥐어뜯었다.

"그럼, 질문 더 없으면 행동 개시. 우주의 역사…… 세쓰나, 몇 년이었지?"

"138억 년이에요."

"맞아, 138억 년. 그 138억 년 중에서도 바로 지금, 이 순간에만 볼 수 있는 하늘을 우리 함께 보는 거야."

냄비 뚜껑을 열자 뜨거운 김과 함께 갓 지은 흰쌀밥 냄새가 피어올랐다. 아오는 만족스러워하며 주걱으로 밥을 몇 번 젓고는 다시 뚜껑을 닫아 뒀다. 그러고는 휘파람을 불며 2층으로 올라가서 베란다 난간을 딛고 지붕으로 올라갔다. 대형 손전등을 크게 휘둘렀고, 곧바로 응답이 왔다. 인가에서 새어 나오는 희미한 불빛 사이로 광점 하나가 빙글빙글 돌고 있다. 학교 쪽이었다.

"그게 '문자'예요?"

갑자기 들려온 목소리에 아오는 아래를 내려다보았다. 달빛 속에 운동복 차림의 마사요시가 서 있었다. 주머니에는 문고본이 삐죽 튀어나와 있다.

"옷 갈아입고 왔구나. 들어와서 음식 담는 것 좀 도와줄래?"

아오는 손전등을 든 채로 창문을 타고 스르르 2층으로 내려왔다. 그리고 1층으로 내려가 현관문에 달린 세 개의 잠금장치를 풀고 마사요시를 어두운 실내로 들였다. 그는 창문마다 판자를 덧대어 놓은 걸 보고 의아한 얼굴을 했다.

둘은 램프 불에 의지해 도시락 4인분을 준비했다. 도시락통에 밥을 담고, 눈알이 네 개 박힌 달걀 프라이(근처에 사는 아저씨가 기르는 닭이 낳은 달걀로 만들었다.)를 정확히 넷으로 나눠 반찬통에 담았다. 다마카의 취향을 고려해 반숙으로 했다. 산에서 뜯어 온 죽순과 학교에서 재배한 푸르대콩을 간장으로 조린 반찬도 넣었다. 또 손님이 왔으니 아주 귀한 콘비프 통조림도 한 캔을 따서 4등분 했다.

마사요시도 아오가 시키는 대로 바지런히 거들었다.

솔직히 마사요시는 다마카의 권유를 거절할 생각이었다. 그러나 생각과 달리 그때 읽던 책을 덮고 이렇게 말하고 말았다.

"질문 하나 해도 돼요?"

"그래. 뭐든 물어봐."

"천체 관측 할 때, 요성 델타도 관측해요?"

"물론. 아니지, 그게 중심이라고 할 수 있지."

"아, 예…….그럼, 일단 한번 가 볼게요."

도시락 준비를 마치고 아오가 평소대로 교복으로 갈아입자마자 다마카와 세쓰나가 도착했다. 현관문 앞에 있는 둘은 배낭 외에도 망원경과 삼각대를 짊어지고 있었다(오늘 밤 다마카는 다행히 아오가 사 준 방수성이 뛰어난 블루종 긴소매를 입고 왔다.). 마사요시가 배려심을 발휘해 망원경을 들어 주려고 했지만 다마카는 거절했다.

"출발!"

다마카는 진행 방향, 그러니까 며칠 전 자신이 절벽의 허공에 매달려 있었던 산을 가리켰다. 주택가의 가로등은 깡그리 멸종됐고, 인가의 창문에서 새어 나오는 희미한 불빛과 달빛, 별빛만이 어둠에 스며들었다. 손전등 불빛 네 개가 그 조화를 깨뜨리며 나아갔다.

화력 발전소와 원자력 발전소가 대부분 멈춰 버린 탓에 이런 시골 마을에까지 돌아올 전력은 없다. 자가 발전을 하려 해도 암시장 휘발유 가격이 하늘을 찔렀다. 종말에 다다르면서 마을의 풍경은 근대화 이전의 모습으로 퇴보하고 있었다.

오늘의 초대 손님인 마사요시는 다른 세 명에게서 두 걸음쯤 뒤처져 따라왔다. 반강제로 참석이 결정되자 낮에는 그토록 곤혹스런 얼굴이더니 지금은 그런대로 편안해 보였다.

다마카는 걸으면서 계속 뒤를 돌아보았다. 말할 타이밍을 가늠하는 것 같았다. 마침내 주택가를 빠져나가 비탈길에 다다르자 말을 꺼냈다.

"마사요시, 천체 관측 하는 거 처음이야?"

"네."

마사요시는 고개를 한 번 끄덕이고, 이내 정정했다.

"아니요, 초등학생 때 한 번 한 적 있어요. 델타 충돌 건이 알려지기 전이었어요."

"이번에도 재미있을 거야, 내가 장담해. 꽤 고성능 망원경에 도시락도 있고…… 아무튼 도시락도 있으니까."

"용케 허락받았네."

"요즘은 부모님이 전처럼 엄하지 않거든요."

"우리 집도 그래. 우리 엄마도 방임주의로 바뀌었거든. 대학에 있는 아빠는…… 아예 집에 돌아오지도 않고. 이제 마지막이니까 자유롭게 살라는 건가 싶어."

"게다가 내가 마사요시 부모님께 편지를 썼거든! 그게 먹힌 거지."

"어? 마사요시, 그 편지 괜찮았어?"

"아, 제가 거들었어요."

"세쓰나가? 그렇다면 안심이고."

아오는 마음이 놓였다. 하지만 그 정도로 들이대면 거절하기 어려웠겠다 싶어 마사요시에게 살짝 동정심이 일었다. 마사요시를 위해서도, 그의 부모님을 위해서도 반드시 이 관측을 무사히 마쳐야 한다.

넷은 손전등으로 정확히 발밑을 비추며 완만하게 굽은 산길을 올라갔다. 이야기는 주로 다마카 혼자서 했고, 어찌 생각하면 당연하지만, 마사요시는 최소한의 대답밖에 하지 않았다. 결국 마사요시는 경계심을 완전히 풀지 못한 채로 일행과 함께 정상에 다다랐다.

산 정상은 탁 트인 들판이었다. 다마카는 다짜고짜 짐을 내던지고는 그 작고 가느다란 몸도 내던지듯이 풀밭에 풀썩 누웠다. 그러더니 그대로 데굴데굴 구르기 시작했다.

"아, 대지는 나의 어머니! 하늘은 나의 아버지!"

그 모습을 손전등으로 비추며 마사요시는 당황한 듯이 물었다.

"무슨 발작을 일으킨 건가요?"

"그냥 내버려 두면 돼."

그렇게 대답한 아오는 가방을 들고 광장의 가장자리로 이동한 후 가방에서 비브라폰*처럼 죽 이어진 대나무 통을 꺼냈다. 거기에서 뻗어 나온 끈을 발목 높이의 나무들 밑동에 익숙한 손놀림으로 둘러쳤다. 그리고 대나무 통을 나뭇가지에 걸쳐 놓자 때그락때그락 울렸다. 그 소리가 신기한지 마사요시가 다가왔다.

"저기, 뭘 하는 거예요?"

"딸랑이를 설치하는 거야."

"앗, 곰이라도 나와요?"

"응, 어쩌면. 너희를 무사히 집으로 돌려보내는 게 내 사명이거든."

"예에?"

마사요시가 의아해했지만 아오는 더 이상 설명하지 않았다. 이 천연의 원형 광장에 올 때면 짐승 혹은 사람이 다닐 만한 모든 곳에 끈을 쳐 두었다. 작업을 마치고 돌아가자 다마카가 옷에 풀을 잔뜩 묻힌 채로 만족스러운 듯이 서 있었다.

하늘을 올려다보았다. 별이 가득했다.

• 실로폰과 비슷한 모양의 쇠막대기로 이루어진 타악기.

"자, 자, 물리 팀장 세쓰나, 오늘 밤의 주인공은?"

"목성의 위성을 보려고요. 오늘 밤에는 갈릴레오 위성을 볼 수 있을 거예요."

상의는 하얀 가운, 하의는 청바지. 기묘한 차림을 한 세쓰나는 능숙한 손놀림으로 삼각대를 바닥에 세웠다.

"갈릴레오 갈릴레이와 같은 체험을 할 수 있는 건 지구가 있는 지금뿐이죠. 별이 총총한 것은 우주의 현재가 아니라 과거의 모습이기 때문에……."

"물리 팀장. 자세한 설명은 나중에 들을게. 관측할 별은 그거 하나뿐이야?"

"그 별 말고도 봄의 대삼각형과 북두칠성, 그것들을 만드는 봄의 대곡선 같은 것도 볼 수 있죠. 그리고 마지막으로 저거요."

"저거……."

마사요시가 곱씹듯이 중얼거렸다. 반면 세쓰나는 하늘을 향해 손가락을 펼쳤다.

"그래. 저게 요성 델타야."

"오늘은 '요성식(妖星食)'이래."

"요성식……이에요, 저게?"

"달이 요성 델타 뒤로 숨는 거야."

"다마카 선배, 그 반대예요. 요성 델타가 달 뒤로 숨는 거죠."

망원경을 들여다보면서 세쓰나가 즉각 바로잡아 주었다. 세쓰나는 달을 볼 수 있도록 망원경을 조정해 두었다. 정확히는, 달에 바짝 다가가 있는 요성 델타를 향해 조정했다.

"요성 델타의 궤도는 신문 같은 데 공표되어 있어요. 그걸 바탕으로 계산하면 일본 시각으로 21시 15분부터 약 5분간, 달 뒤로 숨는다는 것을 알 수 있죠. 다만……."

세쓰나는 망원경에서 얼굴을 들었다. 이어서 마사요시가, 다음으로 다마카가, 마지막으로 아오가 망원경을 들여다보았다. 금방이라도 달의 이지러진 부분에 닿을 듯한 빨간 광점이 보였다. 하늘에서 다가오는 죽음의 운반자. 바로 요성 델타였다.

"델타는 지금 지구에서 약 3억 9,000만 킬로미터 떨어진 곳에 있어요. 그 말은 빛이 지구에 오기까지는 꽤 시간이 걸린다는 거죠. 그러니까 요성 델타가 21시 15분에 달 뒤에 숨어도 지구에서는 좀 더 시간이 지난 뒤에 그 모습을 볼 수 있는 거죠."

교대로 망원경을 들여다보는 셋에게 세쓰나가 설명해 주었다. 아오가 손목시계를 확인했다. 현재 시각 21시 30분.

"맞아, 맞아. 얼마 전에도 세쓰나가 설명해 줬어. 이제야 조금씩 기억난다."

다마카는 신나는 모양이었다. 마사요시를 보고 해맑게 웃으며 말했다.

"지구에서 보이는 델타의 움직임은 실제 시간과는 차이가 나니까…… 그 차이를 이용해서 빛의 속도를 계산해 보자는 실험이야, 이건."

"빛의 속도를요?"

"그래. 재미있겠지? 델타가 하는 짓을 지켜보기만 하는 건 재미도 없고, 또 화나잖아. 그러니까 우리의 실험에 재미있게 이용해 보자는 거야."

마사요시가 놀란 얼굴로 아오를 돌아보았다. 아오는 "네가 들은 대로야."라면서 고개를 끄덕였다.

이런 일이 아니라면 살아가면서 빛의 속도를 계측하는 일 따위는 없었을 것이다. 델타에 대한 작은 저항으로서 실험에 이용한다. 이 천체 관측이야말로 멸망 지구학 클럽의 이념에 바탕을 둔 활동이라고 할 수 있다.

물론 이런 활동이 무슨 의미가 있느냐고 묻는다면 아오는 곧바로 대답하지 못할 것이다. 그러나 그런 부정적인 감정은 애써 감췄다.

"이제 곧 요성식이 시작돼!"

다마카가 자신의 손목시계를 뚫어지게 보며 알렸다. 넷은 다시 차례대로 망원경을 들여다보았다. 세 번째로 아오가 들여다봤을 때는 달의 그림자 부분에 델타 전체가 가려지고 있었다.

마지막으로 다마카가 망원경에 눈을 갖다 댔다. 그리고 "지금!"이라고 말하며 재빨리 손목시계로 시선을 옮겼다.

"21시 34분 41초!"

"제 시계도 같아요."

옆에서 세쓰나가 확인했다.

"실제로는 21시 15분 6초에 가려졌을 테니까, 지구와는 19분 35초 차이가 나는 거죠."

"다음에는 5분 후에 나오던가?"

"네, 맞아요. 그때도 계측할 거니까 미리 준비해 두죠."

세쓰나가 메모지를 꺼내 라이트 펜으로 뭔가를 적어 넣었다. 딱히 준비할 것도 없는 아오는 풀 위에 앉아 하늘을 올려다보았다. 지금은 하늘 어디를 찾아봐도 델타는 없다. 단 5분간, 그 잠깐 동안의 멸망과 무관한 세계.

"해 볼래?"

다마카가 마사요시에게 말을 건넨 건 바로 그때였다. 마사요시는 처음에는 그저 어리둥절한 얼굴이더니 다마카가 망원경과 시계를 번갈아 가리키자 당황한 모습으로 손사래를 쳤다.

"아, 저는…… 됐어요."

"그렇게 빼지 말고. 임시 부원이긴 해도 이왕 왔으니까 한

번 체험해 봐."

마사요시는 당황한 얼굴로 세쓰나에게 눈짓을 보냈다. 세쓰나가 냉정하게 말려 줄 거라고 생각했지만 의외의 반응이 돌아왔다.

"좋아. 그럼, 이번에는 마사요시가 신호해 줘."

"말도 안 돼요. 제가 하면 잘 안 될 수도……."

"계측은 이미 한 번 했으니까 이번에는 그냥 확인 차원이야. 제대로 못 해도 아무 문제 없어."

세쓰나는 태연하게 말했다. 정말로 그렇게 생각하는지, 아니면 다마카의 말에 따르려는 것뿐인지 알 수 없지만, 아무튼 세쓰나는 임시 부원인 마사요시가 중요한 역할을 맡는 것을 용인했다.

물리 팀장이 허락했으니 아오도 반대할 이유가 없었다. 마사요시와 눈이 마주치자 아오는 조용히 고개를 끄덕였다.

"그, 그럼 해 볼게요."

"델타가 달 끝에서 완전히 얼굴을 내밀면 말해."

다마카는 망원경에서 떨어져 세쓰나 옆에 와서 섰다. 팔을 구부려 가슴 앞에서 손목시계를 보았다. 아침에 라디오 시보를 듣고 초 단위까지 맞춰 두었다.

아오도 다마카 옆에 나란히 서서 자신의 손목시계로 눈길을 돌렸다. 요성식 종료까지는 앞으로 채 1분도 남지 않았다.

긴장한 모습으로 망원경을 들여다보는 마사요시. 시계에 주목하는 세 사람.

잠깐의 침묵.

"지, 지금이에요!"

망원경에 매달려 있던 마사요시가 떨리는 목소리로 외쳤다. 다마카와 세쓰나와 아오, 이들 셋은 저마다 자신의 손목시계를 확인했다. 셋이 확인한 시각은 정확히 일치했다. 이번에는 진짜 '요성식 종료 시각'이기 때문에 19분 25초 정도 차이가 났다.

넷이서 번갈아 가며 달에서 조금씩 벗어나는 델타를 관찰했다. 얼추 관찰을 마쳤을 때, 메모장을 보면서 세쓰나가 입을 열었다.

"평균을 내면, 19분 30초 차이가 나요. 그럼 다마카 선배, 계산해 보죠."

세쓰나는 전자계산기를 꺼내 다마카에게 건넸다. 아오가 라이트 펜으로 손을 비추는 동안, 다마카는 세쓰나가 읽어 내려가는 숫자를 전자계산기에 입력했다. 계산은 바로 끝났다.

"초속 33만 3,333.3333킬로미터!"

다마카가 눈빛을 빛내며 소리쳤다.

"이게 빛의 속도야!"

아오는 어깨를 으쓱하고는 세쓰나를 보았다. 시선으로 묻자 세쓰나는 침착하게 대답했다.

"광속은 초속 29만 9,792.458미터예요. 우리 계산 결과와 초속 약 3만 킬로미터 정도 차이가 나네요."

"어?"

다마카가 입을 떡 벌렸다. 아오는 이마에 손을 짚은 채 입술을 일그러뜨렸다. 초속 3만 킬로미터. 1초에 지구를 4분의 3바퀴 도는 만큼의 오차가 발생한 것이다. 역시 초보자의 관측으로는 이 정도가 한계인 건가……

그러나.

다마카는 언제나 아오의 예측대로 움직이지 않았다. 다마카는 계산기를 떨어뜨릴 뻔했을 정도로 온몸을 파르르 떨었다. 실험 실패에 대한 충격이 아니었다. 그 반대였다.

"그렇다면 빛은, 실은 지금까지의 가설보다 초속 3만 킬로미터나 빨랐다? 혹시 우리가 노벨상급의 발견을?"

"야, 무슨 소리를 하는 거야."

아오는 라이트 펜을 세쓰나에게로 돌리고 말했다.

"우리의 계측이 정확하지 않았던 거야."

"뭐, 잘한 편이에요. 전문적인 기기도 없이 육안으로만 관측했으니까요."

"그런 거야? 그럼, 성공!"

다마카가 팔짱을 끼고 힘차게 선언했다. 아오는 어이없어하며 어깨를 으쓱했고, 마사요시는 쓴웃음을 지었다. 세쓰나만이 무표정하게 라이트 펜을 귀에 꽂아 손을 비추며 메모장을 넘기고 있었다.

빛의 속도를 측정하는 일은 끝났다. 하지만 그걸로 천체 관측 행사가 전부 끝난 것은 아니다. 달 뒤에서 모습을 드러낸 그 별을 망원경으로 보았다. 지구 지름의 4분의 3정도를 자랑하는 붉은 행성, 요성 델타.

"오늘 처음 보는 거야?"

"글쎄요……. 실제로는요. 육안으로 봐선 잘 모르니까요."

다마카가 묻자 마사요시는 그렇게 대답했다. 옆에 서 있는 아오도 알 수 있을 정도로 목소리를 심하게 떨고 있었다. 보고 싶지 않거든 안 봐도 된다고 했지만 마사요시는 "괜찮습니다."라고 대답했다.

낮에 주고받은 대화를 떠올려 보면, 애초에 마사요시는 요성 델타를 관측하기 위해서 참가한 것 같다. 이유는 알 수 없다.

"특수 상대성 이론에 따르면."

마사요시가 망원경에서 눈을 떼기를 기다리지 않고 세쓰나는 설명을 시작했다. 표정을 바꾸지 않고 담담하게.

"속도 v로 움직이는 물체 A를 멈춰 있는 물체 B 위에서 관찰하면 길이는 $\sqrt{1 - \dfrac{v^2}{c^2}}$ 배로 보인다고 해요. 더구나 A의 시간 흐름이 늦은 것처럼 보인다고도."

세쓰나는 $\sqrt{1 - \dfrac{v^2}{c^2}}$ 이라는 부분에서 유독 힘을 주었다.

"그러나 A에 올라가 있는 사람이 보면 움직이는 것은 B 쪽이고, A는 계속 멈춰 있다고 생각할 수도 있어요. A 쪽에서 보면 반대로 B의 길이가 $\sqrt{1 - \dfrac{v^2}{c^2}}$ 배로 보이고, 시간의 흐름도 B가 늦은 듯이 보이죠. 우주에 특별한 물체는 없어요. 자신이 움직이고 있는지, 상대가 움직이고 있는지를 판단할 방법은 존재하지 않아요."

"어어, 그래서?"

"델타 입장에서 보면 움직이는 건 우리라는 거죠."

세쓰나는 다마카의 질문에 분명하게 대답했다.

"델타로서는 자신은 내내 같은 곳에서 움직이지 않고 있었는데 태양계의 별들이 일부러 멀리서 찾아와 부딪히려 한다고 느끼겠죠. 그리고 특수 상대성 이론에 따르면 그 주장도 맞고요."

마침내 마사요시가 얼굴을 들었다. 어두워서 잘못 본 것일까. 입술을 꽉 깨물고 있는 것 같았다. 이어서 아오는 자신의 차례가 되어 망원경을 들여다보았다. 암흑의 한복판에 떨어진 혈흔 같은 광점이 보였다.

'마사요시는 왜 이걸 보고 싶어 했을까.'

아오는 마사요시를 흘끗 보았다. 델타를 관측하고 싶었던 이유를 물어볼까 했지만, 때마침 임시 부원인 중학생에게 다마카가 질문 세례를 쏟아 냈다.

"마사요시, 주먹밥에 뭐 들어간 거 좋아해?"

"네? 가다랑어포요."

"그럼, 개구리랑 올챙이 중 어느 쪽을 좋아해?"

"개구리요. 저기, 이게 동아리랑 무슨 관계가……."

'나중에 물어보지 뭐.'

아오는 다시 망원경을 들여다보았다. 천체 관측에 참여한 동기가 궁금하긴 했으나 '타이밍'을 봐서 물어보기로 했다.

다만.

그 '타이밍'이 의외로 빨리 왔다.

요성식을 이용해 빛의 속도를 계산하고 나서, 네 사람은 봄의 대삼각형과 북두칠성 그리고 봄의 대곡선을 관측했다. 그렇게 천체 관측을 마치고 슬슬 도시락을 먹으려던 참에 다마카가 물었다.

"어, 마사요시는?"

마사요시의 모습이 보이지 않았다.

"어디 간 거지?"

"아……."

아오는 몇 초간 망설이다 결국 말했다.

"볼일 보러 갔어."

"아, 그래."

다마카는 뭐라 말할 수 없는 얼굴을 했다. 한편 세쓰나는
들리는지 안 들리는지, 말없이 망원경 옆에 앉아 가방에서
비닐 시트를 끄집어냈다.

이 근처에는 공중화장실이 없다. 하지만 참을 수 없을 때가
있는 법이다. 다시 말해 지금 마사요시의 경우가 그랬다.

"그럼, 남자가 불러오는 게 좋겠네. 아오, 갔다 와."

"알았어."

말하지 않아도 데리러 갈 생각이었다. 아오는 들판을 빠져
나와 나무들 사이로 난 길로 들어갔다. 부엉부엉 하는 울음
소리가 밤의 정적에 희미하게 색을 입히고 있었다. 손전등으
로 발밑을 비추면서 풀에 발이 걸려 넘어지지 않도록 조심조
심 나아갔다.

그 좁은 길은 구마타하라 마을을 한눈에 볼 수 있는 벼랑으
로 이어져 있다. 거의 망가지다시피 한 금속제 난간과 거기
에 기대고 있는 사람 그림자가 보였다.

마사요시였다. 볼일을 보러 간 것이 아니었다.

아오는 천천히 걸음을 옮겼다. 풀 밟는 소리가 유난히 크게
울렸다.

"뭐가 보여?"

"아, 아뇨."

마사요시는 조금 놀랐는지 돌아보며 그렇게 대답했다. 아오는 아랑곳하지 않고 그 옆에 가서 섰다. 어둠에 가라앉은 마을은 아무것도 보이지 않았다. 밭도, 도로도, 학교도. 인가의 창문에서 새어 나오는 불빛은 별빛에 비해 어쩐지 불안정해 보였다.

빨리 돌아가자고 하려다 그만뒀다.

"진짜 깜깜하다. 평화로워서 좋은데."

"네. 한동안 폭동의 조짐이 안 보이네요. 모두 포기한 걸까요?"

"그러게."

아오는 가볍게 대답했다. 하지만 내심 예전에 있었던 '세계 폭동'의 기억이 되살아나 가슴이 뻐근히 아파 왔다. 얼굴에 감정이 드러나지 않도록 주의하면서 덧붙였다.

"뭐, 시골 관공서나 언론사를 습격해 봐야 별의 궤도가 달라지는 것도 아니고, 탈출 로켓의 자리가 늘어나는 것도 아니니까."

그리고 로켓을 타고 화성에 도망치겠다는 일부 정치인과 학자와 자본가 들도 아마 오래 살지는 못할 것이다. 결국 파멸을 피할 수 있는 인간은 없는 셈이다.

아오는 넌지시 화제를 돌렸다.

"오늘 관측, 재미없었나 보다?"

"아니, 아니에요."

마사요시는 당황한 얼굴로 부인했다. 그러나 달빛 아래 드러난 표정에는, 부스스한 머리에 거의 가려진 그 두 눈에는, 뭔가 할 말이 있는 듯했다. 아오는 기다렸다. 다소 긴 침묵이 흐른 후, 마사요시는 입을 열었다.

"다만, 잘 이해가 안 돼요. 이런 상황에서 연구라니……. 일부러 망원경으로 델타를 보다니. 함께 참여하다 보면 이해할까 생각했지만……."

"하지만 너도 델타를 보려고 온 거잖아?"

아오는 아까부터 궁금했던 걸 마침내 물었다. 마사요시는 조용히 고개를 저었다.

"델타를 보고 싶었던 게 아니라, 선배들이 델타와 어떻게 마주하는지 그게 알고 싶었어요."

"아, 그랬구나."

아오는 마침내 이해됐다.

"다마카도 말했지? 우리는 델타에 휘둘리지 않으려고 그 델타를 우리의 연구에 이용하는 거야. 뭐, 보복하는 거나 비슷한 거지."

"하지만 상대는 별이에요. 보복해 봐야 전혀 타격을 입지 않는다고요."

마사요시는 주먹 쥔 손을 부들부들 떨었다. 피가 날 정도로 주먹을 꽉 쥐고 있었다. 아오는 눈을 들어 하늘을 보았다. 그리고 저주스러운 요성이 있는 쪽을 응시했다. 육안으로는 그 존재조차 확인하기 어려울 정도로 작은 점에 지나지 않는 별. 하지만 분명히 존재한다. 그 하잘것없는 존재가 지구를 멸망시킨다는 것은 꿈도 아니거니와 환상도 헛소문도 아니다.

"멸지부의 천체 관측 목적은 원래 델타를 보는 것이었어. 목성의 위성이나 빛의 속도, 그런 건 나중에 생각한 거고."

"그렇다면 더 이상해요. 그 무서운 델타를…… 선배들은 어떻게 태연하게 관측할 수가 있어요?"

태연하게. 그렇게 보였단 말인가.

아오는 난간에 몸을 기댔다. 시선은 여전히 하늘에, 뭐라 표현할 수 없을 정도로 증오스러운 요성 델타가 있는 쪽에 고정한 채로.

"부장 선배가, 최후에 할 일을 찾는다고 하던데요. 죽는 방법을 찾는 거, 저는 그런 거 못 해요. 지금 이 상황을 그렇게 받아들일 수는 없어요. 제가 약해서 그런지 모르지만."

아오의 심정 따위 알 리 없는 마사요시는 한숨을 섞어 내뱉었다. 약해서. 과연 그럴까. 받아들이는 것이 강해지는 것이라면 강함이란 정말 지향해야 하는 이상인 걸까.

델타는 언젠가 다마카의 생명을 앗아갈 것이다. 다마카는 그 사실을 받아들이고 있다.

그렇다. 태연하게 죽음을 받아들이고 있다.

과연 강해서 받아들이는 걸까. 아오는 알 수 없었다. 아무튼 다마카는 죽음을 받아들이지 못하는 아오를 두고 혼자서 나아가고 있다. 죽음을 향해 걸어가고 있다.

용서할 수 없다, 델타를. 그리고 다마카를 혼자 남겨 두게 될 자기 자신을 용서할 수가 없다.

"태연해 보였어?"

"네. 다들 무섭다는…… 죽고 싶지 않다는 생각은 안 해요?"

이렇게 묻는 마사요시에게 아오는 뭐라고 대답해야 할까.

깊이 생각하고 나서 온화한 말을 골라야 할지도 모른다. 하지만 어느새 마사요시의 감정이 전염된 모양이었다. 아오는 밤하늘을 노려본 채 이렇게 말했다.

"그럴 리가 있겠냐."

"예?"

"당연히 죽고 싶지 않지."

아오는 난간을 잡은 손에 힘을 주었다.

"혹시 알아? 무슨 기적이 일어나서 궤도가 계산한 것과 달라질지. 우리는 매번 그런 기대를 하면서 관측해. 하지만 그때마다 현실을 직면하곤 하지. 시간은 단 하루도 늘어나지 않는다는 현실을."

"기대한다고요, 부장이?"

마사요시는 조심스레 물었다. 당황하는 기색이 역력했다.

"아니면……."

'내가 지금 무슨 말을 한 거지.'

아오는 잠자코 고개를 숙였다. 이윽고 작은 광장 쪽으로 발길을 돌렸다.

'마사요시의 이야기를 들을 생각이었는데……. 하아, 누가 선배인지 모르겠군.'

"돌아가자."

어색함을 얼버무리려고 아오는 일부러 크게 말했다.

"다마카랑 세쓰나가 걱정해. 그리고 네가 안 가면 도시락도 못 먹잖아."

"자, 잠깐만요……!"

아오는 걸음을 멈췄다. 돌아보니 마사요시는 아까보다 더 침울한 얼굴이었다. 아오는 자신이 싫어졌다. 이쯤 되면 아무 말도 하지 않는 게 좋다.

"죄송합니다. 제가 무신경했어요."

"됐어. 넌 잘못한 거 없어."

아오는 손을 휘휘 흔들고는 눈을 돌렸다.

"나도 미안했다."

"저어……."

마사요시는 더욱 골똘한 표정으로 아오를 붙잡았다. 다시금 걸음을 내딛으려던 아오는 뜨끔했다. 이렇게 이슥한 밤에 산속으로 끌고 와 이상한 이야기를 늘어놓았으니 무슨 불평이라도 하려나 보다고 생각했다. 하지만 아니었다.

마사요시는 머뭇머뭇하다 입을 열었다.

"…… 여동생이 태어나요."

아오는 미간을 찌푸리다가 이윽고 숨을 죽였다. 그 말뜻을 이해했을 때는, 델타와 자기 자신에 더해 지구의 공전 궤도까지도 진심으로 증오스러웠다.

그래서 그는 발돋움한다

안자이 마사요시는 어른이 되어야 했다. 그것도 가능하면 앞으로 일주일 내로.

자기 방 책상 앞에서 마사요시는 기지개를 켰다. 책상 위에는 이와나미 문고 몇 권이 쌓여 있다. 그것들은 책장 대부분을 차지한 만화책, 특히 좋아하는 《불새》*나 《블랙 잭》**과는 묘하게 이질적인 분위기를 자아냈다. 마사요시는 눈을 비비면서 거실로 나갔다. 어머니가 소파에서 불룩한 배에 손을 얹은 채 쉬고 있었다.

• 신비로운 '불새'와 그와 관련된 사건들을 옴니버스 형식으로 엮은 데즈카 오사무의 SF 만화.
•• 무면허 천재 외과 의사의 활약을 그린 데즈카 오사무의 만화.

"공부하고 있었니?"

"네. 엄마, 몸은 어때요?"

"지금은 좀 안정됐어."

"그래요……."

"괜찮아. 아빠가 잘 준비해 주실 테니까."

"네에."

마사요시는 걱정이 되었지만 아무 말 없이 그저 고개만 떨굴 뿐이었다. 달리 할 수 있는 게 없었다. 말 속에 혼이 깃든다거나 신비한 힘이 있다는 속설을 믿는 건 아니었다. 그런데도 혹여 자신의 불안이 어머니에게 전염되지나 않을까 싶어서 부정적인 생각을 조용히 마음속에 꾹꾹 욱여넣었다.

지난주, 천체 관측 모임에 참여해 처음으로 요성 델타를 관찰했다. 지구가 사라져 버린다는 걸 알면서도 적극적으로 연구에 매진하는 사람들에게서 뭔가 힌트를 얻을 수 있을까 기대했다. 하지만 아무런 힌트도 얻지 못했다.

다른 둘은 몰라도 텐도 아오라는 사람은 마사요시와 별반 다르지 않았다. 지구가 사라진다는 것. 자신의 존재가 과거도 미래도 통째로 사라진다는 것. 살았던 사실마저, 죽었던 사실마저 없었던 일이 된다는 것. 그러한 현실 앞에서 가슴을 쥐어뜯고 싶을 만큼 불안해했다.

마사요시는 찾아야 했다. 몇 개월밖에 살지 못할 동생을 위해서. 훌륭한 오빠가 되기 위해서 무엇을 해야 하는가. 방법을 찾으려 하면 할수록 무력감만 깊어질 뿐이다. '멸망 지구학 클럽'은 아무것도 가르쳐 주지 않았다.

거기에 하나 더.

마사요시에게는 목에 걸린 생선 가시처럼 도무지 삼킬 수 없는 불안이 존재했다.

마사요시는 다시금 소파에 앉아 있는 어머니에게로 눈길을 돌렸다. 출산 예정일을 일주일 앞둔 어머니는 여전히 움직이는 게 몹시 힘들어 보였다. 검사상으로는 이렇다 할 문제는 보이지 않는다고 했지만, 출산을 하기에는 어머니의 나이가 많은 편이다.

부디.

부디, 아무 일 없기를.

"무슨 일 있니? 왜 그렇게 심각한 얼굴을 하고 그래."

"아, 아니에요. 아무 일도 없어요. 그보다 제가 뭐 도울 일 없어요?"

"그럼, 보리차 좀 가져다주겠니?"

어머니는 다정하게 미소 지었다. 마사요시는 뭔가 신성한 것을 앞에 모신 듯 엄숙한 기분으로 고개를 끄덕였다. 달력으로 눈을 돌렸다. 일주일 후인 5월 8일에 빨간 표시가 되어 있다. 달력에 붙인 메모지에는 '히나', '레이코', '아이리'라고 세 종류의 필체로 쓴 이름이 있고, '미사'에만 동그라미표가 있다. 마사요시의 글씨였다.

❉

"흐음. 내 설득은 완벽했는데⋯⋯."

"아무튼 강요하는 건 좋지 않아."

"하지만 마지막 신입생이거든! 그리고 장담하는데, 걔는 재밌는 애야. 아오 너도 느꼈지?"

"음."

"왜 대답을 안 해?"

코끼리 모양 물뿌리개를 든 다마카는 불만스러운 표정을 지었다. 채소밭에 물을 주는 다마카 옆에서 아오는 감자 이파리에 벌레가 붙어 있는지 살폈다. 채소밭 옆 토끼장 문 앞에서는 세쓰나가 고무장갑을 낀 손에 펜치와 드라이버를 들고 몸을 잔뜩 구부린 채 건전지며 전기 배선과 씨름했다.

5월. 졸음이 쏟아지는 계절이다. 토끼장 안, 철망 너머 토끼들은 쉴 새 없이 마른 풀을 먹고 있었다.

"그 애 말이야. 무엇 때문인지는 모르겠지만 뭔가를 골똘히 생각하는 것 같았어. 우리가 힘이 돼 줄 수 없을까?"

"다마카. 네가 어쩐 일로 진지한 의견을 다 내고 그래."

80 ❉ 81

"나는 일 년 열두 달 내내 아주 진지하거든."

다마카가 그렇게 말하고 웃자 작업하던 세쓰나가 곧바로 "역시 대단해요, 다마카 선배." 하고 치켜세웠다. 그러나 아오는 세쓰나의 말에 동의하기 어려웠다. 감자 잎에서 무당벌레를 잡아 투명한 채집통에 넣었다.

'여동생이 태어나요.'

'죽는 방법보다 살아갈 방법을 생각해야 해요. 서둘러야 해요.'

"그래도 우리가 이러쿵저러쿵 말할 수 있는 건 아니지."

아오는 며칠 전 마사요시가 했던 말을 떠올리면서 말했다.

"상대가 원하지도 않는데 굳이 돕겠다고 나서는 건 오지랖일 뿐이야."

"글쎄, 그럴까……. 가끔 누구한테, 어떤 도움을 받으면 좋을지 모를 때도 있지 않나."

"그거야……."

아오는 선뜻 대답하지 못하고 잠자코 고개를 숙였다. 다행히 다마카가 대답을 기대하는 눈치는 아니었다. 채소에 계속 물을 주던 다마카는 물뿌리개에 물이 떨어졌는지 수돗가 쪽으로 뛰어갔다.

그래서 그는 발돋움한다

감자밭 한가운데서 쭈그리고 있던 아오도 일어나 기지개를 켰다. 교사 뒤란에는 멸망 지구학 클럽에서 멋대로 만든 채소밭과 역시 멋대로 만든 토끼장이 있다. 교사의 열린 창문에서 관악부가 연습하는 소리가 들려온다. 각자 따로 연습할 텐데도 신기하게 교사 전체가 하나의 관악기가 된 듯이 기분 좋은 소리가 울린다.

"내가 뭐 거들어 줄까?"

아오는 토끼장 문 앞에 쭈그려 앉은 세쓰나에게 물었다. 세쓰나는 "고맙습니다."라며 눈짓으로 땅을 가리켰다.

"그럼, 저 전선을 다시 묻어 줘요."

"이거?"

아오는 땅바닥에 있는 작은 삽을 집어 들었다. 토끼장 주위의 흙을 파헤쳐 만든 작은 도랑에 전선을 묻었다. 땅속에서 나온 전선은 도랑을 통해서 토끼장 문으로 이어졌다.

세쓰나가 시킨 대로 아오는 도랑을 흙으로 덮기 시작했다. 주위는 원래대로 평평한 땅의 모습을 되찾아 갔고, 전선은 땅속에 봉인되어 갔다. 아오는 한동안 잠자코 전선을 묻었다.

"깨졌지?"

"깨졌어요."

"범인은 벌써 잡힌 모양이야."

"왜 이런 곳의 창문을 깼을까요."

"단순한 주정뱅이였다던데. 하지만 비슷한 인간들이 또 나타나지 말란 보장도 없어."

지난번 이곳에서 세쓰나와 나눈 대화가 머릿속에 되살아났다. 아오는 전선을 묻은 지면을 삽으로 탁탁 다지고는 교사 2층을 올려다보았다. 토끼장 지붕 바로 위, 깨진 유리창을 골판지 상자로 막아 놓았다. 침입자는 아마도 지금 아오가 삽을 들고 앉아 있는 위치에서 돌멩이나 뭔가를 던졌을 것이다. 토끼장은 엎어지면 코 닿을 데에 있다. 그 사실이 아오로 하여금 간담을 서늘하게 했다.

폭동이 뜸해졌다고는 하지만 여전히 치안이 불안한 상황이다. 아오의 집 근처에서도 빈집털이가 현금과 국민카드를 훔쳐 간 사건이 여러 건 발생했다. 국민카드는 배급 같은 공공 서비스를 받기 위해서는 꼭 필요하기 때문에 지금은 보석보다 더 가치 있는 귀중품이다. 도둑맞은 카드는 아마 어딘가에서 비싼 값에 팔리고 있을 것이다.

그리고 국민카드 외에 빈집털이범이 흔히 노리는 것이 농작물과 가축이다. 아오는 토끼장 안으로 눈을 돌렸다. 바닥에 깔린 짚 위에서 뭉실뭉실한 작은 동물들이 입을 오물거리면서 깡충깡충 뛰어다닌다.

토끼는 좋다. 풀을 먹고 자라고, 번식하고, 결국에는 사람의 배를 채워 준다. 돼지와 소보다 작지만 커다란 축사가 없어도 사육할 수 있는 이점이 있다. 요즘 같은 시기에 고기는 정말로 귀하디귀한 먹거리다. 배급도 거의 되지 않기 때문에 먹고 싶으면 산에 가서 제힘으로 사냥을 하든, 암시장에서 비싼 값에 사든 혹은 알아서 사육할 수밖에 없다.

토끼는 약하고 사랑스러운 동물이라 먹는 것을 꺼리는 사람도 많을 테다. 그러나 아오에게는 돼지도, 소도, 닭도, 악어도, 참치도 모두 사랑스러운 생명체이다. 먹는다는 것은 사랑스러운 것을 죽인다는 것이다. 인간은 그렇게까지 하면서 단백질을 탐하고, 그렇게까지 하면서 살아간다.

아무튼 핵심은 어렵사리 키운 사랑스러운 토끼들을 도둑맞을 수는 없다는 것이다. 그런 이유로 아오는 세쓰나에게 보안을 강화하도록 부탁했다. 도끼 같은 것으로 문을 부순다면 고작 이런 수준의 보안 강화가 무슨 소용이 있을까 싶긴 하지만…… '무언가 대비를 하고 있다.'라는 모습을 보이는 것만으로도 약탈자를 단념시킬 수 있다고 한다. 무방비 상태로 두는 것과는 차원이 다르다.

"완성했어요. 전보다 훨씬 감도가 높을 거예요."

세쓰나는 드라이버로 마지막 나사를 조이고 나서 이마의 땀을 닦았다. 아오는 바지에 묻은 흙을 털고 그쪽으로 다가

갔다. 토끼장의 문손잡이 옆에는 성냥갑만 한 플라스틱제 육면체가 달려 있다. 이전의 센서와 다른 점이 뭔지는 알 수 없지만 세쓰나가 완성했다고 했으니 완성됐을 것이다.

그리고 때마침 물뿌리개에 물을 가득 담아서 돌아온 다마카도 '완성'이라는 말을 듣고 기뻐하며 다가왔다. 다마카는 문에 설치된 기계를 여러 각도에서 살피고는 만족스러운 얼굴로 고개를 끄덕였다. 흡사, 실크해트를 쓰고 한 손에 지팡이를 든 신사가 "완벽한 솜씨로군, 쓰쓰미 세쓰나 양. 이게 바로 내가 원하던 바라네."라고 말하는 것 같은 표정이었다. 하지만 다마카는 기계에 관해서는 새끼손톱만큼도 모르는 문외한이다. 단지 부장으로서 부원이 만든 제작품을 확인해 보고 싶은 것뿐이다.

"좋아, 좋아. 이제 출하할 때까지 안심해도 되겠다. 사랑스러운 토끼들이 유괴당하면 큰일이지."

"어어."

아오는 다마카와 나란히 토끼장 안을 들여다보았다.

"우리가 먹을 토끼랑 암시장에 내다 팔 토끼를 미리 정해둬야지."

"그래야지."

갑자기 다마카의 목소리에서 생기가 사라졌다. 아오가 곁눈질로 보니 예상대로 다마카의 눈에 살짝 물기가 어려 있었다. 그러고 보니 오늘 입은 티셔츠에 토끼 그림이 박혀 있다. 선글라스를 쓰고, 어깨에 총을 척 걸친 채로 담배를 피우는 토끼 그림. 아마도 토끼에 대한 애정을 다마카 나름으로 표현하는 것이리라.

그러나 아오는 다마카를 놀릴 생각은 없었다. 토끼와의 이별을 여러 번 경험했음에도 다마카 역시 익숙해지지 않았다. 오히려 아오나 세쓰나도 그런 다마카를 본받고 싶었다.

아오와 다마카와 세쓰나는 살아 있다. 사랑스러운 것들을 죽이면서까지 살아가고 있다.

그런데 델타는 모든 것을 빼앗아 가려고 한다.

때로 허무하고 속절없는 감정이 고개를 들 때마다 아오는 그것들을 가슴 저 밑바닥으로 쫓아 버리곤 했다. 그러나 오늘은 그 감정들이 좀처럼 사라지지 않았다.

'마사요시는……'

아무것도 모른 채 우물우물 풀을 씹는 토끼를 바라보면서 아오는 생각했다.

'이런 감정에서 도망치지 않고 당당하게 맞서려는 건가.'

그동안 애써 생각하지 않으려 했다. '오늘은 궤도가 바뀌었을지도 몰라.'라고 기대하면서 관측할 때마다 현실에서 도피했다.

자신이 앞으로 3개월 며칠 후에 사라져 버린다는 것.

존재한 사실 자체가 흔적도 없이 사라져 버린다는 것.

가령 그 중학생처럼 생각하고, 또 생각하고, 깊이 생각한다면 아오는 과연 제정신을 유지할 수 있을까…….

집에 돌아왔을 때는 날이 완전히 저물었다. 아오는 현관문에 달린 잠금장치 세 개를 차례대로 잠그고는 손잡이를 몇 번 돌려 보았다. 열리지 않는 것을 확인하고 나서 체인까지 단단히 채웠다.

거실로 들어가 램프에 불을 붙이고, 구멍 난 낡은 소파에 몸을 묻었다. 이제는 쓸모없어진 텔레비전 그리고 누렇게 빛바랜 30년도 넘은 에어컨(전기가 충분했을 때조차 미지근한 바람만 내뱉는 고물이었다.)이 매달린 벽을 멍하니 바라보았다.

홀로 사는 집. 조용한 밤이다.

램프 불빛이 흔들리자 빈약한 가구의 그림자가 확대되어 벽 위에서 너울거린다.

손을 뻗어 탁자 위 라디오를 켰다. 중동 산유국 주변에서 전쟁이 격화되고 있다는 보도가 귀에 들어왔다.

자원이 부족한 일본 사람들은 실감하지 못하지만, 해외에서는 끊임없이 원유와 우라늄 같은 자원 쟁탈전이 벌어지고 있다. 특히 중동 같은 유전 지대 부근에서는 정세가 워낙 불안한 탓도 있지만, 원유를 둘러싸고 국가와 테러리스트가 복잡하게 얽힌 전쟁이 계속되었다.

라디오와 정부 쪽 신문에서는 보도하지 않고 있으나, 지하 신문의 기사에 따르면 그러한 자원을 둘러싼 전쟁에서는 국가가 테러 조직에게 비밀리에 무기와 자금을 흘리는 대가로 전선에서 싸우게 하는 모양이었다('모양이었다'라고 한 것은 자신이 신문을 읽고 얻은 정보가 아니라 같은 반 친구에게서 들었기 때문이다. 아오는 신문을 읽지 않는다.). 더욱이 협력 관계도 수시로 바뀌어 어제까지 아군이었던 테러 조직을 오늘은 적군으로 간주해 폭격하는 상황이란다.

산유국에서 벌어지는 전쟁 탓에 원유는 전 세계적으로 극도의 품귀 현상을 빚었다. 그나마 얼마 되지 않는 원유가 대부분 대도시에서 소비되었기 때문에 지방에서는 부득이 전력과 자동차 없이 생활해야 하는 실정이었다. 지방 사람들은 '휘발유 장수'가 가져오는 고가의 휘발유를 사서 자가 발전 등에 이용하든가, 완전히 전기에 의지하지 않고 생활할 수밖에 없었다. 아오는 후자에 가까웠다. 부모님 없이 혼자 사는 아오에게 휘발유를 살 만큼의 여유가 있을 리 만무했다.

전쟁 뉴스가 끝나자 대피소 피난 계획에 대한 보도가 시작됐다. 대피소. 이미 그 누구도 기대하지 않는 무용지물이지만……. 정부는 일손 부족에 허덕이는 건설업자의 고충이나 엄청나게 쏟아지는 비판의 목소리는 아랑곳하지 않고 건설

계획을 밀어붙이고 있다. 지금도 라디오 뉴스의 진행자는 고령자 가족을 둔 가정이 대피소로 피난할 때의 주의 사항을 읊어 대고 있다. 아마도 정부 발표를 그대로 읽는 것이리라.

'고령자 가족……, 가족이라.'

아오는 라디오를 끄고 부엌으로 가면서 생각했다.

마사요시가 직면하려는 것. 아오가 잃어버린 것.

램프 불빛에 드러난 집 안이 갑자기 스산해 보였다. 낡아빠진 가구, 판자를 덧댄 창문. 폭도의 침입을 막기 위해 거의 모든 창문을 막아 놓았다. 2년 전까지 이곳은 따뜻했다. 지금은 무덤 속처럼 차갑고 적막하다.

'만약 나라면…….'

3개월밖에 못 사는 동생이 태어난다면 어떻게 해야 할까. 그 3개월이란 시간을 어떻게 보내려고 할까.

아오는 부엌에서 수도꼭지를 틀고 자신에게 물었다. 다행히 물은 아직 나온다. 오늘도 정수장 사람들이 일해 준 덕분이다.

'난 안 돼. 상상이 안 돼.'

컵에 받은 물을 천천히 다 마셨다. 둔탁한 두통을 꾹 참고 계속 서 있었다.

'난 하루하루 살아가는 게 고작이었는데.'

앞일은 가능한 한 생각하지 않는다. 그저 하루하루를 살아

갈 뿐. 그것이 아오에게는 일종의 자기방어이자 현실 도피였다. 그래선 안 된다고 다마카는 말한다. 지구의 종말을 확실하게 받아들이고, 최후에 할 일을 찾자고 한다.

가능할까, 나에게도.

아오는 컵에 맺힌 물방울에 눈을 돌렸다. 물방울은 컵 표면을 타고 쭈르르 미끄러지더니 이윽고 바닥에 떨어졌다.

죽기 전에 할 일을 찾는 다마카. 동생에게 좋은 오빠가 되기 위해 노력하는 마사요시.

'나도 그렇게 강한 삶을 살 수 있을까.'

마사요시에 대해 좀 더 알고 싶다는 생각이 들었다. 그가 무엇을 느끼고, 어떤 생각을 하며, 남은 3개월을 어떻게 살아갈 계획인지 듣고 싶었다.

가능하다면, 아오도 다마카와 같은 풍경을 보고 싶으니까.

거기서 아오는 일단 생각을 접었다. 컵을 내려놓고 부엌 옆으로 난 작은 창문에 손을 뻗었다. 판자를 덧대지 않은, 이 집 1층에서는 유일하게 아직 제 역할을 하고 있는 창문. 바람을 느끼면서 심호흡을 했다. 텃밭에서 풍겨 오는 사랑스러운 채소 냄새가 코를 간질였다.

언덕 위에서 깜빡깜빡 점멸하는 빛을 본 것은 그 직후였다. 그 빛은 깜빡이는 별빛보다 조금 더 강하게 어둠 속에서 자기의 존재를 주장하고 있었다. 다마카네 집 방향이었다.

아오는 전깃불이 절멸된 마을에서 기묘하게 계속 깜빡거리는 빛을 뚫어져라 바라보았다. 불빛이 깜빡이는 횟수와 가로세로로 움직인 횟수를 관찰하면 그들 사이에서만 통하는 메시지를 읽어 낼 수 있다.

'집에 도착했어.'

아오는 안으로 들어가 커다란 손전등을 들고 2층으로 올라갔다. 베란다에서 몸을 내밀어 손전등을 흔들었다. 광원을 가로세로로 움직이며 껐다 켰다를 반복한다. 손전등으로 문자를 보내는 방법은 완벽하게 머릿속에 들어 있었다.

'예스.'

'저녁밥은.'

'쑥갓이랑.'

'우리 집은 감자.'

대면하면 몇 초 만에 끝날 대화다. 그런 짧은 메시지가 몇 분에 걸쳐서 멀리 떨어진 두 사람 사이를 오간다. 어둠 속을 헤엄쳐 간다.

아직 전화와 인터넷을 일상적으로 사용할 수 있었던 때, 다마카는 부모에게 매일 휴대폰을 점검당했다고 한다. 세계 폭동과 내전, 그에 따른 정보전을 거치면서 통신 인프라는 사실상 완전히 파괴되었고, 일본 국민은 단절되었다. 그동안 땅위에서 살던 삶을 버리고 갑자기 오늘부터 바닷속에서 살도록 명령받은 듯한, 가공할 대혼란이 세상을 덮쳤다. 하지만 꼭 나쁜 일만 있는 건 아니었다.

이 '문자'를 보내는 데는 시간은 걸리지만 다마카가 부모에게 감시당할 염려는 없다.

그 소소한 장점을 생각하자 아오는 잠시나마 빼앗긴 것이 아니라 새롭게 얻은 것에 눈을 돌릴 수 있었다.

그리고.

그런 잠깐의 평온은 갑작스럽게 끝나고 말았다.

"응?"

다시 답을 보내려던 아오의 손이 멈췄다. 시야 끝에서 흔들리며 깜빡이는 새로운 불빛을 감지한 것이다.

저기는 학교…… 가깝긴 하지만 학교는 아니었다.

세쓰나네 집 쪽이었다.

'한 번에 문자 두 개는 버거운데. 눈이 두 개여도 한 번에 한 방향밖에 볼 수 없잖아.'

아오는 태평한 생각을 하면서 아마 세쓰나가 보내는 것일 불빛의 움직임을 눈으로 좇았다. 이윽고 숨을 죽이고 자신이 제대로 읽었는지, 반복되는 패턴을 세 번 확인했다. 불빛은 끈질기게 규칙적으로 깜빡거리면서 잘못된 신호가 아니라고 말하고 있었다.

평온한 밤이 순식간에 긴박감 넘치는 밤으로 바뀌었다.

아오는 다마카도 세쓰나의 메시지를 보도록 황급히 '문자'를 보내고, 안으로 들어가 계단을 뛰어 내려갔다. 다행히 아직 옷을 갈아입지 않은 상태라 그대로 가방을 움켜쥐고 현관으로 내달렸다.

'긴급 사태.'

그것은 약속은 되어 있었지만 실제로는 여태껏 한 번도 사용한 적이 없는 신호였다. 지금까지도, 앞으로도 쓰일 일은 없을 거라고 여겼다.

아오는 문단속을 단단히 하고 어둠 속으로 뛰쳐나갔다.

마사요시는 달빛과 별빛뿐인 어둑한 길을 다급히 뛰어갔다. 흙먼지가 일었다. 숨이 턱까지 차올랐지만 멈출 수 없었다. 워낙 운동을 잘하는 편도 아닌 데다 발밑이 잘 보이지 않아서 몇 번이나 넘어졌다. 그때마다 나동그라진 손전등을 주워 들고 다시 일어났다.

'전화…… 전화를……!'

아직 살아 있는 전화 회선을 찾아 마사요시는 전속력으로 달렸다. 목적지는 고등학교. 조금 전, 어머니의 침실 밖에서 들은 대화가 뇌리를 스친다. 조기 박리. 위험. 긴급 제왕 절개.

"우리 병원에서는 수술이 어렵습니다. 대학 병원으로 옮겨야 합니다."

"그게 말이 됩니까! 어떻게 좀 안 되겠습니까!"

아버지는 구로다 선생님을 향해 언성을 높였다. 하지만 아버지도 알고 있다. 구로다 선생님은 비뇨기과 의사다. 구로다 의원에 출산 관련 설비가 있을 리 없다. 쥐꼬리만 한 수입의 대부분을 쪼개 악착같이 휘발유를 사 모아 둔 것은 이럴 때를 대비해서였다. 어머니를 차에 태우고 대학 병원으로 갈 계획이었다. 계획대로만 됐다면 아무런 문제도 없었을 것이다.

하지만 오늘 아침에 휘발유가 없어졌다.

아니, 정확히 말하면 차고의 자물쇠가 부서지고, 비축해 둔 휘발유도 차에 든 휘발유도 모조리 없어진 것을 오늘 아침에야 발견했다.

휘발유 장수가 암시장에 나오는 때는 아무리 빨라도 내일 아침이다. 암시장 입구에 새벽부터 줄을 서서 기다린다면 아마 소량이나마 구할 수는 있을 것이다. 피해액은 크지만 모아 둔 돈을 털면 병원까지 갈 정도는 다시 확보할 수 있다.

그러나 그것은 어디까지나 내일 이야기다. 내일이면 늦는다. 늦어도 너무 늦는다.

"차를 내줄 사람을 찾아오마!"

아버지는 부랴부랴 손전등을 들고 나갔다. 기다려도 돌아올 기미가 없다. 설령 앞으로 한 시간을 더 기다린다 해도 아버지가 차를 구해 올지는 미지수다.

이제는 휘발유가 다이아몬드 못지않은 귀중품이지만, 예전 같으면 사례금에 차를 내줄 사람이 하나쯤은 있었을 것이다. 공교롭게도 현재 마사요시네가 처한 상황은 예전 같지 않다. 고약한 소문이 아버지를 고립시키고 있었다.

침실에서 어머니의 고통스러운 신음 소리가 새어 나왔다. 한시바삐 수술하지 않으면 어머니와 동생의 생명이 위험하다. 그런데 휘발유를 전부 도둑맞았다. 속수무책이다.

'그렇다면 어쩌지? 두 사람의 목숨이 다하기를 얌전히 기다리고 있으라고? 아, 그건 안 돼!'

정신을 차렸을 때 마사요시는 어머니를 의사에게 맡긴 채 집을 뛰쳐나가고 있었다. 주택가와 밭 사이로 난 길을 쏜살같이 달렸다. 바람에 정원수들이 수런거린다. 비료 냄새, 저녁밥 짓는 냄새가 풍긴다.

어디로? 고등학교로.

그 끔찍한 내전을 거치면서 정부는 모든 통신 회사에 업무정지 명령을 내려 인터넷 회선뿐 아니라 전화선도 모두 차단된 상태다. 불법으로 사용하는 회선을 제외하면 아직도 살아 있는 예외적인 전화선은 극히 드물다. 그 예외적인 전화선 중에는 고등학교에서 대학 병원으로 이어지는 것도 있을 것이다.

추측이 맞는다면 구급차를 부를 수 있다.

옆구리가 찢어질 듯이 아팠다. 폐가 비명을 내질렀다. 겨우 한 발짝 내딛는 데에도 엄청난 의지가 필요했다. 멈춰 버릴 것 같은 몸에 채찍을 가한다.

'힘들지 않아……. 전혀 힘들지 않아…….'

마음속으로 염불을 외우듯이 중얼거렸다. 지금 어머니와 동생은 생사의 갈림길에 서 있다.

'나는 오빠다. 내가 구할 거다.'

폭포처럼 흐르는 이마의 땀이 눈 안으로 들어간다.

선로를 따라 난 길을 쉬지 않고 달려서 건널목을 건너 마침내 정문 앞에 다다르자 기침이 격렬하게 나왔다. 마사요시는 호흡을 가다듬으며 땀을 닦고 얼굴을 들었다.

교문은 굳게 잠겼고, 교사는 어둠에 감싸여 있다.

"문…… 문을 열 수 있는 사람은……."

중얼거리던 마사요시는 곧장 생각을 바꾸었다. 이 고등학교의 직원이 사는 집은 하나도 모른다. 정직하게 문을 열고 안으로 들어가려면 이 자리에 주저앉아 날이 밝기를 기다려야 한다. 그렇게 한가하게 있다가 태양에 산마루가 황금색으로 물들 무렵이면 어머니도 동생도 돌아오지 못할 사람이 되어 있으리라.

망설인 끝에 앞뒤 가리지 않기로 했다. 먼저 손전등을 교문 안으로 던져 넣고는 도움닫기를 해서 뛰어올랐다. 격자 모양 교문에 발을 걸치고 기어 올라가다가 그만 떨어지고 말았지만 이를 악물고 다시 시도해 교문을 타고 올라가는 데 성공했다.

얼굴도 모르는 동생. 3개월밖에 살지 못할 동생, 미사…….

교문 위에서 학교 안으로 뛰어내리다 무릎이 까졌다. 불타는 듯한 통증이 엄습했다. 눈물이 핑 돌 정도로 아팠지만 지체할 틈이 없었다. 곧바로 손전등을 주워 들고 어두운 교사를 향해 냅다 뛰었다.

뛰면서 마사요시는 신에게 기도했다. 단 한 군데라도 열려 있는 문이 있기를 빌면서 교사를 한 바퀴 돌았다. 현관문, 1층 창문들……, 행여 아주 작은 틈이라도 놓칠세라 손전등 불빛을 비춰 가며 빈틈없이 창문 하나하나를 확인하고, 확인하고 또 확인했다.

야속하게도 열려 있는 창문은 하나도 없었다.

'유리창을 깰 수밖에 없어. 하지만…….'

교사 뒤쪽의 마지막 창문까지 살펴본 마사요시는 잠시 주저했다. 야간에 학교 창문이 깨졌다면 당연히 경찰에 통보될 것이다. 과거의 폭동으로 신경이 곤두서 있는 경찰은 지금 같은 시기에도 철저히 수사할 것이다. 그렇게 되면 남은 인생 중 적지 않은 시간을 유치장 안에서 보내겠지…….

거기까지 생각하고 마사요시는 고개를 가로저었다.

나의 남은 인생이 그렇게 중요한가.

마사요시의 아버지는 어머니의 임신 사실을 안 이후로 '휘발유를 나눠 달라'거나 '차를 빌려 달라'는 부탁을 모조리 거절했다. 갑자기 몸이 아프다고, 급한 일이 생겼다고, 가족이 위독하다고 통사정을 해도 아버지는 완고하게 고개를 가로저을 뿐이었다. 모두 어머니를 위해서였으며, 긴급 상황이 발생하면 곧바로 병원에 갈 수 있도록 아버지 나름으로 대비한 것이지만……. 아버지의 인색한 처사는 지인들 사이에서 나쁘게 퍼졌다.

당연하게도 곤경에 빠진 우리에게 그 누구도 선뜻 손을 내밀어 주지 않았다. 어쩌면 휘발유를 훔친 것도 아버지에게 원한을 품은 사람의 짓일지도 모른다. 그러나 설령 아버지 나름의 대비가 비참한 결과를 낳았다 해도 가족을 생각하는 아버지의 마음은, 지인들에게 아무리 미움을 사더라도 어머니와 동생을 지키려는 그 각오는 진심이었다.

나는 어떤가. 가슴에 손을 얹고 생각해 봤다.

아무리 많은 책을 읽고 공부를 해도 네가 살아갈 3개월을 위해서 해 줄 수 있는 것은 아무것도 찾지 못했다. 생각해 내지 못했다. 나는 그런 한심한 오빠다.

하지만 적어도 지금은 너를 구할 방법이 눈앞에 있다.

창문을 깨기로 마음먹고 손전등을 이리저리 비춰 가며 돌멩이를 찾았다. 하지만 서두를 때면 꼭 어디에나 굴러다니던 것도 눈에 띄지 않는 법. 네발로 기는 자세로 땅바닥을 더듬어 보고, 풀숲을 헤쳐 보고……. 그렇게 주먹만 한 돌멩이를 찾기까지는 꽤 시간이 걸렸다.

방망이질하는 가슴을 억누르며 일단 돌멩이를 꽉 쥐었다. 그리고 가볍게 휘둘러 보았다. 해머를 대신하기에는 딱 좋을 듯싶었다. 이어서 손전등을 좌우로 움직였다. 어느 창문에 던질 것인지, 단 1초라도 빨리 결정하기 위해 눈동자를 바삐 움직였다.

"어?"

시야 밖에서 풀을 헤치는 듯한 소리가 들린 것은 그때였다. 반사적으로 소리 나는 쪽으로 손전등을 비추었다. 누군가에게 들킨 줄 알았지만, 아니었다.

'토끼장 같은 게 있다니.'

불빛 속에 모습을 드러낸 것은 자그마한 목조 우리였다. 벽면 한쪽을 철망으로 둘러친 우리 안에서 토끼 몇 마리가 뛰어다녔다. 갑작스러운 불빛에 토끼들이 놀란 모양이었다.

"놀랐지? 미안하다. 내가 좀 급해서 그랬어. 그리고 너희들 집이 있는 줄도 몰랐고."

마사요시는 빠르게 사정을 설명했다. 하지만 토끼들이 말을 알아들을 리 없었다. 잠을 방해받은 토끼들은 연신 귀를 쫑긋거리며 두리번거리거나, 다른 토끼를 밟고 넘으며 우리 안을 돌아다닐 뿐이었다.

사과를 해 봐야 별 의미도 없을 것 같아서 마사요시는 일단 토끼들은 신경 쓰지 않기로 했다. 그리고 무심코 토끼장 철망에서 지붕으로 시선을 옮겼다. 곧이어 손전등 불빛도 시선을 따라 이동했다.

순간, 마사요시의 눈이 휘둥그레졌다.

토끼장 바로 위쪽, 다시 말해 2층 복도의 유리창 한 장이 깨져 있는 게 아닌가. 깨진 부분에는 골판지 상자가 덧대어져 있고, 접착테이프가 덕지덕지 붙어 있었다.

'세계 폭동 때는 아닐 거고. 분명 최근에 누군가 돌을 던져 깨뜨린 거다.'

마사요시는 서둘러야 했다. 동시에 침입한 흔적을 남기지 않을 수 있다면 그렇게 하고 싶었다. 2층 창문과 손에 든 돌멩이를 번갈아 보며 2, 3초 생각하고는 돌멩이를 내려놓았다.

손전등을 허리띠에 찔러 넣고, 토끼장 철망에 두 손을 척 걸치자 놀란 토끼들이 토끼장 안쪽으로 도망갔다. 마사요시는 다시 토끼들에게 사과를 건넨 뒤, 문에 달린 자물쇠와 손잡이를 딛고 토끼장 지붕으로 기어 올라갔다.

창문의 골판지 상자를 조심스레 떼어 내고, 깨진 유리창 안으로 손을 집어넣어 잠금장치를 풀었다. 마침내 마사요시는 창문을 열고 안으로 침입해 1층으로 내려갔다.

교무실 미닫이문은 얼마나 오래됐는지 몇 번 밀었을 뿐인데 덜컹거리다 저절로 레일에서 빠져 버렸다. 딱히 침입하기 위해 궁리할 필요도 없었다. 문을 원위치시켜야 한다는 것이 신경 쓰였지만 지금은 전화를 찾는 게 급선무다. 단 1초라도 빨리 구급차를 불러야 한다는 다급한 마음에 재빨리 손전등으로 교무실 안을 비춰 봤다. 몇 개의 섬을 이룬 선생님들의 책상이 서로 몸을 맞대고 있었다. 실종 선생님의 책상은 어느 정도 정돈된 상태였지만, 그 외에는 하나같이 너저분한데다 황폐한 분위기마저 자아냈다.

발밑을 조심하면서 책상과 책상 사이를 천천히 걸으며 유심히 살폈다. 어떤 선생님이 전화하는 것을 본 적이 있다. 중간쯤에 있는 책상. 기억에 의지하여 손전등을 비추자 배터리에 연결된 전화기와 그 옆 책장에 붙어 있는 전화번호 목록이 눈에 들어왔다.

'대학 병원…… 대학 병원 번호는…… 찾았다!'

전화번호에 불빛이 닿도록 손전등을 책상에 올려놓았다. 그리고 수화기를 귀에 대고 떨리는 손가락으로 버튼을 눌렀다. 카랑카랑한 신호음이 계속 울린다. 마사요시는 마른침을 삼키며 기다렸다.

'갓난아기가 위험해요, 구급차 부탁합니다……. 갓난아기가 위험해요, 구급차 부탁합니다……. 갓난아기, 위험, 구급차…… 갓난아기, 위험, 구급차.'

하지만 아무리 기다려도 전화를 받지 않았다.

공허한 신호음만 계속 울릴 뿐이었다.

"번호가 틀린 건가?"

마사요시는 전화번호를 손가락으로 덧그리며 중얼거렸다. 그러나 그것은 단지 현실 도피였다. 이렇게 될 가능성을 생각 못 했던 건 아니다. 지금 병원은 세계 폭동 이전과는 비교할 수 없을 만큼 일손 부족에 시달리고 있다. 전화에 응대하는 담당자가 항상 있지도 않을 것이며, 구급차가 항시 대기 중이라고 장담할 수도 없었다.

'아무튼 한번 더 해 보자. 받을 때까지 몇 번이고 계속……'

마사요시는 수화기를 내려놓았다가 다시 들고 같은 번호를 꾹꾹 눌렀다. 신호음이 울렸다. 하지만 이번에는 10초쯤 계속되다가 툭 끊어져 버렸다. 이어서 '뚜, 뚜, 뚜.' 소리만 규칙적으로 이어졌다. 메마르고, 불쾌하고, 밀어내는 듯한 전자음. 다시 걸었지만 역시나 같은 소리뿐이었다.

'고, 고장인가? 아니면 전화선이 어디서 잘린 건가……'

발밑이 급속히 무너져 내리는 듯한 감각에 휩싸였다. 전화선은 급하게 설치된 데다 점검도 거의 하지 않았다. 워낙 접속도 잘 안 되거니와 비바람같이 별것 아닌 일로 끊겨 버린다 해도 이상할 것이 없다.

'하필 이럴 때······.'

마사요시는 거칠게 수화기를 놓았다가 다시 걸었다. 불통. 다시 걸었다. 불통. 다시······.

'하느님······.'

토끼장 지붕에서 굴러떨어진 마사요시는 온몸을 내달리는 통증으로 바닥에 큰대자로 뻗고 말았다. 하늘의 뭇 별이 당장이라도 우수수 쏟아질 것만 같았다.

'하느님, 너무한 거 아닌가요? 대체 왜 이러시는 거죠······.'

마사요시는 기진맥진했다. 휘발유는 도둑맞았고, 지인의 도움은 꿈도 못 꾸는 상황이다. 구급차도 부를 수 없다.

어머니를 병원으로 이송할 수단은 이제 없다. 할 수 있는 것이라고는 기도뿐이다.

'저는 죽어도 좋습니다. 대신, 제발 동생과 어머니를 살려주세요. 제 목숨은 아무래도, 아무래도 좋으니······.'

그렇게 가슴 깊은 곳에서 간절한 기도가 올라왔다. 어머니를 위해서. 아직 태어나지 않은 동생을 위해서. 눈에서는 두 줄기 눈물이 흘러내렸다.

그래서 그는 발돋움한다

그 기도가 통한 모양이었다.

"으악!"

난데없이, 정말로 난데없이 마사요시는 두 눈을 손가락으로 찔린 듯한 통증을 느꼈다. 너무 놀란 나머지 비명을 지르고, 몸을 비틀며 두 손으로 얼굴을 감쌌다. 몇 초쯤 지나서야 그 통증이 얼굴을 비춘 강렬한 불빛 때문임을 깨달았다.

빛…… 그래, 빛이다.

대체 누가?

"토끼 도둑이 누군가 했더니."

빛 쪽에서 목소리가 들려왔다. 남자 목소리였다. 마사요시는 간신히 상반신을 일으키고 손을 들어 빛을 가렸다. 그리고 실눈을 뜨고 손가락 사이로 상대를 보았다. 눈이 부신 빛속에 사람의 모습이 셋. 그제야 빛의 정체가 그들의 손에 들린 손전등이란 데에 생각이 미쳤다.

"마사요시잖아. 여기서 뭐 하는 거지?"

남자가 그렇게 말하고 손전등을 내리자 다른 둘도 따라서 손전등을 내렸다. 갑자기 빛을 빼앗긴 꼴이 된 마사요시는 이번에는 어둠에 적응하기 위해 눈을 깜빡거렸다. 그러다 저도 모르게 "앗!" 하고 작게 소리쳤다.

"당신들은……."

마사요시는 당혹스러웠다.

달빛 아래 서 있는 세 사람은 멸망 지구학 클럽의 멤버들이었다.

"어, 어떻게 여기에……?"

"저게 우리 동아리의 토끼장이거든."

까까머리 남자 고등학생 덴도 아오가 턱을 치켜들었다. 그의 시선을 좇은 마사요시의 눈길이 깨진 유리창 바로 아래에 있는 토끼장에 다다랐다.

갈래머리의 안경 소녀, 쓰쓰미 세쓰나가 하얀 가운을 휘날리며 마사요시 곁을 지나 토끼장으로 갔다. 세쓰나는 가능한 한 토끼들에게 빛이 닿지 않게 손전등 각도를 틀어 토끼장 문을 비추었다. 자물쇠 옆에는 성냥갑 크기의 물체가 설치되어 있었다. 세쓰나는 그 물체를 요리조리 살피고는 이윽고 돌아보았다.

"오작동한 것 같아요. 문도 열린 흔적이 없고요."

"오작동?"

마지막 한 명, 포니테일 머리의 부장 고마쓰 다마카가 되물었다. 세쓰나는 "네." 하고 고개를 끄덕이고 이번에는 문손잡이를 잡고 철커덕철커덕 흔들어 보았다.

"감도가 너무 좋았던 모양이에요, 흔들림만으로 반응한 걸 보면. 다시 만들어야겠는데요."

"도둑이 든 게 아니라서 다행이다."

그래서 그는 발돋움한다

다마카의 얼굴에 안도의 빛이 떠올랐다. 그제야 마사요시도 어렴풋이 상황을 이해할 수 있었다. 상황을 종합해 보면, 토끼장에 도둑이 든 줄 알고 세 사람이 뛰어온 것이다. 어떤 방범 시스템이 설치되어 있는지는 알 수 없지만…….

"일어설 수 있겠어?"

아오가 손을 내밀었다. 마사요시는 그 손을 잡으려고 했지만 몸이 말을 듣지 않았다. 앞으로 고꾸라질 뻔한 몸을 간신히 두 손을 짚어 지탱했다.

놀란 아오가 마사요시 옆으로 와서 웅크리고 앉았다.

"너, 어, 어떻게 된 거야? 어디 안 좋아?"

"도와주세요."

"뭐?"

"제발…… 제발 엄마와 동생을 살려 주세요…….'

마사요시는 가까스로 목소리를 쥐어 짜냈다. 예정일을 며칠 앞둔 어머니의 몸 상태가 급변한 것. 대학 병원으로 옮겨서 수술을 받지 않으면 어머니와 배 속 아기 둘 다 목숨이 위험하다는 것. 비축해 둔 휘발유를 도둑맞았다는 것. 그래서 마지막 수단으로 교무실에 침입했지만 전화 연결이 되지 않았다는 것까지 모두 말했다.

"그런 사정이 있어서 이 시간에 여기 온 거구나."

마사요시의 이야기를 들은 아오는 고개를 끄덕이며 교사

2층을 올려다보았다. 깨진 창문은 마사요시가 내려오면서 원래대로 골판지 상자로 막아 둔 상태였다.

'뭐 하고 있는 거지, 내가 지금.'

바닥에 엎드린 채로 마사요시는 고개를 떨구었다. 선배라고는 하지만 상대는 아직 고등학생이다. 아마 운전면허도 없을 것이다. 그런 사람에게 다짜고짜 '엄마와 동생을 구해 달라'고 간청을 해서 대체 어쩌겠다는 건가. 그것도 불법 침입자 주제에.

'나는 할 수 있는 게 없다.'

마사요시는 이토록 무력한 자신이 싫었다.

그렁그렁했던 눈물이 마침내 볼을 타고 흘러내렸다. 창피했다. 하지만 방법이 없었다. 어린아이처럼 울면서 그저 기적을 기다리는 것 말고는 지금 마사요시가 할 수 있는 게 뭐가 있을까.

그리고.

"그랬구나, 네 사정은 잘 알았어."

작은, 정말로 작은 기적이었지만.

그 기적은 확실하게 일어났다.

"한 가지 묻겠는데…… 만약 연료가 있다면 어머니를 병원으로 옮길 수 있는 거지?"

마사요시 앞으로 온 다마카가 허리를 굽혀 눈을 맞추며 물었다.

"예, 예. 차는 있어요."

반사적으로 그렇게 대답했다. 그러고 나서 마사요시는 입술을 깨물었다.

만약 연료가 있다면. 만약…… 있다면…….

그딴 가정이 무슨 소용이에요! 목까지 올라온 그 말은 그냥 삼켰다.

"멸망 지구학 클럽, 긴급회의!"

마사요시가 무슨 말을 하기도 전에 다마카가 벌떡 일어나 소리 높여 말을 내뱉었다.

"의제는 연구 여행 장소 추천! 의견 있는 사람! 그래, 쓰쓰미 세쓰나 물리 팀장!"

"대학 병원이 좋겠습니다."

"뭐?"

마사요시는 귀를 의심했다. 서로 마주 보던 세 사람. 손을 들고, 지명을 받은 세쓰나. 그리고 방금 세쓰나가 뭐라고 말했지? 뇌가 이 상황을 이해하지 못하고 있었다. 그리고 이해하지 못한 채로 일은 착착 진행되었다.

"찬성하는 사람, 손 들어 봐!"

다마카가 오른손을 하늘 높이 들어 올리자 다른 부원 둘도 그에 따른다. 망연히 있는 마사요시에게 다마카가 흘끗 눈짓을 했다.

대체 어찌 된 영문인지 알 수가 없었다.

그러나 정신이 들었을 때는 마사요시 자신도 손을 들고 있었다. 논리로 설명할 수 없는 본능적인 행동이었다. 네 개의 팔이 밤하늘을 향해 뻗어 있고, 다마카의 얼굴에 미소가 퍼져 나갔다.

"만장일치! 그럼, 덴도 아오 생물 팀장, 즉시 준비해."

"아, 예예, 준비합죠."

아오가 귀찮은 듯이 대답하면서도 신속하게 토끼장 문을 열고 안으로 미끄러져 들어갔다. 그리고 토끼들을 토끼장 밖에 내려 놓고 등을 한 번 쓰다듬어 주고 나서, 토끼장 바닥에 깔린 짚을 한쪽으로 긁어모았다. 그 밑에서 모습을 드러낸 것은 바닥에 박힌 목제 문이었다.

아오가 묵직해 보이는 그 문을 두 손으로 들어 올렸다. 토끼장 밖에서 지켜보던 마사요시는 저도 모르게 숨을 죽였다.

토끼장 안 한가운데에서 네모난 구멍이 입을 벌렸다. 아오가 거기에 손을 집어넣고 빨간색의 뭔가를 끄집어냈다.

"저건!"

"자, 늦기 전에 어서!"

다마카가 재촉했다. 마사요시는 혼란스러웠지만 일단 일어났다. 토끼장에서 아오가 빨간색의 뭔가를 안고 나왔다.

그래서 그는 발돋움한다

잘못 본 게 아니었다. 어느 각도에서 봐도 그것은 플라스틱 통이었다. 거기에는 큼직하게 '휘발유'라고 쓰여 있었다.

꾸ᆞ

아오는 죽을힘을 다해 페달을 밟았다. 자전거 짐받이에는 플라스틱 통이 단단히 묶여 있다.

몸 전체를 용수철처럼 좌우로 비틀자 어둠을 가르는 라이트가 자전거의 움직임에 따라 왼쪽으로 오른쪽으로 마구 흔들렸다. 앞서 달리는 마사요시를 놓치지 않으려고. 한편으로는 속도를 떨어뜨리지 않으려고. 온몸의 근육을 모조리 이용해서 페달을 밟았다. 땀방울이 튀고, 호흡이 흐트러졌다.

"이쪽이에요!"

마사요시의 목소리를 듣고 아오는 선로를 따라 난 길에서 벗어났다. 밭 사이에 낀 농로지만 그 너머로 희미한 불빛이 드문드문 보였다. 마사요시의 집은 아마도 저 주택가 안에 있을 것이다.

다마카와 세쓰나는 이미 한참이나 뒤처졌다. 나중에 합류해도 된다. 지금은 짐받이에 실은 휘발유를 1초라도 빨리 가져다주는 게 먼저다.

그런데 꼭 물어보고 싶은 것이 있었다.

"마사요시."

아오는 앞서가는 마사요시에게 말을 건넸다(마사요시가 타고 가는 자전거는 다마카가 빌려 왔다.). 서로 자전거로 달리는 터라 처음엔 들리지 않았던 모양이다. 아오는 사이를 두지 않고 다시 불렀다. 이번에는 목소리가 확실히 닿도록 힘주어 크게.

"마사요시!"

"무슨 일이에요?"

마사요시에게서도 크고 힘찬 목소리가 돌아왔다. 중요한 질문이 날아올 거라고 예상했을 테지만, 아오가 물은 건 아주 사소한 것이었다.

"이름이 뭐야?"

"예?"

"이름 말이야! 동생 이름! 아직 안 지은 거야?"

왜 지금? 하필 왜 이 타이밍에?

아오 자신도 의아했다. 그래도 묻고 싶었다. 앞으로 태어날 작은 생명, 아오와 멸지부 부원들이 구하려는 생명이 무척이나 궁금했다.

"……예요."

"뭐라고?"

"미사요! 미! 사!"

"아, 미사!"

주택가에 거의 다 와 간다. 아오는 커브 길에서 균형을 잃고 넘어질 뻔했지만 간신히 중심을 잡고 다시 페달을 밟았다.

"걱정 마! 분명 살릴 수 있어."

아오는 소리쳤다. 아무런 근거도 없이 한밤에 그렇게 큰소리를 쳤다. 오랜만에 소리를 크게 지른 덕분일까. 기분이 고양되었다.

"아기가 태어나면 나한테도 보여 줘! 아, 안정된 다음에 보여 달란 뜻이야!"

앞에서 달리는 마사요시가 뭐라고 대답했다. 그러나 그 목소리는 바람에 지워져 아오의 고막까지는 와 닿지 않았다. 그래도 좋다. 나중에 물어보면 된다.

신기한 감각이었다. 일단 생명을 구하고 보자는 마음이 앞섰더랬다. 하지만 그 못지않게 자신이 아기가 태어나길 기대한다는 것을 깨달았다.

무언가를 기대하는 것이 얼마나 오랜만인가.

미래를 생각하는 일 따위, 앞으로 영영 없을 줄 알았다.

하지만.

'가능할까?'

이를 악물고 온몸의 힘을 그러모아 자전거를 달리면서도 아오는 당황스러웠다.

눈앞에 지구의 멸망이 기다리고 있다는 것을 알면서도 앞을 향해 달려가고 있다. 그런 강한 삶은 아오와는 인연이 없다고 생각했는데.

'나도 미래를 기대할 수 있다는 건가?'

아기가 무사하기를 바라는 마사요시. 마찬가지로 그 작은 생명을 보고 싶은 아오.

그들의 미래는 분명히 있었다. 단 100일 남짓일 뿐이지만 그래도 그 존재를 부정할 수는 없다.

아오는 숨이 턱까지 차올랐다. 하지만 마사요시와 함께 밤을 헤치며 미끄러지듯 앞으로 앞으로 나아갔다. 그리고 그날 밤, 아오는 미래에 대한 기대를 아주 조금 품게 됐다.

결론부터 말하자면, 제왕 절개 수술은 성공했다.

바깥은 어둠의 장막이 슬슬 걷히고 있었지만 대학 병원의 복도는 분주히 오가는 간호사와 의사 들로 어수선했다. 종종 이동식 침대가 지나가고, 접수대에서는 전화벨이 울린다. 전보다 어둡기는 해도 천장의 형광등이 실내를 밝혀 준다. 복도에서는 알 수 없었지만 아마 병실과 수술실에서는 의료 기계도 가동되고 있으리라. 이곳은 흡사 문명의 잔재 같았다.

마사요시는 기진맥진해서 소파에 앉아 있었다. 불쾌한 피로는 아니었다.

잠깐 본 아기의 모습을 머릿속에 다시 그려 보았다. 얼굴색은 사과처럼 빨갛고 피부는 쭈글쭈글했다. 나뭇가지처럼 가냘픈 팔다리에, 그보다 더 가냘픈 손가락이 덤처럼 붙어 있었다. 그리고 울음소리는 믿기지 않을 정도로 우렁찼다.

"아까는 미안했다. 내가 제정신이 아니었어. 고맙다."

둘째 아이 미사가 무사히 태어난 걸 확인한 아버지는 복도 벤치에 앉아 입을 열었다.

"허나, 마사요시. 혼자서 그런 턱없는 짓을 하면 못쓴다. 위험한 다리를 건넜다지?"

"꼭 살리고 싶었어요. 경찰에 끌려가는 한이 있더라도."

한 치의 거짓도 없는 진심이었다. 아버지는 엄격함과 다정함이 동시에 깃든 눈으로 마사요시를 지긋이 바라보았다.

"그 아이는 사랑받으며 태어났다. 그건 너도 마찬가지야, 마사요시."

"예?"

"아버지도 엄마도 그 아이와 똑같이 네가 행복하기를 바라고 있어."

아버지는 문고본 한 권을 마사요시에게 건네고는 로비 쪽으로 걸어갔다. 그 등이 사라질 때까지 지켜보고 나서야 마사요시는 책 표지를 쓰다듬었다.

톨스토이의《빛이 있는 동안 빛 가운데로 걸으라》.

빛. 나에게 빛은 무엇일까.

정기 검진과 예방 접종 포스터(2년 전의 날짜다.)가 붙은 맞은편 벽면을 보며 마사요시는 멍하니 생각에 잠겼다.

동생을 위해 목숨을 바친다는 마음은 물론 변하지 않았다. 하지만 그것을 어떻게 실천할 것인지는 생각하지 않고 결의만 다져 봐야 아무런 의미가 없다는 사실을, 고통스러우리만치 절절히 깨달았다. 내가 먼저 찾아내야 한다. 마지막 순간에 동생과 무엇을 할 것인지, 무엇을 볼 것인지.

방법은 무엇일까. 나를 인도해 줄 빛은 아니, 내가 길잡이로 선택할 빛은 어디에 있는 것일까.

"아, 저기 있다!"

귀에 익은 목소리에 마사요시는 얼굴을 들었다. 아버지가 떠난 로비 쪽에서 기쁜 소식을 들은 고교생 셋이 걸어오고 있었다.

'생각이 너무 엉클어졌나.'

마사요시는 쓸쓸히 웃고는 일어났다. 앞장서서 걸어오는 다마카가 환하게 웃으며 한 손을 들어 올렸다.

"오오, 축하해!"

"정말로 고마웠습니다."

다가온 셋에게 마사요시는 깊숙이 고개 숙여 인사했다. 그러자 다마카가 벤치에 털썩 앉으면서 말했다.

"아, 인사는 됐어. 머리 좀 숙이지 마."

"예? 아니, 그래도…… 귀한 휘발유를 받았는데."

"여자아이랬지? 이름은 지은 거야?"

"네. 미사예요."

"미사……, 미사라고. 울림이 좋은데."

다마카는 기지개를 켜면서 크게 하품을 하다가 불현듯 생각났는지 덧붙였다.

"그리고 착각하지 마. 다 준 건 아니니까. 남은 건 꼭 돌려줘. 우리도 여행 갈 때 휘발유를 써야 하거든. 아, 여름 방학 때 여행 갈 계획이야."

"그, 그야 물론이죠."

"또 가능하면 사용한 만큼 보충해 줘. 식량이라든가, 식량이라든가, 으음, 식량이라든가. 조금이라도 좋으니까 나눠 준다면 도움이 될 거야."

"네…… 아, 아니, 그건 당연하다고 생각합니다. 근데 제가 하고 싶은 말은 그게 아니라."

단지 빌려 준 것을 갚는 계산적인 차원이 아닌, 분명한 사례를 하고 싶었다. 마사요시는 진심으로 그러기를 원했다.

하지만 이번에는 세쓰나가 다마카의 말을 이어 받았다.

"우리는 휘발유를 제공했어. 그걸 금전이든 식량이든 어떤 형태로든 되돌려 주기만 하면 돼."

"예……."

'그게 맞는 건가?'

마사요시는 혼란스러웠다. 밤을 꼬박 새워서 머리가 멍한 탓도 있을지 모르지만 상식과 비상식의 경계가 모호해졌다. 어머니와 동생의 목숨을 구해 준 사람들에게 휘발윳값만 지불하는 것이 일반적인 상식일까?

머릿속에서 여러 의문이 소용돌이치며 뱅글뱅글 맴돌았다. 그것들이 어떤 형태로든 전해졌는지, 다마카가 다시금 기운차게 일어났다.

"맞아! 꼭 물질적인 것으로 갚지 않아도 돼!"

"예?"

"멸망 지구학 클럽에 가입하면, 무려! 휘발윳값이 공짜!"

"또 즉흥적으로 아무 말이나……."

아오가 하품을 하면서 그렇게 말했다. 피곤해서 지겨워하는 줄로만 알았던 아오가 어쩐지 살짝 웃고 있었다.

"거봐, 마사요시가 난감해하잖아."

"그런가? 근데 사실 말이야. 이럴 때 도와주면서 생색내면 우리 동아리에 들어오지 않을까 은근히 기대했는데."

"다마카 선배는 역시 총명해요."

"야, 야, 꿈 깨."

아오가 다마카와 세쓰나를 타일렀다. 아니 타이르면서도 어쩐지 재미있어하는 것 같았다. 농담을 주고받는 세 사람을 보고 있자니 마사요시의 가슴이 슬며시 따뜻해졌다.

빛이 있는 동안 빛 가운데로 걸으라.

어쩌면 이런 사람들과 함께 마지막 순간까지 살아갈 방법을 찾아보는 것도 나쁘지 않을지 모른다.

마사요시는 아버지가 준 책을 살며시 가슴에 품었다.

암시장에
있는 것과 없는 것

"세쓰나도 처음엔 멸지부에 들어올 생각이 없었어."

"그랬던가요?"

"딴청은. 아마 마사요시랑 비슷했을걸."

"다 지난 이야기예요."

쓰쓰미 세쓰나는 장난감 왕관을 손수건으로 닦으면서 대꾸했다. 멸망 지구학 클럽이 쓰는 빈 교실에서 여느 때처럼 아오와 마사요시는 덜컹거리며 책상과 의자를 교실 한가운데로 옮겨 직사각형의 섬을 만들고 있었다. 다마카는 분필을 휘두르며 칠판을 꾸미는 데 열중했다. 창문으로 비스듬히 들어오는 오후의 햇살 속에서 먼지들이 너울너울 춤추었다. 교실이란 곳은 아무리 깨끗이 청소한들 책상만 움직여도 먼지가 일어난다. 이것은 우주의 진리다.

책상을 들어 올리던 마사요시가 흥미로운 듯 끼어들었다.

"아, 그랬군요. 그럼, 들어온 계기가 뭐예요?"

"맹수를 만났거든."

"예?"

"덴도 아오 생물 팀장이 없었다면 멸지부는 아마 일찍이 전멸했을걸."

마사요시가 눈을 휘둥그레 떴다.

농담이 아니다. 전부 실제로 있었던 이야기다.

세쓰나는 옮겨 놓은 자리에 앉았다. 책상 위에는 파티용 폭죽 몇 개와 물통 세 개 그리고 콘비프 통조림과 과일 통조림이 놓여 있다. 자신도 예전에 이렇게 환영을 받았다. 시간이 많이 지난 것 같기도 하고, 바로 어제 일인 것 같기도 했다. 왠지 기분이 이상했다.

문득 머릿속에 떠올랐다, 멸지부 가입을 결정한 그 특별한 날의 일이.

중학교 3학년, 가을이었다.

이미 델타 충돌과 관련된 뉴스가 전 세계에 알려진 후였기 때문에 고교 설명회가 열리는 강당은 거의 텅 비다시피 했다. 강당에서 나온 세쓰나는 한숨을 포옥 내쉬었다. 이 고등학교에서 집까지는 거리가 채 50미터도 되지 않는다. 그런 이유로 세쓰나는 전부터 여기를 미래에 자신이 다닐 고등학교로 점찍어 둔 터였다. 그런데 이 학교에도 실종되는 교사들이 나오는 모양이었다. 실종자는 오락거리를 찾아 도회지로 나가거나, 반정부 조직에 가담하거나, 아니면 소문으로 떠도는 신흥 종교 집단으로 들어가거나…… 직장을 버린 어른들이 어디로 향하는지 세쓰나는 정확히 몰랐다.

'나는 어른이 될 수 없는데…….'

세쓰나의 가슴속에서 분노의 불길이 타올랐다.

'내가 모든 것과 바꿔서라도 얻고 싶은 미래를 어른들은 아무렇지도 않게 내던지고 있어.'

세쓰나는 옛날부터 아버지처럼 물리학자가 되고 싶었다. 하지만 이제는 될 수 없다. 고등학교 2학년도 마치기 전에, 연구자는커녕 대학생도 되기 전에 지구는 멸망한다.

'지금껏 내가 해 온 건 대체 무엇이란 말인가.'

교사 옆 화단을 멍하니 내려다보았다. 몹시 허무했다. 가슴 한가운데를 줄칼같이 꺼끌꺼끌한 바람이 훑고 지나간다.

수없이 풀어 온 문제집이며, 계산식과 도형으로 가득 메워진 수많은 공책. 그 모든 것이 헛되고 무의미하고 쓸모없어졌다. 친구와 놀고 싶은 걸 꾹 억누르고 물리 공부를 해 왔다. 보고 싶은 텔레비전 프로그램이 있어도 참고 물리 공부에 매

달렸다. 그런데 결과가 이렇다.

화단 앞에 우두커니 서 있자니 금방이라도 눈물이 날 것 같았다. 망원경과 두툼한 책 같은 걸 짊어지고 가는 두 사람을 만난 것은 그때였다.

까까머리 남학생과 포니테일 여학생. 남자는 교복 차림이었지만 여자는 교복이 아닌 티셔츠 차림(두부 그림이 프린트된 기묘한 티셔츠였다고 기억한다.)이었다. 설명회에 와서 이 학교 고등학생들은 꽤 많이 봤지만 세쓰나의 흥미를 끈 존재는 이 둘뿐이었다.

망원경. 세쓰나가 동경해 마지않는 우주를 들여다보는 창.

"저기요, 천문부인가요?"

세쓰나는 저도 모르는 사이에 그렇게 묻고 있었다. 멈춰 선 둘은 의아한 듯이 세쓰나를 바라보았다.

"아닌데. 어? 중학생?"

"설명회에 왔나 보구나."

까까머리 남학생이 강당 쪽을 흘끔 봤다. 포니테일 여학생도 그제야 눈치챈 모양이었다.

"아, 그렇구나. 우리 학교에 들어오게?"

"아니요. 아직은 잘 모르겠어요."

"그래? 만약 붙으면 우리 동아리에 들어와. 아직 이름은 못지었지만 우주에서 가장 즐거운 동아리거든."

포니테일 여학생은 들고 있던 두툼한 책을 화단 옆에 놓아 두고 세쓰나에게 망원경을 보여 줬다. 다짜고짜 너무 거리낌 없이 다가오자 세쓰나는 주춤거렸다(여학생의 키가 세쓰나보다 작았던 점도 미덥지 않은 인상을 주는 데 일조하지 않았을까.).

"봐, 이거 과학실에 있었던 거야. 꽤 고급스러워 보이지?"

"그, 그런가요. 요즘은 뭘 관측해요?"

"당연히 별이지."

"그건 알겠는데, 어떤 별을?"

"글쎄, 그건 잘 모르겠는데."

세쓰나는 어이가 없었다. 하지만 여학생은 별로 신경 쓰는 기색 없이 생긋 웃고는 가 버렸다. 까까머리 남학생이 그 뒤를 따라갔다.

정문 쪽으로 사라지는 둘의 뒷모습을 바라보면서 세쓰나는 다시금 한숨을 내뱉었다. 저녁 햇살이 떨어지는 운동장에서 학생들이 공을 차고 있었다. 한동안 무심히 그 모습을 보다가 집으로 걸음을 옮기려는데 화단 옆에 놓인 책이 눈에 들어왔다.

천문 도감이었다.

'참 칠칠치 못한 사람들이네.'

세쓰나는 도감을 집어 들었다. 자기 집에 있는 것만큼은 아니어도 꽤 괜찮은 책이었다. 정문 쪽으로 눈을 돌렸지만 당연히 그 둘은 보이지 않았다.

교무실에 가져다주면 그걸로 끝났을 것이다. 하지만 세쓰나는 둘을 쫓아가기로 했다. 왜 그런 귀찮은 선택을 했을까. 지금은 잘 기억이 나지 않는다. 아니, 거짓말이다. 확실히 기억하고 있다.

짜증이 났다. 별 이름 하나도 제대로 대지 못하고, 천문 도감을 흘리고 다니는 사람들한테 싫은 소리를 해 주고 싶었다. 자신이 늘 진지하게 마주했던 물리학을 가벼이 대하는 그 둘 앞에서 노골적으로 표현하자면 우월감을 느끼고 싶었다. 지금껏 해 온 공부가 결코 헛수고는 아니었노라고, 그런 한심한 방식으로라도 세쓰나는 실감하고 싶었다. 그렇게라도 하지 않으면 마음을 평온하게 유지할 수 없을 것 같았다.

망원경 때문에 눈에 띄었던 걸까. 지나가는 사람을 붙들고 물어보니 둘이 어디로 갔는지는 의외로 쉽게 짐작이 됐다. 좁은 길을 따라 산속으로 들어갔다. 15년이나 살아온 마을인 만큼 당연히 산길을 걷는 것도 익숙했다.

하지만 세쓰나는 모르고 있었다. 델타에 관한 충격적인 기자 회견이 있고 나서 몇 개월이 지났다. 사람들이 실종, 다시 말해 인구가 유출되면서 교통량이 지나치게 감소하는 등 주변 환경이 급격히 변화되었다. 그 결과 이 부근에 서식하는 반달가슴곰의 행동반경이 넓어지고 있었다.

세쓰나는 산길을 한참 걸어 올라갔다. 나무 위에서 재잘대던 새소리가 갑자기 뚝 끊기더니 바람이 지나갔다. 코를 찌르는 묘한 냄새에 순간 걸음을 멈췄다. 오래전, 키우던 반려견을 한동안 목욕시키지 않았을 때 나던 비릿한 냄새. 어딘지 그와 비슷했다. 어깨를 움츠리고 앞쪽을 살피던 세쓰나는 그대로 얼어붙고 말았다.

오르막길 끝자락에서 검은 털로 뒤덮인 곰이 느릿느릿 걸어 내려왔다. 언뜻 가슴에 박힌 흰무늬가 보였다. 반달가슴곰이다.

굵직한 네 개의 다리, 털가죽으로 덮여 있어도 숨겨지지 않는 탄탄한 근육. 인간이 처음으로 두 다리로 섰을 무렵, 숲속에 두고 온 모든 것을 그 짐승은 다 갖추고 있는 듯했다.

곰은 세쓰나를 보았는지 그 자리에서 멈춰 섰다. 세쓰나 역시 쇠사슬에 꽁꽁 묶인 듯이 꼼짝할 수 없었다. 곰과 세쓰나의 거리는 약 20미터. 곰이 달려오는 데는 몇 초나 걸릴까. 도망칠까, 그냥 지켜볼까, 아니면 죽은 척할까. 어떻게 해야 할지 판단이 안 섰다.

다리가 후들거려 하마터면 그대로 주저앉을 뻔했다.

하지만 그 전에 도로 옆 덤불숲 속에서 나뭇잎 바스락거리는 소리가 들렸다. 곰이 또 나왔나 싶어 거의 기절할 지경이 없지만, 아니었다. 초목 사이에서 슬그머니 나타난 것은 교복 차림의 까까머리 남학생. 세쓰나가 뒤쫓아 온 둘 중 한 사람이었다.

"아까 그……."

"쉿. 곰에게서 눈을 떼지 마. 잘 들어, 내가 시키는 대로 해."

남학생은 입술에 집게손가락을 세우고, 진지한 눈빛으로 말했다. 세쓰나는 시키는 대로 남학생이 아니라 곰에게 의식을 집중했다. 다행히 아직은 곰이 공격해 올 낌새는 없다.

"절대 곰에게 등을 보이지 마. 짐은 전부 발밑에 내려놓고."

남학생이 작은 소리로 말했다. 심장은 터질 것 같았고, 손이 덜덜 떨렸다. 이마에서 땀이 흘러내렸다. 실은 너무나 무서워서 손가락 하나 까딱하지 못할 정도였지만……. 세쓰나는 시키는 대로 움직였다. 가방과 천문 도감을 조심조심 땅바닥에 내려놓았다. 그렇게 몸을 움직이면서도 눈길은 곰에게서 떼지 않았다.

"좋아. 이제 그대로 곰을 보면서 뒷걸음질 쳐. 천천히, 그래, 천천히 해."

빈손이 된 세쓰나는 남학생과 나란히 뒷걸음질 쳤다. 가방과 천문 도감에서 서서히 멀어졌다. 호흡이 흐트러졌다. 평소에 어떤 리듬으로 숨을 들이마시고 내쉬었는지도 기억나지 않았다.

그렇게 한 10미터쯤 물러났을까. 30미터쯤 앞에서 가만히 이쪽을 살피던 곰이 갑자기 방향을 틀어 도로 옆 덤불숲 속으로 휙 뛰어들어 갔다. 거대한 몸집에 어울리지 않게 움직임이 민첩했다. 순간 무슨 일이 일어났는지 세쓰나는 이해하지 못했다.

"이제 괜찮아."

까까머리 남학생이 말했다. 그 목소리에서는 더 이상 긴장감이 느껴지지 않았다. 세쓰나는 그 자리에 철퍼덕 주저앉고 말았다. 이마에서 땀이 줄줄 흘러내렸다. 안경을 닦기도 어려울 정도로 손끝이 부들부들 떨렸다.

당연히 천체 관측은 연기되었다.

학교로 돌아간 셋은 교무실로 가서 곰이 출몰한 사실을 신고하고, 어느 빈 교실로 들어갔다. 다마카와 아오, 이 둘이 멋대로 동아리 방으로 쓰고 있는 모양이었다. 이미 땅거미가 실내까지 서서히 퍼지는 때라 형광등 대신 손전등을 켰다(그 무렵 발전소가 멈추기 시작했다.).

그 자리에서 이 '이름 없는 동아리'에 대해 질문 공세를 퍼부은 세쓰나는 다시금 기가 막혔다. 천체 관측을 계획하고 있었다던 둘은 우주에 대해 아는 것이 거의 없었다. 달과 지구가 어떻게 움직이는지조차 제대로 몰랐다.

"원래 행성의 공전 궤도는 원이 아니라 타원이에요."

"타원……. 어떡해, 원에 대해서도 잘 모르는데……."

"거기서 케플러 제1법칙[*]이 나온 거죠. 진짜 아무것도 모르네요."

"맞아, 아무것도 몰라."

다마카는 비관도, 부끄러움도 아닌 그저 사실을 인정하는 투로 말했다.

"나는 아무것도 가진 게 없어. 그래서 너랑 같이 동아리 활동을 하고 싶어. 너의 지식과 생각을 빌려 줬으면 해."

선배가 나를 똑바로 바라보면서 그렇게 진심을 내보이는데, 어떻게 거절할 수 있었겠어요.

이제 어른이 될 수 없다. 장래의 꿈은 이룰 수 없게 됐다. 그동안 해 온 노력이 아무런 의미가 없어지고 말았다는 충격에, 나는 모든 걸 잃은 기분이었죠.

그런데 선배는 내가 배운 물리학이 헛되지 않았다고 가르쳐 주었어요. 마지막에 있을 곳으로 여기를 선택하는 데는 그 한마디로 충분했어요.

"어쩌지, 아오. 망설이고 있나 봐."

---

[*] 독일의 천문학자 케플러가 발견한 행성의 세 가지 운동 법칙 중 하나로, 모든 행성은 태양을 초점으로 하는 타원 궤도를 그리며 돈다는 것이다.

"어쩔 수 없잖아. 갑자기 말하면 다들 고민되지."

"차라리 우리 동아리 이름을 천문부라고 할까? 그럼 들어오지 않을까?"

"야, 다마카. 그런 문제가 아니잖아."

감동한 나머지 잠자코 있는 세쓰나를 앞에 두고 둘은 소곤소곤 대화를 주고받았다. 세쓰나는 웃었다. 오랜만에 웃으며 이렇게 말했다.

"제가 들어오기 전에 이름을 정해 두세요."

그리고 1년 반이 지나 이번에는 세쓰나가 맞이하는 쪽이 되었다.

"그래서!"

말랑말랑한 추억의 호수에 몸을 담그고 있던 세쓰나는 다마카의 목소리를 듣고 몸을 일으켰다. 어느새 칠판 장식도 완성되었다. 알록달록한 분필로 '환영! 안자이 마사요시!'라고 쓴 글씨를 중심으로 무지개와 꽃을 그려 놓았다. 교과서를 보고 그린 듯한 니체의 초상화도 있었다. 다마카는 분필 가루 범벅이 된 손에 작은 폭죽을 들고 선언했다.

"안자이 마사요시를 철학 팀장으로 임명합니다!"

"다마카, 잠깐. 그거 위험하니까 내가 터뜨릴게."

아오는 기세를 몰아 폭죽을 터뜨리려는 다마카를 말렸다.

다마카는 드러나게 불만스러운 얼굴로 아오를 올려다보았다. 세쓰나의 맞은편에 앉은 마사요시가 곤혹스러운 얼굴을 하고 둘을 바라보았다. 세쓰나가 닦아 놓은 장난감 왕관은 어느새 그의 머리에 얹혀 있었다.

"저기, 아까도 말했지만 저는 동생이랑 보내는 방법을 찾을 때까지만 임시 부원으로……."

마사요시가 말을 건넸지만 다마카와 아오는 폭죽을 두고 옥신각신하느라 전혀 듣고 있지 않았다. 일단 자리에서 일어난 세쓰나는 빗자루와 먼지떨이를 들고 돌아왔다. 그리고 폭죽이 터질 때까지 다마카를 보면서 잠자코 기다렸다.

멤버가 네 명으로 늘어난 멸망 지구학 클럽은 이전보다 조금 활기찼고, 즐거운 미래가 기대됐다. 이들과 함께 멸망의 순간을 맞이한다. 세쓰나는 어느덧 그런 꿈까지 꾸었다.

하지만 운명은 그런 소소한 행복조차 허락하지 않았다.

"안 읽는 건 아니고, 가끔 쭉 훑어보는 정도지."

"저는 가끔 과학 코너만 읽어요. 다른 건 안 봐요."

다마카와 세쓰나가 한마디씩 했다. 손에 분필을 들고 교단에 서 있는 마사요시가 아오에게 눈빛으로 도움을 청했다.

하지만 솔직히 아오도 다마카나 세쓰나와 별반 다를 게 없었다. 매일 아침, 토스트에 커피를 마시면서 신문을 펼칠 정도의 고상한 습관은 없고, 어쩌다 마음 내킬 때 듣는 라디오가 유일한 정보원이다.

"혹시, 아오 선배도 그렇습니까?"

"뭐, 짐작하다시피."

아오가 어깨를 으쓱해 보이자 마사요시는 결국 난처한 얼굴을 했다. 확실히 내전 전이라면 모를까 인터넷이 끊긴 현재의 일본에서는 신문을 읽지 않으면 어느 정도 간추린 정보를 얻을 수가 없다. 결과적으로 마사요시가 마주한 세 명은 완전히 세상에서 뒤처진 가엾은 고등학생이었다.

"우리 동아리 멤버는 셋이 다 이래. 그래서 마사요시를 스카우트한 거야. 어때? 탁월한 선택이었지?"

"아아, 어쩌다 이렇게 된 거야……."

쿡쿡 웃는 다마카를 보며 마사요시는 머리를 쥐어뜯었다.

환영회 다음 날, 멸지부는 늘 이용하는 빈 교실에서 활동을 시작했다. 새로운 주제는 '멸망하기까지의 역사'. 지금, 철학 팀장 안자이 마사요시가 칠판 앞에 서서 어떻게 역사를 정리해 나갈 것인지, 그 방법을 정하는 중이다. 하지만 회의를 시작한 지 채 몇 분도 지나지 않아서 드러난 것은 마사요시 이외의 세 명이 신문을 거의 읽지 않으며, 역사는 고사하고 어제오늘의 사회 정세에도 어둡다는 비정한 현실이었다.

야구부에 들어와 달라는 부탁을 받고 마지못해 응했더니, 자신 이외에는 부원 모두가 캐치볼도 제대로 못한다면 어떨까. 아오는 진심으로 미안했다. 그보다 "역시 가입하지 않겠습니다."라고 나와도 어쩔 수 없다고, 단단히 마음먹었다.

그러나 다행히 캐치볼도 못하는 선배들을 앞에 두고도 마사요시는 그런 말은 하지 않았다.

"알겠습니다. 그럼, 구마타하라 마을의 역사와 지난 몇 년 동안의 세계정세, 그렇게 양쪽을 공부하면서 정리할 수 있는 좋은 방법을 생각해 볼게요."

마사요시는 맥 빠진 모습도 없이 칠판에 작은 글씨로 '지역의 역사', '세계정세'라고 썼다. 근본이 매우 성실한 학생이기 때문에 에베레스트처럼 우뚝 솟은 난관을 정면으로 돌파하려는 것이다.

"그래. 좋은 기회니까 다 같이 공부하는 거야."

할 일이 산더미인데도 다마카는 신나는 모양이었다. 아니 산더미라서 신나 보이는지도 모른다. 할 일이 많아지면 걱정도 늘어 가는 아오의 눈에는 다마카가 다른 별에서 온 사람처럼 비쳤다.

"마사요시, 도서관에 가면 과거의 신문도 있지?"

세쓰나가 물었다.

"네. 하지만 전부 있는지는 몰라요. 특히 세계 폭동 직후나 내전 당시의 신문은 보관돼 있을지 없을지……."

"그래. 뭐, 그건 있는 걸로 메워 나갈 수밖에 없겠군."

아오의 말 한마디로 그 부분은 정리되었다. 다마카가 만족스러운 듯이 고개를 끄덕였고, 마사요시는 칠판에 작은 글씨로 '도서관', '있는 것으로 메워 나간다.'라고 썼고, 세쓰나는 꼼꼼히 공책에 메모했다.

이렇게 당장 해야 할 활동이 결정됐다.

바로 '도서관에서 공부'하는 것.

'평범한 중고생으로 돌아간 것 같은데.'

아오는 마음속으로 중얼거리고 쓸쓸하게 웃었다.

"오오, 멸지부. 활동 중인 거야?"

그때 교실 문이 드르륵 열리고, 키 큰 갈색 머리 남학생 한 명이 들어왔다. 단추를 전부 풀어 헤친 교복 자락 사이로 오렌지색 티셔츠가 두드러졌다.

연극부 부장 아이자와 히사토였다. 노크도 없이 들어오는 무례함은 여전했다.

"히사토잖아. 지금 연습 시간 아닌가?"

"모든 날이 다 연극이지. 나의 모든 것이 연기니까 따로 연습할 거 없어."

"아, 그러셔."

다마카가 무시하는 투로 대응해도 히사토는 딱히 신경 쓰는 기색도 없었다. 그는 성큼성큼 아오 자리로 걸어가더니 책상에 한 손을 탁 짚고 말했다.

"아오, 아, 맞다. 여기서는 생물 팀장님이었지? 생물 팀장님, 내일 시간 있어?"

"용건에 따라서 있을 수도, 없을 수도 있지."

"아, 좀 도와 달라고."

"아하."

히사토의 말을 듣고 아오는 천장을 올려다보았다.

얼마 전, 멸지부는 신입 부원을 모집하는 데 사용하기 위해 연극부에서 법복과 가짜 수염을 빌렸다(다마카가 대현자 차림을 해야 할 필요가 있었는가에 대해서는 생각하지 않기로 한다.). 그리고 아오는 이 남학생에게 어떤 형태로든 보답을 하기로 약속했었다.

다마카도 기억났는지 손뼉을 짝 쳤다.

"맞아. 법복이랑 가짜 수염! 그것들 덕분에 내 연기가 더 매력적으로 빛을 발해서 신입 부원이 들어왔으니까 사례를 하는 게 맞지."

"바로 그거야, 부장님. 내일 아오를 빌려 가도 되겠지?"

"아, 그럼, 그럼. 비록 지구가 멸망하기 직전이라도 약속은 지켜야 하니까."

당사자인 아오를 제쳐 둔 채로 그를 빌려 가고 빌려 주는 암거래가 성립되었다. 물론 아오도 약속을 저버릴 생각은 없었다. 그는 의자에 등을 기댄 채 그 거래에 동의했다.

"알았어, 도울게. 내가 뭘 하면 되는데?"

"뭐, 쉽게 말하면, 너를 노예처럼 부려 먹을 거야."

"……."

"야, 장난이라고. 그런 눈으로 보지 마. 실은 조촐하게 원정을 하려고."

"원정……? 나 혼자만 가도 돼?"

"힘을 쓰는 일이라 남자들끼리 할까 해, 내일 아침부터. 어?"

교실을 둘러보던 히사토는 갑자기 말을 끊었다. 그의 강렬한 시선이 교단 위에 서 있는 마사요시에게로 쏟아졌다. 마사요시는 잠시 분필을 정리하고, 손에 묻은 분필 가루를 털고, 그러다 마침내 갈색 머리의 이상하게 생긴 남자가 자신을 뚫어지게 바라보는 걸 알아차리고는 어쩔 줄을 몰랐다.

"오오, 있잖아, 저기 또 한 사람."

히사토는 노예 후보가 늘어난 기쁨을 숨기지 않고 히죽히죽 웃었다.

"그래, 여기야, 여기."

짐수레를 끌고 가던 히사토는 그렇게 말하고 멈춰 섰다. 아오와 마사요시 그리고 다른 연극부 부원들도 따라서 걸음을 멈췄다. 아오가 끌던 짐수레가 끼이익 기분 나쁜 비명을 지른다. 아오는 얼굴을 찡그리며 눈앞에 있는 '그것'을 올려다보았다.

도로에 우뚝 선, 이미 오래전에 문을 닫은 대형 전자 제품점이었다. 입구마다 셔터가 내려져 있었다. 자동차 같은 것이 들이받았는지 커다랗게 구멍이 뚫린 셔터도 보였다. 벽은 온통 스프레이 낙서투성이고, 자전거 보관소였던 곳은 버려진 컵라면 용기며 빈 플라스틱 병 등으로 몹시 지저분했다.

전자 제품점 앞에 서 있는 남학생은 모두 여덟 명이었다. 히사토와 연극부 부원 다섯 명, 거기에 아오와 마사요시. 그들의 차림새는 다양했다. 운동복이거나 교복 바지에 티셔츠, 허리에서부터 체인 같은 게 늘어진 묘한 바지를 입은 남학생도 있었다. 히사토는 얇은 7부 소매 카디건을 입고, 목에는 작은 링 목걸이를 걸고 왔다. 그대로 데이트라도 갈 것 같은 차림이었다. 아오와 마사요시는 여름 교복을 입었다. 아오는 단지 옷을 골라 입는 것이 귀찮았을 뿐이지만 마사요시는 동아리 활동의 연장으로 생각한 모양이었다. 어지간히 고지식한 소년이다.

짐수레는 총 세 대. 아오 일행은 교대로 끌고 온 짐수레들을 자전거 보관소였던 곳에 두고는 구멍 뚫린 셔터 쪽으로 향했다.

히사토를 선두로 어두컴컴한 가게 안에 발을 들여놓았다. 입구 쪽에는 무수한 유리 파편이 엷은 모래 먼지에 덮여 광택을 잃은 채 벌레의 사체처럼 흩어져 있다.

"부장, 완전 난장판인데요. 이런 데 뭐가 있겠어요?"

"이미 다 털어 간 거 아니에요?"

"걱정 마, 그래도 건질 게 있을 테니까."

연극부 부원들의 걱정에도 아랑곳없이 히사토는 낙관적이었다. 그는 한 걸음 안으로 내딛더니 유리 파편과 모래가 짓이겨지는 기분 나쁜 마찰음에 황급히 발을 뺐다. 그러고는 씨익 웃으면서 아오를 보고 말했다.

"우리가 원하는 건 값나가는 물건도 귀중품도 아니거든. 자, 들어가자."

그는 이번에는 천천히 한 발 앞으로 나아갔다. 남자 연극부 부원 다섯 명이 그 뒤를 따르고, 마지막으로 아오와 마사요시가 유리 파편 위를 건넜다.

매장 안은 쥐 죽은 듯 조용해서 발소리가 으스스하게 울렸다. 부원들이 걱정했던 대로 진열 선반은 완전히 난장판이었다. 천장에 긴 줄로 매달아 놓은 'PC용품', '세탁기' 따위의 표찰은 그대로 남아 있었지만 상품은 거의 남아 있지 않았다. 가게 전체를 탈탈 털어 가고는 텅 빈 진열대와 쓰레기만 아무렇게나 방치해 둔 처참한 꼴이었다. 그 광경을 보고 아오는 고개를 갸웃거렸다.

"저렇게 다 쓸어 가서 어디에 쓰지."

"아직 전기가 들어오던 때였는지도 모르죠."

찢어진 가격표며 광고판만 남아 있는 텅 빈 진열대를 바라보며 마사요시가 대꾸했다.

"아니면, 그나마 전력 사정이 좋은 도시에 팔려고 했거나."

"그럴 수도 있겠다."

아오는 고개를 끄덕이고 실내를 빙 둘러봤다. 진열대 뒤나 벽 쪽에는 망가진 전기밥솥과 청소기 등이 방치되어 있었다. 안으로 들어갈수록 어두워졌으므로 일행은 손전등을 켰다.

마침내 계산대를 발견했다. 대형 전자 제품점인 만큼 계산대도 규모가 컸고, 바닥에는 계산하는 손님들을 안내하는 선이 일정한 간격으로 그려져 있었다. 계산대의 금고는 하나같이 억지로 열린 흔적이 남아 있었다. 바닥에 떨어진 동전 몇 개만이 지금 이 가게에 있는 현금 전부일 것이다. 영업을 한다 해도 거스름돈이나 제대로 내줄 수 있을지…….

"오오. 있다, 있어!"

계산대 안쪽을 살피던 히사토가 히죽 웃었다. 그러고는 계산대 위로 배를 깔고 올라가 건너편으로 손을 뻗어 접힌 상태의 골판지 상자를 끄집어냈다. 아오가 손전등을 비추자 상자에 찍힌 발자국과 군데군데 찢어진 부분이 보였다.

"이건 못 쓰겠다. 그래도 분명 멀쩡한 것들이 남아 있을 테니까 각자 흩어져서 찾아보자."

찢어진 상자를 계산대에 그대로 두고 히사토가 말했다. 연극부 부원들이 저마다 손전등을 들고 뿔뿔이 흩어졌다. 아오와 마사요시는 같이 움직였다.

"그러니까, 골판지 상자를 찾는 거네요?"

"그런 모양이야. 소도구나 대도구 같은 걸로 쓰려나 본데."

둘은 '서비스 계산대'라고 쓰인 표찰 아래로 갔다. 계산대 너머에는 종이 상자며 망가진 전자 기판 따위가 떨어져 있을 뿐 골판지 상자는 없었다. 다시 발걸음을 옮겨 이번에는 '카메라 용품' 코너로 갔다.

"미안하다. 이제 막 들어왔는데, 이런 데 데려와서."

"괜찮습니다. 이것도 멸망 지구학 클럽 활동과 무관하지 않은 거죠?"

"뭐, 그렇지."

"그렇다면 할게요. 어차피 들어온 거니까 최선을 다하려고요. 활동 하나하나에 혼을 담는다는 마음으로."

"오, 오우."

지나치게 어깨에 힘이 들어간 듯도 하지만 의욕이 있다는 것은 좋은 일이다. 아오는 더는 아무 말도 하지 않고 진열 선반을 비추었다. 깨진 렌즈가 몇 개 떨어져 있는 것을 제외하고 카메라 본체와 부품은 모조리 약탈당한 상태였다. 하지만 선반 맨 끝 하단을 비춰 보니 큰 책과 비슷한 크기의 종이 상자가 남아 있었다.

"있어. 세쓰나가 짐작한 대로야."

아오는 그 종이 상자를 들어 올렸다. 손전등 불빛에 '인화지 50매'라는 글자가 떠올랐다.

"이거예요? 저는 인화지가 뭔지 잘 모르는데."

"나도 잘 몰라."

"뭐에 쓰는 거죠?"

"얼마 전에 산속 오두막을 카메라로 개조했거든. 거기서 촬영하는 데 인화지가 필요한 모양이야."

"오두막을 카메라로요?"

"어. 다음에 보여 줄게."

"얘들아! 다들 좀 와 봐!"

히사토의 목소리가 쩌렁쩌렁 울렸다. 아오와 마사요시는 인화지 상자를 닥치는 대로 가방에 넣고 목소리가 난 쪽으로 걸어갔다.

"약탈해 간 패거리들이 포장을 제대로 안 하고 가져간 모양이야. 칠칠치 못하게."

히사토는 기분이 좋아 보였다.

뿔뿔이 흩어진 후 나서 누군가가 'STAFF ONLY'라는 표찰이 붙은 방에서 대량의 골판지 상자를 발견한 모양이었다. 손전등을 비추자 접힌 골판지 상자가 벽 앞에 산더미처럼 쌓여 있었다. 맨 위의 것은 먼지로 몹시 지저분했지만 나머지는 깨끗하고 흠집도 거의 없었다.

그들은 신바람이 나서 골판지 상자를 밖에 있는 짐수레에 차곡차곡 실었다. 짐수레 세 대에 골판지 상자가 산더미처럼 쌓였다. 여덟 명이 달라붙어 떨어지지 않도록 단단히 묶었다. 해가 높아지기 시작하자 모두 땀을 흘렸다. 원정대는 물통의 물을 조금씩 나눠 마시면서 잠시 쉬었다가 출발했다.

"미안해, 생물 팀장님. 이렇게 먼 데까지 끌고 와서."

"괜찮아, 빚은 갚아야지."

"다음에 또 뭐로든 사례를 할게."

"무슨 소리야. 그럼 끝이 없게 되잖아."

교대로 짐수레를 끌고 돌아가는 길은 시시껄렁한 이야기를 하다 보니 금방이었다. 아오와 마사요시는 상가 앞에서 연극부 부원들과 헤어졌다.

"골판지 상자가 많이 있었네요."

"저만큼 있으면 충분하겠지."

아오는 손에 묻은 먼지를 털면서 말했다. 그리고 '구마타하라 만남의 상가'라고 쓰인 아치를 흘끗 올려다보았다.

학교를 나와 산과 밭이 있는 쪽이 아닌, 선로를 따라 난 길가의 집들을 곁눈질하면서 한동안 걸어가면 이 상가에 다다른다. 구마타하라 역 부근이라지만 세계 폭동이 발생하기 이전부터 몹시 퇴락한, 말하자면 전형적인 시골 마을의 상가였다. 지금은 '구마타하라 만남의 상가'라고 쓰인 아치마저 흙먼지를 잔뜩 뒤집어쓰고 있어서 더욱 초라해 보였다. 아치에 붙어 있던 동그란 시계는 오래전에 누군가가 떼어 갔고, 그 자리만 빛에 덜 바랜 탓인지 동그란 자국이 또렷했다.

"우린 좀 더 구할 것이 있어."

"그것도 세쓰나 선배가 부탁한 건가요?"

"응."

아오는 수첩을 꺼내, 오늘 날짜란에 휘갈겨 쓴 메모를 훑어보았다. '인화지'는 이미 찾았기 때문에 가위표를 쳐 두었지만 '라이트'와 '신문' 등이 아직 남았다.

아오는 전자 제품점에서 골판지 상자를 찾는 김에 멸지부활동에 쓸 물품도 찾아봤다. 그러나 역시 약탈당한 가게에서더는 기대할 것이 없었다. 결국 인화지밖에 찾지 못했다. 나머지는 기다려도 배급으로 저절로 얻을 수 있는 종류가 아니었다. 그렇다면 약탈당하지 않은 가게에서 돈을 지불하고 구할 수밖에 없다. 이 얼마나 문명적인 행위인가.

"갈까?"

아오와 마사요시는 상가 입구의 아치 안으로 들어갔다. 하지만 그 너머는 원래 있던 상가가 아니다. 정부의 허가를 받지 않은 무허가 가게들이 즐비하다.

바로 암시장이다.

좁은 길 좌우로 노점들이 빈틈없이 들어서 있었다. 원래 이곳은 양쪽으로 가게들이 주욱 늘어선 거리였다.

그 가게들 앞에 포장마차며 텐트, 좌판 등이 무질서하게 들어찬 통에 발 디딜 곳도 없을 정도로 혼잡했다. 그리고 토요일 낮이면 이 근처는 손님으로 바글바글했다. 마을의 활기를 깡그리 그러모아 커다란 냄비에 끓여서 이 퇴락한 상가에 싹 다 쏟아부은 게 아닐까 싶을 정도로 활력이 넘쳤다. 여기저기서 장사꾼들이 손님을 부르는 소리로 암시장은 몹시 소란스러웠다.

바로 옆에서도 말소리가 잘 들리지 않을 정도여서 둘의 목소리는 자연히 커졌다.

"뭐부터 삽니까?"

"설탕은 반드시 구해야 해. 그리고 통조림류도 가능하면 많이."

"네? 그런 게 동아리 활동이랑 무슨 상관이죠?"

"다 같이 어디 멀리 갈 때 쓸 도시락 재료래. 세쓰나가 부탁한 건데, 아마 다마카가 주문했을 거야."

"그렇군요. 그럼, 공금으로 사는 게 맞네요."

마사요시가 이해한 듯이 고개를 끄덕였다. 대강 눈치로 알고는 있었지만 상당히 세세한 것까지 신경 쓰는 유형인 것 같았다.

"통조림은 아무 종류나 사도 돼요?"

"'가능하면 생선'이라고 적혀 있어. 찾아보자."

아오는 수첩을 바지 주머니에 쑤셔 넣었다. 가방에서 장바구니를 꺼내 들고 마사요시와 함께 힘겹게 인파 속을 헤치고 나아갔다. 아오는 안주머니가 있는 가방 윗부분을 꾹 눌렀다. 마사요시의 부모님에게 받은 휘발윳값, 배급받은 담배와 맥주를 팔아서 모아 둔 돈, 토끼를 판 돈 등이 들었다. 소매치기를 당하면 안 된다.

"아저씨, 생선 통조림 있어요?"

"한 개에 3만."

"스무 개 살 건데, 싸게 안 돼요?"

아오는 좌판 위에 통조림이 산더미처럼 쌓인 노점을 발견하고 흥정을 걸었지만 단칼에 거절당했다. 쯧, 하고 혀를 차는 점주에게 등을 돌리고 또 다른 가게를 찾기 시작했다. 10미터도 채 가지 않아 다음 가게를 발견했다. 반찬 가게였던 건물을 멋대로 쓰고 있는지 크로켓이며 튀김 같은 것이 있었음 직한 유리 케이스에 통조림이 그득했다. 이번에는 마사요시가 흥정을 해 봤지만 결과는 썩 좋지 않았다.

"어린 학생이라고 우리를 만만히 보는 거야."

"그럴까요? 어쩌면, 단지 통조림이 비싸졌을 뿐인지도 모르죠."

"그렇다면 더 난감하지."

사람들 틈을 누비듯 나아가면서 아오는 투덜거렸다. 유통망이 거의 마비된 요즘도 날생선과 달리 통조림 가격은 그나마 양심적이었는데…… 현금이 모조리 휴지 조각으로 변하기 전에 식량과 휘발유로 바꿔 둬야 한다.

시장통은 인파로 인해 땀이 삐질삐질 날 정도로 덥고, 숨이 막힐 정도로 답답했다. 아오와 마사요시는 참을성 있게 다섯 군데를 돌았고, 결국은 처음 갔던 가게에서 통조림을 구입했다. 1만 엔짜리 지폐 60장을 주고 산 통조림 스무 개를 장바구니에 넣었다.

그때, 싸움이라도 벌어졌는지 인파 너머 쪽이 갑자기 소란스러워졌다. 아오는 얼굴을 찡그리고는 마사요시를 재촉하며 발길을 돌렸다. 암시장은 위험하다. 치고받고 싸우는 것으로 끝나면 그나마 다행이지만 언제 무기가 튀어나와 무고한 사람까지 피 흘리게 만들지 모른다. 둘은 고함 소리에서 멀어지기 위해 인파를 거슬러 갔다. 이동하는 도중에 설탕을

싸게 파는 곳을 발견해서 사 두었다.

둘은 혼잡한 곳을 벗어나 마침내 상가 입구의 아치를 빠져나왔다. 그제야 걸음을 멈추고 이마의 땀을 닦았다.

"하아, 정말 혼났네. 사람들이 땅에서 솟아 나오기라도 하는 건가."

"제대로 영업하는 가게가 없으니까 다들 여기로 몰려드는 거겠죠."

마사요시 역시 지친 모양이었다. 그는 잠시 심호흡을 하고 나서 아오가 꺼낸 수첩을 들여다보았다.

"이제 신문만 사면 돼요?"

"아니, 더 있어. 파란색 전등이 필요해."

"파란색 전등? 그런 게 있을 거 같진 않은데요."

"반딧불이 관찰하는 데 꼭 필요한 거야. 보통 불빛은 번식 행동에 방해가 되거든."

"하지만 꼬마전구 파는 데는 못 본 거 같아요."

"그래도 세쓰나는 늘……."

거기까지 말하고 아오는 입을 다물었다. 마사요시의 말이 맞는다. 그렇다면 세쓰나는 늘 어디에서 전기 회로 재료를 구해 오는 걸까. 수수께끼다.

"어디서 사는지 물어볼 걸 그랬다."

"세쓰나 선배 말이에요. 좀 특이해 보여요."

"그런가……. 아, 어쩌면 아버지를 통해서 부품을 구할지도 모르지."

"부모님이 전파상 같은 거 하시나 보죠?"

"아니, 물리학 교수래. 지금은 델타 연구 때문에 집에 잘 안 들어오시는 것 같고."

"아, 전에 그런 이야기를 들었던 것 같네요. 하지만 물리학 교수라고 기계 부품을 많이 구할 수 있을 것 같지는 않은데."

"그것도 그렇다. 뭐, 생각해 봐야 소용없지. 전등 말고는 이제 신문만 사면 돼."

아오는 수첩의 쇼핑 목록에 가위표를 했다. 내일 이후의 칸이 모두 공백인 것을 본 마사요시가 눈썹을 찡그렸다.

"수첩이 새하얗네요."

"다마카가 무슨 일을 저지를지 몰라서. 그래서 가능한 한 비워 두는 거야."

"꼭 보호자 같아요."

"진짜 보호자는, 아, 그게…… 사정이 좀 있어서."

아오는 말끝을 흐렸다. 다마카와 그의 부모님 이야기는 어디까지 해야 할지 판단이 서지 않았다. 한마디로 말하면, 사이가 원만하지 않다고 할 수 있지만 이건 애매한 문제다. 아마 필요하다고 생각하면 다마카가 자기 입으로 말하겠지.

"아무튼 그 애는 좀 위태위태한 구석이 있어서 내가 옆에서 지켜 주지 않으면 안 돼. 되게 귀찮긴 하지만."

"아, 예에. 보호자라기보다 오빠 같네요."

"으음, 그렇겠다."

"저도 좋은 오빠가 되고 싶습니다."

마사요시는 아치 기둥에 몸을 기대고 물통을 꺼내더니 뚜껑에 뭔가 검은 음료를 따랐다. 커피인지, 한 모금 마시고 얼굴을 찡그린다.

"동생은 아직 갓난아기라서 뭔가를 가르치거나 할 순 없겠지만요. 그래도 제가 안자이 미사의 오빠라고 당당하게 말할 수 있는 안자이 마사요시가 되고 싶습니다, 반드시."

'좋은 오빠가 되고 싶다고……'

힘들게 커피를 마시는 마사요시를 물끄러미 바라보면서 아오는 마음속으로 중얼거렸다. 쓴 커피를 마신다고 당장 어른이 되는 것은 아니지만, 어쨌든 무엇이든지 할 수 있는 것을 해 보겠다는 자세가 한편으로는 부러웠다.

'되고 싶은 것'이 있으니 마사요시는 노력하는 것이다.

'역시 나 따위보다 훨씬 똑똑해.'

아오는 가슴에 손을 얹었다. 손바닥에 심장 박동이 느껴졌다. 하지만 그뿐이었다.

과연 지구가 멸망할 때까지 다마카가 말하는 '하고 싶은 것'을 찾을 수 있을까. 모르겠다. 그렇다면 마사요시처럼 '되고 싶은 것'을 찾는 것은 어떨까. 그것도 모르겠다.

'되고 싶은 것…… 되고 싶은 것이라고.'

이제는 기억에서도 지워졌지만 옛날에는 아오에게도 꿈이 있었을 것이다. 델타의 출현으로 그 모든 것은 이뤄질 수 없게 되었다. 되고 싶은 것을 목표로 하기에는 아오와 친구들에게 남은 시간은 터무니없이 적었다.

'하지만 하고 싶은 것보다 되고 싶은 것을 찾는 편이 더 쉬울지도 모르겠다. 찾아볼 가치는 있는 것 같다.'

마사요시의 어머니와 여동생을 위해서 휘발유를 싣고 죽어라 자전거를 달렸던 그날. 분명 아오는 미래에 대한 '기대'를 품었다. 눈을 돌려 미래를 바라보는 게 아직은 고통스럽기 짝이 없지만……. 아오는 그날의 감각을 다시 맛보고 싶었다. 다마카와 마사요시처럼 앞을 향해 가고 싶었다.

"기다려 줘서 고맙습니다."

커피를 다 마신 마사요시가 미안한 듯이 말했다. 그제야 정신이 든 아오는 일단은 "응."이라고 대답했다. 딱히 기다려 준건 아니었지만.

"그럼, 갈까. 참, 자전거 필요하다고 하지 않았어? 전에 타던 건 도둑맞았다고 했지? 나온 김에 찾아보자."

"아니요, 괜찮아요. 그건 개인적으로 와서 사겠습니다."

"너무 조심성이 많은 거 아냐?"

"지금은 동아리 시간입니다. 공사 구분 안 되는 건 좋지 않다고 생각해요."

"공사 구분이라……. 뭐, 좋아. 그럼, 신문 사러 가자."

"네."

둘은 다시 북적거리는 시장통으로 들어갔다. 앞장선 아오는 이전에 왔을 때의 기억을 떠올려 가며 신문 파는 곳을 찾아봤지만, 암시장은 하루가 다르게 모습을 바꾸는 신비경이다. 심하면 몇 시간에 서너 번씩 가게가 자리를 옮기기도 한다. 게다가 국민카드를 위조해 주거나 위험한 약물을 파는 곳은 가게의 성격상 간판을 내걸지 않는 데가 많아서 어디가 어디인지 분간하기가 어렵다.

한참이나 돌아다닌 끝에 마침내 뒷골목 후미진 곳에서 포장마차 하나를 발견했다.

손수레를 개조한 작은 가게였다. 포장이 조금 비뚤어졌는데도 초로의 점주는 별로 신경 쓰는 기색도 없이 계산대에 턱을 괴고 있다. 계산기 위에는 제목이 보이도록 잡지가 쌓여 있고, 포장마차 앞 가판대에는 전국지뿐 아니라 동서남북의 지방지, 심지어는 지하 신문까지 진열되어 있었다.

마사요시는 신문 가판대를 주욱 훑어본 후 만족스러운 듯이 말했다.

"많이 있네요. 도서관에 없는 것들 위주로 사죠."

"뭐가 없는지 알아?"

"어제 알아봐 뒀어요."

"준비성이 좋네. 응? 오늘 신문을 많이 사서 어쩌려고?"

"같은 사건이라도 신문사마다 기사의 방향이 다르니까요. 비교해 가면서 읽지 않으면 놓치고 지나치는 사건이 있을지도 모르거든요."

"과연."

"아, 이건 〈일일 중고생신문〉이네."

"구하기 어려운 거야?"

"내전으로 사옥이 완전히 파괴되었다고 들었는데 계속 발행되고 있었네요."

마사요시는 진열된 신문을 맨 끝에서부터 순서대로 모아 계산대에 올려놓았다. 간토, 간사이, 도후쿠, 규슈……, 그리고 영자 신문에 손을 뻗으려다 멈췄다.

"세쓰나가 읽을 수 있어. 그것도 사 가자."

아오가 대신 그 신문을 집어 들었다. 이어서 초로의 점주에게 꼬깃꼬깃한 1만 엔짜리 지폐를 몇 장 건넸다.

'신문이 통조림보다 훨씬 싸잖아.'

점주가 지폐를 세 번씩이나 세면서 확인하는 모습을 지켜보던 아오는 그런 생각을 했다. 기자들은 지금도 불타는 사명감으로 취재를 계속하는 걸까. 아니면 정부 발표를 그대로 내보낼 뿐일까.

일본 국내에서는 정보 규제가 심각했다. 다시는 '폭동'이 일어나지 않도록 온 일본을 갈라놓을 속셈이다. 정부와 반정부 조직의 내전은 인터넷에서의 선전 선동 전쟁으로도 번졌고, 정부는 결국 인터넷을 완전히 차단해 버렸다. 그 이후로 무엇이 진실이고 무엇이 거짓인지 판단하기가 어려워졌다. 합법적으로 발행되는 신문은 정부의 검열을 피할 수 없기에 아무도 그 내용을 믿지 않는다. 그 때문에 신문 가격은 다른 생활필수품에 비해 낮게 유지되었다.

신문.

어머니가 인생을 걸었던 것.

사람들을 자유로 이끄는 기수로서 탄생한 정보의 덩어리.

인류 사상 가장 가볍고, 가장 강력……했던 무기.

"앗?"

신문 다발을 안고 가게를 나오려던 바로 그때였다. 계산기 너머에 쌓여 있는 오래된 잡지들과 나란히 놓인 '그것'이 아오의 눈길을 끌었다.

목덜미가 찌릿했다. 아직 두 눈으로 또렷이 확인하지도 않았는데 불길한 예감이 가슴을 파고들었다.

'보지 않는 게 좋아.'

아오 내면의 목소리가 본능적으로 경고를 해 왔다. 그런데도 두 눈동자는 어느새 거기에 박힌 문자를 좇고 있었다.

빨강색과 검정색의 굵직한 글씨.

'민중이여, 분노하라!'

폭동을 촉구하는 전단이었다.

폭동. 그렇다, 폭동이다. 분노가 실체를 이루어 모든 것을 집어삼키는 격류. 어머니와 아버지의 목숨을 앗아간 그 광풍.

"으윽……."

"앗! 아오 선배?"

강렬한 현기증을 느끼고 아오는 가까이에 있는 벽에 손을 짚었다. 포장마차가, 신문 가판대가, 마사요시의 모습이 갑자기 아득히 멀어지면서 그날의 광경이 눈앞에 되살아났다.

폭도들에게 포위된 신문사. 무참히 파괴된 바리케이드. 노도와 같은 폭동의 한복판으로 뛰어드는 아버지의 뒷모습. 불타는 집들.

'또 되풀이하겠다는 건가, 그걸.'

구토가 나오는 걸 간신히 참았다. 세상이 빙글빙글 돌았다. 마치 아오를 마구 흔들어 떨어뜨리려는 듯이.

'그런 일이 또 벌어지는 건가.'

2년 전의 세계 폭동. 이런 작은 시골 마을까지 짓밟은 '그것'이 또?

아버지가 죽었다.

어머니가 죽었다.

'어째서. 어째서 앗아 가려는 거지?'

마음속에서 또 다른 자신이 그만두라고 소리친다.

하지만 생각을 멈출 수 없었다.

'어차피 다…… 죽을 텐데.'

아오는 피를 토하는 심정으로 중얼거렸다.

이러고 있는 지금도 델타는 1초마다 지구에 바싹바싹 다가오고 있다. 1초를 산다는 것은 1초만큼 생명의 끝을 향해 다가간다는 것. 두려운 죽음의 낭떠러지로 쉴 새 없이 달려간다는 것이다.

땀을 닦고 하늘을 올려다보았다. 푸르름이 눈 안으로 가득 스며들었다. 종국에는 델타에 빼앗길 푸르름이다. 줄이 끊긴 연처럼, 걷잡을 수 없는 생각은 멈출 줄을 모르고 아오를 괴롭혔다.

생의 마지막에 할 것. 되고 싶은 것. 그것들을 찾으려는 아주 작은 결의를 고통이 흐트러뜨리려 한다.

'살아왔다. 이렇게 필사적으로 살아왔다. 하지만……'

창문이란 창문에는 죄다 판자를 덧대고 폭동과 내전의 날들을 견뎌 왔다. 인플레이션 속에서도 배급과 암시장을 최대한 활용하여 어떻게든 식량을 확보해 왔다.

아오는 머리가 깨질 듯이 아파서 손으로 이마를 짚었다. 단단히 봉인해 두고, 눈을 돌리고, 잊으려 했던 온갖 기억들이 한꺼번에 밀려왔다.

'하지만 그 앞에는 죽음뿐이야. 3개월 후에 죽기 위해서 살아 있는 거나 다름없잖아.'

지금 당장 숨 쉬는 것조차 고통스러웠다. 살아간다는 것이 죽음에 이르는 행진으로밖에 생각되지 않았다.

아오는 삶을 갈망했다. 그러나 그 삶은 동시에 아오의 온몸을 불태우려 한다.

'나도 죽는다. 다마카도 죽는다. 아버지와 어머니처럼……'

"아오 선배! 아오 선배!"

멀리서 마사요시의 목소리가 들린다. 물속에서 물 바깥의 소리를 듣는 것 같다. 그러나 지금 아오를 둘러싼 것은 명백한 공기이며, 세계는 1분 전과 동일한 색조로 한결같이 존재한다. 3개월 후에는 그렇지 않다.

정신이 돌아왔을 때, 아오는 땅바닥에 무릎을 꿇고 있었다.

닥쳐올 운명을 까마득히 몰랐던 마지막 날들, 교실에서 어떤 대화를 나눴는지는 더 이상 기억나지 않는다. 새로 나온 만화 잡지나 좋아하는 여자 연예인 이야기였으리라. 지금의 아오에게는 관심 밖의 일이다.

2년 전 6월 6일, 세계 폭동이 일본까지 번져 폭발한 것은 대략 16시 무렵으로 알려졌다.

"진실을 은폐한 정부를 용서하지 마라!"

"생명은 평등하다!"

요성 델타의 궤도에 관해서는 오래전부터 많은 의문이 제기되어 왔다.

"발표된 자료에는 모순이 많다."

"델타가 지구에 충돌하는 건 아닌가."

국제 우주국은 마침내 그동안 숨겨 온 사실을 인정하고 기자 회견 자리에서 진실을 밝혔다.

민중의 분노에 불을 붙인 것은 세계 주요국들이 공동으로 추진한 화성 로켓 계획이었다. '순수한 조사 목적'이라는 홍보와 달리 각국 정부가 선정한 소수의 사람을 도피시키는, 말하자면 노아의 방주였다. 진실을 숨겨 가면서 정치가와 자본가, 일부 학자 들만이 탈출을 준비하고 있었다는 사실이 알려지자 사람들의 분노는 폭발했다. 은폐를 주도해 온 정부와 공공 기관, 언론사 들은 나라를 막론하고 군중의 습격을 받아 불에 탔다. 공격을 받은 것은 이 사기극에 참여한 학자 들도 마찬가지였다.

아오의 어머니는 은폐를 주도한 신문사의 지사에서 기자

로 근무했다.

"아무래도 안 되겠다. 나가서 상황을 좀 보고 오마."

그날 텔레비전을 이리저리 돌려 보고, 인터넷으로 이것저것 검색해 보던 아버지는 결국 그 말을 남기고 집을 나섰다. 모든 채널과 동영상 사이트 들이 깨진 유리창이며 불타는 자동차, 차도를 메운 사람들, 과격한 구호가 적힌 플래카드가 나부끼는 화면을 송출해 세계 각지에서 발생한 폭동을 중계했다. 더구나 어머니가 근무하는 신문사는 폭도들의 표적이 되어 엄청난 비난을 받고 있었다. 국민을 팔아넘긴 망할 기업. 사람을 죽인 기업. 인류의 적⋯⋯.

그때, 가지 말라고 말렸다면 아버지는 지금 살아 있을까. 아니다, 그런 가정이 무슨 의미가 있을까. 애초에 어머니를 구하러 가는 아버지의 앞을 막는 것은 불가능했다.

"저도 갈게요."

아오는 아버지의 만류에도 따라나섰다. 둘은 자전거를 타고 어머니의 직장으로 향했다. 집 근처 농로 주위에는 평소와 마찬가지로 사람이 거의 없었지만 구마타하라 역에 가까워지면서 이상한 공기가 감돌기 시작했다. 영업을 종료한 은행에 무슨 영문인지 사람들이 속속 몰려들었다. 우체국 앞도 대혼란이었다. 슈퍼마켓에는 긴 줄이 이어졌고, 곳곳에서 주먹다짐이 벌어졌다. 사람들은 마트에서 닥치는 대로 화장지를 집어 쇼핑 카트에 담았다.

아오는 아버지와 같이 그 광경을 곁눈질로 살피면서 역 너머로 서둘러 자전거를 몰았다.

저녁 햇살을 받은 〈대일본신문〉 지사 건물은 피투성이가 된 것 같았다. 아오와 아버지가 도착했을 때는 이미 수십 명의 폭도가 돌을 던지거나 몽둥이를 휘두르고 있었다. 안에서 잠가 둔 건물 입구에는 책상과 의자로 바리케이드가 쳐져 있었다.

폭도들은 두 다리로 서 있을 뿐, 그 눈빛은 짐승과 다름없이 무시무시했다. 맨몸으로는 도저히 다가갈 수 없을 것 같았다. 아오와 아버지는 바리케이드가 뚫리기 전에 경찰을 부르기 위해 역 앞 파출소로 자전거를 몰았다. 그러나 파출소에 경찰은 없고 도움을 요청하러 온 시민들만 허둥대고 있었다. 하릴없이 두 사람은 조금 먼 경찰서까지 갈까 하는 이야기를 주고받으며 신문사 앞으로 돌아왔다. 그때 아오는 보았다.

인근에 서 있던 대형 트럭이 신문사 입구로 돌진하는 것을.

깨진 유리창이 저녁 햇살을 받아 허공에서 섬뜩하게 빛났다. 피가 튀는 것 같기도 했고, 불똥이 튀는 것 같기도 했다.

그 후의 일은 거의 기억나지 않는다.

아버지는 사옥으로 우르르 몰려가는 폭도들을 말리려 했지만 이미 눈이 뒤집힌 그들을 막을 수는 없었다. 결국 그들 틈에 섞여 사옥으로 들어가 어머니를 데리고 나오려 했지만 그 역시 실패로 돌아가고 말았다. 아버지와 어머니는 뒷문 근처에서 폭도들에게 붙잡혀 몽둥이와 주먹으로 사정없이 두들겨 맞았다.

폭도들에게 에워싸인 아버지와 어머니를 두고 아오는 도망쳤다. 울면서 정신없이 달렸다. 목숨을 걸고 부모를 지켜야겠다는 생각은 떠오르지 않았다. 거기까지 생각이 미친 것은 얼마나 달렸는지도 모를 정도로 도망쳐 온 후였다.

불길이 치솟는 건물 사이를 그저 달렸다. 역 근처는 폭도들로 넘쳐 났다. 대체 시골 마을 어디에 이 많은 사람이 숨어 있었는지 의아할 따름이었다. 폭도들이 고등학생은 공격하지 않은 것이 천만다행이었다. 아오는 거의 무의식적으로 사람이 없는 곳을 찾아 뛰었다. 방금 지나왔던 농로가 보였다. 아까와 마찬가지로 사람은 별로 없었지만 낯선 사람들이 모두 폭도로 보였다. 아오는 계속 도망쳤다.

제정신을 차린 것은 산속에서였다. 석양이 자취를 감추자 마을에서 일어난 화재가 선명히 보였다. 여기저기 분노의 불길이 타올랐다. 멀리서 소방차 사이렌 소리가 울렸다.

후들거리는 다리를 끌며 산길을 한 걸음 한 걸음 올라갔다. 수도 없이 넘어졌고, 호흡도 흐트러졌다. 셔츠는 땀으로 흠뻑 젖었다. 걸음을 멈추자 그제야 두고 온 부모님 생각이 났다. 더불어 순식간에 온 지구를 뒤덮어 버린 멸망에 관한 정보들도 떠올랐다. 마음은 피로와 절망으로 이미 마비되었다. 지독한 몸살감기를 앓는 것처럼 머리가 지끈거리고 열이 났다. 악몽을 꾸고 있는 것 같았다. 그러나 온몸을 잠식한 고통이 그 모두가 현실에서 일어난 일임을 일깨워 주었다.

등 뒤에서 나뭇잎이 바스락거리는 소리가 난 것은 그때였다. 아마 새나 다른 동물이었을 테지만 소스라치게 놀라서 심장이 멎는 것 같았다. 공포에 사로잡혀 다시금 정신없이 달렸다.

그리고.

자신이 어디에 있는지, 어느 방향으로 가는지도 모른 채 그저 하염없이 달렸다. 벼랑에서 발을 헛디뎠을 때야 정신이 들었다. 몸이 아주 천천히 기울어지는 듯한 감각. 낡아서 반쯤 부서진 난간이 눈에 들어왔고, 이어서 4, 5미터쯤 아래에 밤의 어둠을 머금어 시커메진 물이 보였다. 중력이 몸을 벼랑 아래로 잡아당겼다. 버텨 보려고 했지만 한쪽 발만으로는 역부족이었다.

"위험해!"

갑자기 들린 여자 목소리와 함께 누군가가 아오의 손을 세게 잡아당겼다. 아오는 떨어지기 직전에 쑥 끌어올려져 그대로 엉덩방아를 찧고 말았다.

그제야 정신이 번쩍 들었다.

"미안⋯⋯. 고마워."

힘없이 말하며 아오는 고개를 들었다. 자신과 마찬가지로 땅바닥에 주저앉아 있는 포니테일 머리를 한 여자애와 눈이 마주쳤다. 티셔츠에 카고 바지를 입은 털털한 차림의 여자애는 몸집은 작지만 아오와 비슷한 또래로 보였다. 티셔츠에는 'HOTARU NO HIKARI'라는 알파벳이 박혀 있었다.

그 애는 옅은 어둠 속에서 아오를 바라보았다. 그 뒤에는 플래카드가 내팽개쳐져 있었다. 아오는 순간 엉덩방아를 찧은 자세 그대로 슬금슬금 뒤로 물러났다. 하지만 자세히 보니 그것은 폭도들의 것과는 확연히 달랐다.

'지구 수호부(가칭)'

'반딧불이 관찰 모임(누구든 환영합니다!)'

한동안 멍하니 있던 여자애가 이윽고 정신이 돌아왔는지 몸을 내밀었다.

"다행이다. 떨어졌으면 큰일 났을 거야. 으음, 우리 동아리 체험하러 온 거지?"

"뭐?"

"모이기로 한 장소에 아무도 안 오기에 그만두고 돌아갈까 보다, 생각하던 참이었거든. 와 줘서 고마워."

• '반딧불이의 불빛'이라는 의미.

하늘은 이제 군청색에서 검은색으로 변해 가고 있어서 상대의 얼굴은 거의 보이지 않았다. 하지만 그 여자애가 아오 자신을 반긴다는 것만큼은 어렴풋이 알 수 있었다.

"이렇게 돼 버렸지만…… 이왕 온 거니까 보러 가자."

"아, 나는……."

그때 무슨 말을 하려고 했었는지 지금은 기억나지 않는다. 아무튼 아오는 입을 열었다가 이내 다물어 버렸다. 그리고 벼랑 밑을 바라보는 그 애를 따라 시선을 옮겼다.

하늘에서 빛이 사라지면서 저 멀리 벼랑 아래 강가에서 다른 빛이 솟아올랐다. 처음에는 한두 개에 불과하던 그 빛은 서서히 두 배, 네 배, 열여섯 배로……. 지상에 내려온 별들처럼 순식간에 늘어났다. 황록색의 환상적인 빛이었다.

"반딧불이인가."

아오가 그렇게 중얼거렸다. 살아 있는 불빛은 무질서하게 움직이며 까만 밤을 배경으로 빛의 붓으로 궤적을 그렸다. 아오는 여자애 옆에서 말을 잃은 채 그 아름다운 경치를 잠시 바라보았다.

그것이 다마카와의 첫 만남이었다.

아오는 그렇게 다마카가 만든 정체를 알 수 없는 동아리의 첫 멤버가 되었다.

"아, 아오! 괜찮아?"

"걱정 끼쳐서 미안. 이제 진정됐어."

"다행이다."

다마카의 얼굴에 그제야 웃음기가 돌아왔다. 아오는 어색함을 감추려고 손을 뒤로 돌려 문을 닫고 일부러 차분한 걸음걸이로 맨 앞자리에 가 앉았다. 동아리 방으로 쓰는 빈 교실에는 이미 세쓰나와 마사요시도 와 있었다.

'하루가 참 길기도 하네.'

창밖을 흘끔 보며 아오는 생각했다. 해가 점점 기울면서 노르스름한 햇살이 세상을 엷게 물들여 놓았다. 운동부는 아직도 운동장을 활발히 뛰어다니고 있지만 곧 하교할 것이다. 관악부의 악기 소리는 이미 들리지 않았다.

교탁을 차지한 다마카를 마주 보고 나머지 세 사람은 의자에 앉아 있었다. 아오는 책상으로 눈길을 돌렸다. 거기에는 아까 심한 현기증을 일으켰던 원인이자 돌아오자마자 곧바로 보건실로 직행하게 한 원인이 놓여 있었다. 한 장의 전단. '민중이여, 분노하라!' 폭동을 선동하는 구호.

"아오 선배가 쉬는 동안에 상황을 정리해 봤습니다. 간단히 설명할게요."

마사요시가 일어났다. 그 손에는 같은 전단과 신문이 들려 있다. 심장이 오그라드는 듯했지만 아오는 견뎠다.

'진정해, 그냥 전단일 뿐이야.'

깊이 숨을 들이마시고 마음을 진정시키려 애썼다.

'전단이야 그동안 수도 없이 뿌려졌어. 전단 한 장이 폭동으로 이어진다고 단정할 수는 없잖아. 아무 일도 없었던 때가 더 많았다고.'

"돌아오는 길에도 이야기를 좀 했지만 최신 석간 신문에 따르면 요성 델타에 관해서 새로운 사실이 밝혀졌다고 합니다."

아오의 괴로움은 눈치채지 못했는지 마사요시는 그렇게 말을 꺼냈다. 그리고 다른 세 명도 볼 수 있도록 신문을 펼쳐 들었다. 1면의 큼직한 헤드라인이 자연스레 눈에 들어온다.

"신뢰할 수 있는지는 솔직히 잘 모르겠고요. 다만 국제 우주국이 이렇게 발표한 건 확실한 것 같습니다."

마사요시는 일단 말을 끊었다. 실내의 모든 시선은 자연히 마사요시가 들고 있는 신문의 1면으로 모였다.

유난히 큰 헤드라인으로 분명하게 쓰여 있었다.

'델타, 충돌하지 않는다.'

"요성 델타는 지구와 충돌하는 게 아니라 '스칠' 뿐이다. 국제 우주국은 그렇게 말하고 있어요."

여느 때와 다르게 마사요시의 목소리에 힘이 들어갔다.

국제 우주국의 최신 관측에 근거해 정부가 발표한 내용은 다음과 같다.

'요성 델타가 태양으로 접근함에 따라 요성 델타 상의 얼음 융해, 증발, 그에 따른 형상의 변화를 다시 계산한 결과, 델타 궤도 예측이 수정되었다. 덧붙여, 각국 정부의 주도로 전 세계에 건설 중인 대피소라면 델타가 지구를 '스칠' 때 피해를 입지 않을 가능성이 있다.'

그 발표 내용이 '사실이라면' 이건 보통 문제가 아니다. 지난 2년 동안 사람들이 굳게 믿어 왔던 전제가 송두리째 부정되는 것이다. 멸망해야 할 지구는 멸망하지 않고, 멸종해야 할 인류는 멸종하지 않고, 무너져야 할 희망은 무너지지 않고, 끝나야 할 모든 것이 끝나지 않고 계속 이어지는 것이다. 전쟁터의 병사들은 무기를 내버릴 것이고, 신흥 종교의 교주들은 야반도주할 것이고, 전 재산을 탕진해 가며 쾌락에 빠졌던 이들은 아연실색할 것이다. 각국의 정부는 지옥에 매달린 거미줄 같은 대피소를 매우 빠르게 완성하기 위해서 일치단결할 것이다.

그렇다, 정부가 발표한 내용이 '사실이라면'.

"아무래도 수상해. 우리의 완벽한 관측 자료와도 일치하지 않고."

"우리 자료는 완벽한 관측 실수잖아."

아오는 그동안 동아리에서 해 왔던 천체 관측을 상기하며 다마카의 말을 반박했다. 성능 좋은 장비는 언감생심이었고 지금껏 변변찮은 망원경 하나로 관측해 왔다. 빛의 속도를 측정했을 때는 실제 속도와 3만 킬로미터나 오차가 발생했다. 멸지부가 측정한 정밀도는 국제 우주국의 그것과 비교할 바가 아니었다.

그러나.

"아무리 그래도 이건 수상해."

'수상쩍다'라는 점에서 아오도 다마카의 의견에 동감했다. 델타가 지구에 '확실히' 충돌한다는 이 정보가, 어느 날 세계 폭동의 방아쇠가 되었다.

'그런데 전부 실수라고? 그 많은 사람이 모두 실수로 죽었다고?'

아오는 고개를 가로저었다. 마사요시가 고개를 숙이고 신문을 책상에 내려놓았다.

"역시 선동일까요……, 이 전단에 쓰인 대로?"

"아니……."

아오는 애써 냉정해지려고 했다. 신중하게 말을 골랐다.

"아직 그렇다고 단정할 수 없잖아. 전단을 곧이곧대로 믿는 것도 위험해."

"전단뿐이라면 그렇겠지."

다마카가 가까이에 있는 신문을 몇 장 들고 단호하게 말했다. 회피하려는 아오와는 달리 다마카는 적극적으로 직면하려는 태도를 보였다.

"여기 지하 신문에도 같은 내용이 있어. 궤도 예측 수정은 거짓말. 대피소는 국민을 지키기 위한 게 아니라 가둬 두기 위한 감옥이자 관이다, 라고."

"다시는 폭동이 일어나지 못하도록 하려는 건가……. 골치 아파지겠네."

실제로 아오는 머리가 깨질 듯이 아팠다. 세쓰나를 흘끗 보자 아까부터 입을 꾹 다문 채 생각에 빠져 있다. 물리 팀장의 견해를 듣고 싶었지만 지금은 포기하는 게 좋을 것 같았다.

'이 전단은 '실은 델타가 충돌하지 않는다.'라는 말이 거짓말이라는 걸 알리려는 거다. 정부의 노림수는 불순분자들을 모조리 대피소에 처넣어 충돌하는 날까지 폭동이 일어나지 않도록 하는 거라고.'

정부가 발표한 내용을 보고 동요하지 않을 사람이 어디 있을까. 동요가 지속되면 연대가 흔들린다. 자연 발생적인 폭동이라면 모를까, 정부 타도를 목적으로 하는 조직적인 반란의 경우에 연대가 무너지면 치명적이다.

어떻게 되든지 정부는 이번 발표로 손해 볼 것이 하나도 없는 셈이다. 결국 이 전단은 정부에 대항하라는 의도로 뿌려진 것이다. 누가 그랬는지는 알 수 없다. 마사요시가 신문팔이에게 물어봤지만 전단에 대해서는 아무것도 모른단다. 단지 누군가의 부탁으로 가게에 놓아뒀을 뿐이란다.

하지만.

"이것도 잊으면 안 되는데, 지하 신문이 유언비어를 흘리는 일도 많아."

아오는 책상 위의 전단을 뚫어지게 바라보면서 말했다. 그제야 아오도 그것을 똑바로 볼 수 있게 되었다.

"반정부 세력이 국제 우주국의 발표를 이용하고 있을 가능성도 있다는 거지."

"그런가. 그럼, 지금은 어느 쪽이 옳은지 알 수 없다는 거네."

다마카는 들고 있던 신문으로 부채질을 했다.

"아쉽지만 일단 보류해야겠다."

"그게 좋겠다."

아오는 고개를 끄덕이고 나서 다마카에게 자신의 책받침을 건네줬다. 다마카는 귀중한 신문 대신 책받침으로 부채를 대신했다.

"그럼, 이 이야기는 일단 끝내는 걸로. 이의 없지?"

"네."

"그래, 이의 없어."

"그럼, 다음 의제는 오두막 카메라 문제입니다."

다마카는 부자연스러울 만큼 큰 소리로 말하며 화제를 바꾸었다.

"쓰쓰미 세쓰나 물리 팀장, 부탁해."

다마카가 교탁에서 창가 자리에 있는 세쓰나를 지명했다. 하지만 어쩐 일인지 세쓰나는 아무런 반응이 없었다. 물리 팀장은 책상 위의 전단을 물끄러미 바라보고 있었다. 아니, 노려본다는 게 옳을 것이다.

"여보세요, 물리 팀장? 쓰쓰미 세쓰나 물리 팀장?"

"……네?"

"혹시 졸고 있었던 거야?"

"아, 아니요. 안 졸았어요."

"오두막 카메라 말이야, 이제 쓸 수 있는 거야?"

"아, 넷!"

세쓰나는 당황한 기색으로 틀어진 안경을 바로 쓰고는 공책을 넘겼다.

'별일이네.'

아오는 순간 뭔가 이상한 걸 느꼈다. 그러나 무슨 일이 있었을까 생각하는 사이에 원래 모습을 되찾은 세쓰나는 한 손에 공책을 들고 자리에서 일어났다.

"인화지는 충분할 것 같습니다. 아오 선배와 마사요시, 고맙습니다."

"그래. 그럼, 당장 촬영하자."

"지금은 안 돼요. 일단 몇 장으로 실험해 볼 거예요. 카메라가 제대로 작동하는 게 확인되면 그때 촬영하려고요."

"그래. 기대된다."

다마카는 칠판에 '실험 → 촬영'이라고 썼다. 칠판 옆을 떠다니는 분필 가루가 창문으로 비쳐 드는 저녁 해를 받아 오렌지색으로 물들었다.

'기분 탓이었나?'

아오는 곁눈질로 세쓰나를 살피면서 그렇게 생각했다. 세쓰나라고 멍하니 있지 말라는 법은 없겠지. 아니, 정말로 그랬을까? 세쓰나가 그 무엇보다도 중요하게 여기는 동아리 회의 중에?

"다음은 덴도 아오 생물 팀장."

"응? 아, 내 차례야?"

아오는 거기서 생각을 멈춰야 했다. 세쓰나가 자리에 앉기를 기다렸다 교대하듯 일어서서 수첩을 펼쳤다.

"으음, 반딧불이 관찰 일정은 얼추 정했어. 그런데 파란색 전등을 아직 못 구했어. 혹시 누구 가지고 있는 사람?"

"파란색 전등? 우리 집엔 없는 것 같은데."

"없으면 뭐 다른 것을 준비해야지. 대용으로 쓸 수 있는 게……."

아오는 수첩의 메모를 보면서 제 생각을 말했다. 다마카가 기대하는 반딧불이 관찰에 필요한 것들을.

아오에게도 특별한 이벤트였다. 미래로 조금씩 눈을 돌리고 이런 작은 '즐거움'부터 맛보아 나가려는 자신과 미래에 가로놓인 확실한 '죽음'을 회피하는 또 하나의 자신이 가슴속에서 서로 싸우고 있었다.

진정해. 아무튼 지금은 일에 전념하자.

관찰하기에 가장 적당한 시기는 언제인가. 가장 아름답게 볼 수 있는 곳은 어디인가. 당일에는 어떤 옷차림을 해야 하는가. 그러한 사항들을 차례로 이야기했다.

한참 말을 이어 나가다 보니 어느새 세쓰나에 대해 품었던 의구심은 잊었다.

하지만.

"아오 선배."

회의가 끝나고 교실을 나가려는 아오를 세쓰나가 불러 세웠다. 돌아보니, 세쓰나가 흰 가운 주머니에 손을 찔러 넣은 채 서 있었다. 갈래머리가 석양에 주황색으로 물들었다.

"응? 무슨 일이야?"

"어떻게 생각해요? 국제 우주국 발표."

아오는 멈칫했다. 다마카가 판단을 '보류'한다고 했던 정보의 진위. 그러나 그건 '보류'할 성질이 아니다. 그건 아오도 알고, 아마 다마카도 알 것이다.

이건 모든 인류에게 가장 중요한 문제다.

"선배는 정말…… 정말로 델타가 지구를 '스칠' 뿐이라고 생각해요?"

"나도 잘 모르겠다."

아오는 솔직하게 대답했다.

"그러는 넌 어떻게 생각하는데?"

"저는…… 조사해 볼 거예요."

"그걸 혼자서 조사해서 사실인지 아닌지 가릴 수 있어?"

"아니요……. 그래도 가능한 범위에서."

세쓰나는 조용히, 그러나 단호하게 대답했다.

"가능한 범위라고 해도……."

거기까지 말하고 아오는 입을 다물었다. 더는 묻지 않았다. 아니 물을 수 없었다.

만약 국제 우주국이 공표한 새로운 자료가 옳고, 사실은 델타가 지구를 '스칠' 뿐이라면. 다시 말해, 인류의 앞을 기다리고 있는 건 행성의 완전 붕괴가 아니라 대규모 천재지변일 뿐이며, 대피소에 피난한 몇 퍼센트의 사람은 살 수 있다면. 그렇다면 멸망 지구학 클럽의 앞으로의 활동 방향도 크게 달라질 것이다.

세쓰나는 아마 기대하고 있을 것이다.

아오 역시 마음 한편에서는 기대가 됐다.

어쩌면, 죽지 않을지도 모른다. 어쩌면, 3개월 후에도 이 멤버들과 늘 즉흥적인 다마카의 아이디어대로 활동을 계속할 수 있을지도 모른다. 어쩌면, '동아리 이름을 바꿔야' 하는 행복한 고민을 하게 될지도 모른다. 그것은 기적을 바라며 망원경을 들여다보는 현실 도피와는 달리, 확실히 존재하는 하나의 가능성이다.

"다마카 선배한테는 아직 말하지 마요. 괜히 희망을 줬다가 실망하게 하고 싶지 않거든요."

"그럴게."

아오의 대답과 동시에 복도에서 자신을 부르는 다마카의 목소리가 들렸다. 아오는 무슨 말인가 하려고 했지만 결국 적당한 말을 떠올리지 못했다. "내일 보자." 인사한 뒤 세쓰나를 교실에 남겨 두고 걷기 시작했다.

공부하자, 콩말사!

피아노 레슨 시간에는 늘 야단을 맞았다. 아무리 연습해도 실력은 늘지 않았고, 부모님이 기대하는 음악 재능은 전혀 보이지 않았다.

"이과로 가려면 의대, 문과 쪽이면 법대에 가도록 해."

고마쓰 다마카는 부모의 뜻에 따라 피아노를 그만두고 학원에 들어갔다. 학원 과제를 제출하기 전에는 반드시 아버지의 확인을 받아야 했고, 틀린 문제가 있으면 온갖 모욕적인 말이 날아왔다.

"학교에서 아직 안 배웠다고? 어디서 핑계를 대고 있어!"

"비싼 돈 들여 가며 학원에 보냈더니, 이따위로 할 거냐."

"이 정도도 모르는 게 어떻게 내 자식이야."

틀린 답은 다마카 앞에서 아빠가 직접 지우개로 지웠다. 다마카는 그것이 견딜 수 없이 수치스러웠지만 아무런 저항도 할 수 없었다.

엄마는 아빠가 없는 곳에서는 다마카에게 잘해 주기도 했지만 평소에는 언제나 아빠 편이었다. 아빠는 다마카가 자기 뜻대로 자라지 않은 것이 몹시 마음에 들지 않는지 항상 심기가 불편했다.

"내가 잘못 키운 건가."

문밖에서 그런 말을 들었던 날에는 베개에 얼굴을 묻고 소리 죽여 울었다.

다마카는 아빠가 시키는 대로 도회지에 있는 사립 중학교 몇 군데에 원서를 넣었지만 전부 떨어지고, 결국 지역의 공립 중학교에 진학했다. 그러자 아빠는 자신이 옛날에 했었다는 이유만으로 배구를 시켰다. 다마카는 팀의 발목만 잡을 뿐이었다. 처음에는 응원해 주던 부모도 다마카의 마지막 경기에는 얼굴도 내비치지 않았다.

무엇 하나 잘하는 것이 없었다. 그렇기에 고등학교에 들어가서 스스로 동아리를 만들고, 재능 있는 아이들과 함께 보내는 시간이 신선하고 즐거웠다. 자신은 하지 못하는 것을 해내는 능력을 가진 친구들을 보면서 자신도 뭔가를 이뤄 낸 듯한 성취감을 맛볼 수 있었다.

다만.

부장으로서 다음 활동 내용을 발표할 때, 다마카는 지금도 여전히 긴장한다. '그냥 즉흥적인 생각'인 것처럼 말했지만 속사정은 그렇지 않았다. 산속 오두막 카메라도, 종말사 정리도, 몇 날 며칠 동안 끙끙거리며 머리를 쥐어짠 끝에 떠올린 아이디어였다. 어떻게 하면 우주에서 가장 재미있는 동아리 활동을 해 나갈 것인가. 다 같이 웃으며 죽음을 향해 걸어갈 수 있을까. 다마카는 늘 그 생각에 골몰했다.

그리고 깊이 생각한 끝에 내놓은 활동 계획에 대해 부원들이 '재미있겠다!'라고 반응해 줄 때마다 다마카는 가슴이 터질 듯이 기뻤다.

"야호, 양귀비도 울고 갈 미녀가 왔어."

현관문을 두드리며 다마카가 말했다. 몇 초간의 정적 후 발소리, 여러 개의 잠금장치를 풀고 마지막으로 체인을 벗기는 소리가 이어졌다.

문 너머 어둠 속에서 아오가 얼굴을 내밀었다.

"어? 어쩐 일이야?"

"그냥, 우연히 이 근처를 지나가다 들렀지."

"그래. 마침 잘됐다."

놀라는 기색도 없이 아오는 말했다.

"밥을 너무 많이 해 버렸거든."

"그거 잘됐네!"

다마카는 히죽 웃고는 아오가 권하는 대로 거리낌 없이 안으로 들어갔다. 아오가 잠금장치 세 개를 단단히 잠그고, 체인까지 거는 동안 다마카는 익숙한 발걸음으로 복도를 지나 주방으로 갔다.

다마카는 매주 수요일마다 '우연히' 아오의 집을 방문한다. 그러면 언제나 아오는 '우연히'도 요리를 너무 많이 해 버리기 때문에, 자연스럽게 함께 식사를 하게 된다. 그 모든 것이 우연이었다.

여느 때와 다른 점은 오늘은 세쓰나가 없다는 것. 램프 불빛에 비친 식탁에는 접시가 세 개 놓여 있었다. 거의 모든 창문은 안쪽에서 판자가 덧대어져 있어 환기의 기능을 상실했다. 대신 빈집 털이범이나 강도의 침입을 막아 주고 있었다. 과장되고 우스꽝스럽게 보일 수도 있는 상황이지만 다마카는 절대 웃지 않았다.

부모님을 잃은 이후로 2년 동안, 아오는 혼자서 이 집을 지켜 왔다.

"쓰쓰미 세쓰나 물리 팀장은 바쁜가 봐."

"그러게……. 뭘 조사하는 것 같던데."

둘은 손을 씻고(다행히 물은 아직 나온다.) 식탁에 앉았다.

김이 오르는 달걀죽 냄새를, 다마카는 시간을 들여 맡았다. 간장과 달걀 냄새가 어우러져 콧구멍을 간질였다.

"잘 먹겠습니다."

호호 불어 식혀 가면서 다마카는 숟가락을 입으로 가져갔다. 밥과 국물이 혀 위에서 녹았다. 다마카의 얼굴에 미소가 떠오르자 아오는 흡족한 얼굴로 고개를 끄덕이고 고등어 통조림을 땄다(동아리의 공금이 아닌 아오의 개인 돈으로 산 것이다.).

"쌀이라도 많이 받을 수 있어서 다행이야."

"그렇지도 않아. 다음 주부터는 배급량이 줄어들 거래."

"뭐? 그런 연락이 왔어?"

"왔지. 어제였나. 아니 그제였던가."

"진짜?"

아오는 달걀죽을 두 숟가락 뜨고는 식탁 옆 선반에 손을 뻗어 쌓여 있는 서류를 뒤적였다. 우편물과 함께 아무렇게나 접힌 신문지도 있었다. 지난 2년 동안 아오는 부모님의 죽음이 떠오른다는 이유로 신문을 읽지 않았지만……. 마사요시가 들어오고부터는 다시 조금씩이라도 들춰 보는 눈치다. 역사를 정리하기 위해서만은 아닐 것이다.

아오가 긍정적으로 변하면 좋을 텐데……. 그 전단을 본 뒤로 아오는 고통스러워했다. 그 괴로운 표정이 뇌리를 스치자 다마카는 가슴이 뻐근하게 아파 왔다.

이윽고 아오는 쌓인 종이 더미 속에서 봉투 다발을 끌어당겨 그중 한 통을 식탁 위에 놓았다.

"자, 이거야. 배급량 변경에 대해서."

"안 읽었어."

"어휴, 너 진짜……."

아오가 웃었다. 다마카도 웃었다. 그리고 아오가 들고 있는 다른 우편물에 둘의 눈길이 멈췄다. 방재계획과에서 보낸 안내문. 그 내용은 다마카도 알고 있었다. 대피소로 피난. 다음 달 말까지 순차적으로 개시.

안내문에는 일정만 대략 밝히고 있었지만 그것만으로도 썩 유쾌하지 않은 패키지 여행이 되리라는 건 짐작하기 어렵지 않았다. 다마카 일행은 버스에 실려 산속에 세워진 대규모 대피소에 수용될 예정이다. 세 도시와 한 시골 마을 주민 전원이 '쾌적하게 지낼 수 있는' 공간이 마련되어 있다고 한다. 그것참 다행스러운 일이다. 다만, 좀 더 진정성 있는 거짓말을 해 주기를 바랐다.

적어도 감옥보다는 나은 환경이길, 다마카는 간절히 바라고 있다.

'이런 바람도 사치스러운 걸까?'

아오가 봉투 다발을 제자리에 놓자 다마카는 다시 죽을 한

술 떴다. 아까만큼 맛있지 않았다.

이런 평범한 날들에도 끝이 다가오고 있다.

대피소에 들어간 후에도 우리는 이렇게 함께 식사를 할 수 있을까. 정부의 발표가 사실이고, 요성 델타가 지구를 스칠 뿐이라면 멸망 지구학 클럽의 멤버 네 명은 모두 살아남을 수 있을까. 생과 사의 갈림길. 아니, 정말로 무서운 것은 죽음 자체가 아니다.

'만일 만족스러운 방법으로 죽지 못한다면? 만일 나 혼자만 살아남는다면?'

아오와 다른 애들이 죽고, 무능력한 자신만이 살아남을 가능성. 다마카는 무엇보다 그것이 두려웠다.

"한 그릇 남은 거 같이 나눠 먹자."

"그래, 고마워."

다마카는 그런 불길한 생각을 머릿속에서 쫓아내고 젓가락으로 고등어를 집어 들었다.

"다음에는 마사요시도 함께 먹으면 좋겠다."

"반딧불이 관찰 때, 도시락 준비하자."

"와, 맛있겠다! 그리고 역사 조사도 기대돼."

"그래, 나도 기대돼."

아오는 남은 죽의 절반을 자신의 그릇에 덜었다.

"향토 자료관에도 가 보자. 아직 열려 있을지는 모르지만."

"우리가 조사하는 역사 말이야, 거기에 소장해 두면 좋을 텐데."

"그러게."

아오는 절반 남은 죽을 내밀었다. 다마카는 그걸 받아 들고 마저 먹었다. 죽은 벌써 조금 식어 버렸다.

조용한 밤이다. 지구를 멸망시킬 요성이 다가오고 있다는 게 믿기지 않을 정도로 평온하다. 둘은 한동안 묵묵히 먹다가 몇 마디 나누고는 다시 침묵했다.

"있지."

설거지를 마치고 식탁에 앉아 램프의 불빛을 바라보는 아오에게 다마카가 나직이 물었다.

"나와 너, 둘 중 한쪽이 먼저 죽으면 어떻게 하지?"

"그걸 막는 게 내 일이야."

"만약의 경우란 것도 있잖아."

"그 만약을 대비해서 식량을 감춰 둔 장소를 알려 줬잖아?"

"아이참, 그런 말이 아니고……."

"죽은 어땠어. 먹을 만했어?"

"응."

"데려다줄게."

아오는 벌떡 일어나 현관으로 가려다 걸음을 멈췄다.

"기다려. 호신용으로 뭐라도 가져올게."

아오는 다마카의 대답도 듣지 않고 2층으로 뛰어 올라갔다. 다마카는 식탁에 손을 짚은 채로 가만히 실내를 둘러보았다. 부엌은 휴대용 가스레인지 위에 놓인 냄비 외에는 깔끔하게 정리되어 있다. 식탁 위의 컵이 램프 불빛을 받아 길게 그림자를 드리웠다. 선반에 쌓여 있는 우편물과 신문지가 쓰러져 가는 묘비 같은 실루엣을 그린다.

벽에는 아오와 부모님이 함께 찍은 사진이 한 장 붙어 있다. 여름날, 숲속 강가에서 찍은 사진. 셋 다 환하게 웃고 있다. 다마카가 알고 있는 '부모와 자식' 관계, 지배하려는 부모와 괴로움에 발버둥을 치는 자녀의 이미지와는 동떨어진 사진. 행복한 시간의 흔적.

매주 수요일. 2년 전까지는 아오가 만든 요리를 가족이 함께 먹는 날이었다고 한다.

그리고 아오가 부모님과 사별한 날, 다마카는 아오를 처음 만났다.

"그럼, 지금부터 종말사 조사를 시작하겠습니다."

긴 책상 위로 두 손을 짚은 다마카의 표정은 즐거워 보였다. 도서관 안쪽 열람실에서 멸지부 멤버 네 명은 가장 큰 책상을 차지했다. 역시 전기가 들어오지 않아 실내는 어둑어둑했지만 대신 다마카가 집에서 가져온 램프를 켜 두었다.

종이 냄새로 가득한 도서관 안은 적막에 차 있고, 이들의 목소리 외에는 아무런 소리도 들리지 않았다.

"조사 방식은 나하고 마사요시가 생각해 왔어."

"아니에요, 저는 거의 아무것도……."

"아무튼 이걸 봐."

다마카는 기다란 종이를 펼쳤다. A4 용지를 가로로 길게 이어 붙인 것으로, 왼쪽 끝에서 오른쪽 끝까지 이어지는 줄이 세 개 그려져 있었다.

"맨 위 칸에 날짜를 쓰고, 두 번째 칸에 사건명. 세 번째 칸은 메모란이야."

"알아듣게 말해 봐. 그러니까 이게 뭔데?"

"연표예요."

다마카를 대신하여 마사요시가 설명을 보충했다.

"그러니까, 다 같이 이 공백을 메우는 작업을 할 겁니다."

마사요시는 연필 네 자루와 지우개 네 개를 책상에 놓았다. 그 사이에 다마카는 길게 이어 붙인 종이를 하나 더 꺼내 방금 것과 겹쳐지지 않게 펼쳐 놓았다. 기다란 책상의 한쪽 끝에서 다른 쪽 끝까지 이어진 종이에는 자세히 보니 무슨 글자가 쓰여 있었다.

한쪽에는 '세계사 연표'.

다른 쪽에는 '향토사 연표'.

'넷이 분담해서 연표를 만드는 건가.'

남은 시간이 많지 않은 그들이 역사를 정리하기 위해서는 가능한 한 효율적인 방법을 써야 한다. 하지만 네 명이 저마다 조사하고, 각자 보고서 형태로 정리하거나 발표하는 것은 품이 너무 많이 들어서 안 된다. 이 자리에서 연표를 작성함으로써 '조사'와 '정리'를 동시에 해치우자는 계산이었다.

아오는 고개를 들어 다시금 도서관 안을 둘러보았다. 책장들이 그림자를 드리워 어스레한 도서관에는 책을 찾는 사람만 몇 명 있을 뿐, 독서에 몰두하는 사람은 아무도 없다. 물론 휴일에 도서관이 텅 빈다는 건 있을 수 없는 일이다. 그렇다고 사람들이 모조리 책 괴물에게 잡아먹힌 것도 아니다. 고등학교 도서실처럼 모두 밝은 뜰로 나가서 책을 읽는다.

마치 멸망 지구학 클럽에서 열람실을 통째로 빌린 것 같았다. 조금 떠들더라도 문제없을 것이다.

넷은 사서의 허락을 얻어 신문 보관고에 들어가 석 달 치의 신문을 책 수레에 실어 왔다. 미리 사 둔 것과 비교해서 신뢰할 수 있다고 판단한 세 종류의 신문이었다. 제일 오래된 것은 2년 전의 6월 6일, 그러니까 세계 폭동 당일의 신문이었다. 조간에는 국제 우주국이 자청한 충격적 기자 회견에 관한 첫 기사가 이미 실려 있었다.

책상에 신문이 산더미처럼 쌓였다.

"그럼, 바로 시작하자."

다마카의 말에 아오와 세쓰나는 얼굴을 마주 보고, 백지 연표와 신문을 번갈아 보았다.

"그런데 누가 무엇을 읽어야 해?"

"딱히 정하진 않았어."

"그럼, 선배. 연표에는 뭘 적어요? 여기에 넣거나 빼는 기준은 있는 거예요?"

"그것도 안 정했어. 그냥 느낌으로 하면 돼."

다마카는 무책임한 말을 무척이나 당당하게 했다. 아오는 기가 막혀서 곁눈질로 마사요시를 보았다. 마사요시는 몇 초간 "흐음." 하고 신음하더니 마침내 입을 열었다.

"우선은 말이죠. 이건 초안이니까 역사 기록으로 남기고 싶은 것은 뭐든지 쓰는 건 어떨까요? 불필요한 건 나중에 지울 수 있으니까요."

"그래, 바로 그거야! 나도 그 얘기를 하려고 했지."

다마카가 즉각 마사요시의 의견에 동조했다. 아오는 할 말은 많았지만 작업이 지체되면 곤란하니 꾹 삼켰다. 그리고 연필을 손에 들고 신문 더미의 맨 위가 아니라 조금 밑에서 자신이 해야 할 분량을 빼냈다. 세계 폭동 당일의 기사는 되도록 피하고 싶었다.

"뭐, 처음에는 더듬더듬 해 보자."

"그래요."

세쓰나도 아오와 마찬가지로 연필과 신문을 손에 들었다. 세쓰나는 지난번 회의 이후로 어딘지 이상했지만 오늘은 평소와 별반 다르지 않아 보였다. 복장도 여느 때의 하얀 가운이었다. 이어서 다마카와 마사요시도 작업에 들어갔다.

멸망 지구학 클럽의 역사 조사는 이렇게 시작됐다.

긴 책상의 한쪽 끝에 두 명, 반대편에 두 명이 앉아 저마다 신문을 펼쳐 놓고 읽기 시작했다. 긴 책상은 창문에서 꽤 떨어져 있었지만 다마카가 챙겨 온 램프 덕분에 글을 못 읽을 정도로 어둡지는 않았다. 또한 바깥은 5월 하순임에도 더위가 느껴질 정도였지만 태양의 폭력이 다다르지 못하는 도서관 내부는 비교적 시원해서 작업하기 좋았다.

아오는 먼저 6월 14일 자 지방지를 집어 들었다. 세계 폭동이 발생한 지 일주일이 지났지만 혼란은 수습되기는커녕 더욱 악화되기만 했다. 그 하루 전에 구마타하라에서도 이웃 시와 연합해 시위를 벌였지만 다행히 폭력 사태까지로는 번지지 않았다.

'6월 13일. 평화로운 시위. 참가자는 500여 명으로 추산…… 델타 자료 날조에 관한 진상 규명 및 은폐된 자료 공

개를 요구.'

아오는 텅 빈 연표에 첫 사건을 적어 넣었다. 하지만 이 시기에는 비슷한 시위가 세계 각지에서 발생했는데 이런 개별적인 시위를 따로 기록해도 될까. 나중에 지우개로 지우면 그만일 테니 일단은 전부 적어 둬도 되겠지. 아오는 연필을 놓고 또 다음 기사를 읽기 시작했다.

"참, 선배들. 혹시 모르니까 어느 신문에서 인용했는지도 적어야 해요."

"다마카, 6월 6일과 20일 사이에 조금 사이를 둬."

"미안, 미안. 어, 혹시 21일 자 신문, 누가 읽고 있어?"

"네, 제가요."

마사요시가 대답하자, 세쓰나가 다마카를 보고 말했다.

"다마카 선배, 거긴 세계사 쪽인데요."

"앗, 실수. 지우개 좀."

"자, 여기. 아, 다마카, 귀에 연필 좀 꽂지 마. 위험하잖아."

도서관에서 공부하는 중고생들처럼 재잘재잘 떠들어 대면서 넷은 연표를 조금씩 조금씩 채워 나갔다. 작업 속도가 가장 빠른 건 마사요시였다. 그는 멸지부에서 유일하게 평소 신문을 꼼꼼히 챙겨 읽는 문명인이었으므로 효율적으로 기사를 읽고, 효율적으로 연표의 공백을 메웠다. 야만인 선배 셋은 그를 따라가느라 헉헉거렸다.

유전을 둘러싼 전쟁 발발. 물가 폭등. 본격적인 내전 시작. 인터넷 단절. 세계 폭동 발생 후 몇 달 동안에만도 수많은 일이 있었다. 3개월 치의 연표를 채우면 다음 3개월 치를 작성하는 식으로 작업을 계속해 나갔다.

넷은 중간에 아오가 준비해 온 점심 도시락을 먹고, 날이 어둑어둑해질 때까지 총 9개월 치의 임시 연표를 완성했다. 어쨌거나 작업은 일단락되었다.

"아, 눈 아파……. 머리에서 열도 나고."

오랜만의 문명 행위가 익숙하지 않아서였는지 다마카는 기진맥진해서 책상에 엎드려 버렸다. 하지만 힘들기만 한 건 아닌 모양이었다. 오히려 뿌듯해하는 눈치였다.

갑자기 소나기가 쏟아지자 뜰에서 책을 읽던 사람들이 모두 실내로 들어왔다. 그들은 몇 안 되는 램프 주위로 몰려들어 다시 책을 읽었다. 책상에 둘러앉아 있지만 일절 대화는 나누지 않았다. 아마도 서로 모르는 사이일 것이다. 그들의 시선은 오직 책으로만 향했다. 도서관을 나가면 분명 눈앞에 누가 앉아 있었는지도 기억나지 않을 것이다. 평생 단 한 번의 만남일 수도 있다고 생각하면 참으로 쓸쓸하기 그지없는 광경이다.

"선배님들, 수고하셨습니다."

주위를 신경 쓰면서 마사요시가 작은 소리로 말했다.

"아무튼 얼추 완성한 것으로 하죠."

아오와 세쓰나도 의자 등받이에 몸을 기댔다. 아오는 어두운 천장을 올려다보고 하품을 크게 한 번 했다. 머릿속이 저릿저릿 마비된 듯한 감각에 사로잡혔다. 눈에 피로가 쌓여 멀리 있는 사물에 초점을 맞추기까지 시간이 오래 걸렸다.

"이 연표는 어디까지나 초안입니다. 다음에는 여러 개의 신문을 비교하고 분석해서 거짓으로 판단되는 기사를 연표에서 삭제해 나가기로 하죠. 그렇게 하면 세련되고 신뢰할 수 있는 연표가 만들어질 것 같습니다."

"그게 좋겠다. 근데, 그건 다른 날에 하지 않을래?"

"그래. 이제 날도 저물었으니까."

다마카가 얼굴을 들고 아오의 말에 동의했다. 아오는 안도의 한숨을 내쉬었다. 오늘은 머리도 눈도 정말이지 한계에 다다랐다.

"아, 기분 좋게 피곤하다. 이럴 때는 집에 돌아가서 빨리 자는 게 최고야. 최고로 잘 죽기를 원한다면 최고의 수면을 취하지 않으면 안 되니까. 아마도 그럴 거라고."

"다마카 선배, 최고의 판단력이에요."

세쓰나가 치켜세우자 다마카는 으쓱한 모양이다.

"당연하지! 남은 건 다음에 하자."

소곤소곤, 소곤소곤. 램프 불빛 아래에서 그들은 이야기를 나누었다. 긴 책상 위에는 연표 두 개가 길게 누워 있었다. 아오는 각기 다른 네 가지 필체로 무질서하게 기록된 연표 초안에 시선을 떨어뜨렸다. 정확히 9개월 치를 담은 향토사 연표에는 아직 공백이 남아 있다. 세계사 연표 또한 9개월 치이긴 하지만 공백이 거의 없이 빼곡하다. 세계 폭동이 일어나기 이전의 사건도 몇 가지 포함했기 때문이다.

역사는 면면히 흐르고 있다. 세계 폭동 이전의 굵직한 흐름은 대략 다음과 같다.

8년 전~2년 전 세계 폭동까지

국제 우주국은 태양계에 진입해 지구 공전 궤도와 교차할 가능성이 염려된 그 천체를 '요성 델타'라 명명한다고 발표했다. 또한 인터넷에 나도는 수많은 추측 중에 '접근' 시나리오가 타당하다 단언하고, 그에 따른 천재지변에 대비할 것을 전 세계에 호소했다. 그 시나리오란 델타가 거느린 소규모 위성 무리의 일부가 지구 중력에 이끌려 낙하하는 것이다. '소규모'라고는 하지만 과거 공룡을 멸종시킨 것과 같은 수준의 피해가 예상되었다.

첫 번째 공황이 전 세계를 덮쳤다. 범죄율이 증가하고 물가는 치솟았다. 이 무렵 세계 주요국이 공동으로 추진하는 화성 로켓 계획이 실은 지구를 탈출하기 위한 것이었다는 소문이 나돌기 시작했다.

일본을 비롯한 세계 주요국 정부는 개인 대피소 설치를 장려하고 나섰다. 그러나 그런 곳을 마련할 수 있는 건 당연하지만 부유층뿐이다. 보조금이 눈곱만큼 나오기는 했지만 그걸로는 턱없이 부족했다. 또한 건설 중인 개인 대피소들은 어느 나라나 할 것 없이 빈번한 습격을 받았다.

시위가 빈발하는 등 비판의 목소리가 거세지자 일본 정부는 공공 대피소 건설을 결정했다. 건설비를 충당하기 위해 터무니없는 증세가 이루어졌지만 예산은 대부분 중간에서 착복되었고, 현장에서는 노동 착취 문제가 불거졌다. 그러나 건설 자체는 놀라울 정도로 빠르게 진행되어 대피소는 6년 안에 70퍼센트 정도가 완성될 예정이었다.

한편, 델타가 접근이 아닌 충돌을 하지 않겠느냐는 의심은 이미 많은 학자에 의해 제기되어 왔다. 국제 우주국은 번번이 이것을 '근거 없는 괴담'이라고 부인했다. 하지만 소문은 끈질기게 퍼져 나갔고, 델타의 심판 혹은 구원을 외치는 신흥 종교와 유사 과학을 앞세운 '천재지변 대책' 관련 단체가 난립했다. 종교의 경우 '수행의 장'이나 '약속의 땅', 유사 과학의 경우 '안전지대'에서 공동생활을 하는 예도 드물지 않았다.

그들은 그 후로도 여러 번 도서관에 모여 아침부터 저녁까지 연표 작업에 몰두했다. 연표를 채워 나가는 동시에 여러 신문을 비교해 보고 거짓으로 판단되는 것을 삭제해 나갔다. 끝이 보이지 않는 작업이었다. 진짜 역사학자가 본다면 검증이 허술하다고 하겠지만……. 그들은 정보의 바다를 성심성의껏 헤엄쳐 나갔다. 그렇게 연표의 초안은 일단 완성했다.

힘든 작업이 이어졌기 때문에 며칠간은 본격적인 활동을 쉬기로 했다. 평소처럼 등교했고, 평소처럼 수업을 받았다. 학급의 인원수는 지난 한 달 사이 거의 변화가 없었다. 지구의 종말을 앞두고도 여전히 수업을 받는 이들은 유별난 사람들일 거라고 아오는 생각했다.

수업이 끝나면 멸지부 멤버들은 토끼를 돌보고, 채소밭을 가꾸고, 그 후에는 동아리 방으로 쓰는 빈 교실에서 느긋하게 시간을 보냈다. 아오가 만들어 온 주먹밥을 먹거나, 암시장에서 사 온 신문을 서로 비교해 읽으면서 잡담을 하거나, 여름 방학에 떠날 연구 여행 장소를 물색하면서. 시간은 천천히 흘렀다. 평온한 나날 속에서 5월이 지나고 6월이 되었다.

쾌청한 어느 날, 멸지부 멤버들은 수업을 마치고 다 같이 산으로 향했다. 첫 번째 목적은 '산속 오두막 카메라'로 사진을 찍는 것. 이번에는 시험이 아닌 진짜로 찍는다. 물리 팀장 세쓰나가 주도하는 이번 활동에서는 인화지 240장을 사용할 예정이다.

또 다른 목적은 반딧불이 관찰이다.

아오에게 그리고 다마카에게도 특별한 이벤트.

'하나하나 끝나 가고 있구나……'

다른 셋과 함께 산길을 걸으면서 아오는 생각했다.

'빨리 찾아야 하는데. 내가 하고 싶은 것, 내가 되고 싶은 것……'

앞을 향해 가는 자신. 그러나 동시에 눈을 돌리려는 자신도 있다. 넷이서 오래오래 동아리 활동을 할 수 있으면 얼마나 좋을까. 제멋대로 구는 다마카에게 오래오래 휘둘릴 수 있다면 얼마나 좋을까.

하지만 그 바람이 이루어질 수 없다는 것을 아오는 새삼스레 깨닫게 된다. 자신은 세계로부터 버림받은, 땅바닥에 납죽 엎드릴 수밖에 없는 무력한 존재라는 것도.

그 무엇보다 특별한…… 반딧불이 관찰을 마친 직후에.

멸망 로맨티시즘

일본 시각으로 6월 6일 0시, 국제 우주국이 기자 회견을 열어 요성 델타가 약 26개월 후에 지구에 충돌한다는 사실을 마침내 인정했다. 지난 6년 내내, 세계 각지의 학자들은 계산 결과에 대한 의문을 꾸준히 제기해 왔다. 이에 세계 주요국 정부는 언론을 통해 국제 우주국만이 가진 극비 자료가 있다는 주장을 밀어붙이며 의문을 제기하는 목소리를 잠재우고자 했지만, 스스로 그 주장을 송두리째 뒤집은 꼴이 되었다.

기자 회견 이전에도 시위는 전 세계에서 산발적으로 발생했는데, 이후의 시위는 그 규모가 달랐다. 시위의 규모는 사람들의 분노의 크기를 반영한다. 국제 우주국은 기자 회견에서도 정보 조작 사실을 인정하지 않고, 끝까지 궤도 예측이 '수정되었다'고 주장했다. 하지만 이미 누구나 다 알고 있었다. 세계 인류가 6년 동안 속아 왔다는 것을.

기자 회견이 끝나고 약 1시간 후에 시작된 프랑스 파리의 대규모 시위 현장이 인터넷으로 생중계됐다. 지금까지 불안과 불만을 품었던 이들이 일제히 이에 호응했다. 시위는 프랑스 전역을 뒤흔든 폭동으로 격화되었고, 그 기세를 타고 순식간에 전 세계로 퍼져 나갔다. 공격을 받은 곳은 주로 정부 기관이었지만 은폐에 협력한 언론사도 상당수가 습격을 받았다. 일본을 비롯한 많은 나라에서 대규모 언론사들이 일제히 정부에 협력해 '충돌설'을 부정하는 데 열을 올려 왔다.

사태가 악화되자 각 나라의 정부는 '위험 인자'를 모조리 검거했다. 그중에는 폭도뿐 아니라 평화로운 시위에 참여한 이들도 포함되어 있었다. 또한 막대한 세금이 투입된 '대피소 계획'이란 것이 실은 국민을 속이기 위한 장대한 기만책이었다는 사실이 알려지면서 대중의 분노는 다시 폭발했다. 폭동은 단발적으로 끝나지 않았고, 많은 나라가 내전의 수렁에 빠져들었다.

※이른바 '세계 폭동'은 파리에서 시작된 폭동이 24시간 이내에 전 세계로 확산된 사건을 말하며, 공적인 조사 기관은 '모두 자연 발생적 폭동'이라고 결론을 내렸다. 다만, 국제 우주국의 발표가

아무리 충격적이었다 해도 자연 발생적 폭동으로는 지나치게 전
개가 빠르지 않느냐는 의문도 당초부터 제기되었다. 진상에 대해
서는 여러 가지 설이 있는데, 가장 유력한 설이 '국제 우주국의 발
표 내용을 사전에 알고 있던 자들이 전 세계에 흩어져 조직적으로
폭동 준비를 추진했으며, 당일에도 적극적으로 민중을 선동했다.'
라는 '비밀 결사설'이다. 수상쩍은 음모론이기는 하지만 현재로는
이 이상 설득력 있는 가설은 존재하지 않는다.

"프랑스 혁명과도, 러시아 혁명과도, 아랍의 봄과도 다릅
니다. 지구 멸망이 예고되자 전 세계가 일제히 봉기…… 그
건 전례가 없어요."

"뭐, 지구는 하나밖에 없으니까."

"맞습니다. 조사할수록 재미있어지는데요."

줄자로 거리를 재면서도 마사요시는 흥분 상태로 계속 주
절댔다. 아오는 이야기를 들으면서 나뭇가지로 땅바닥에 표
시를 해 나갔다. 다마카는 웅크리고 앉아서 땅바닥 위에 똑
바로 뻗은 줄자를 손으로 누르고 있었다.

"그래서 홉스를 참고로 해 봤죠."

"홉스……, 그게 뭔데?"

《리바이어던》의 저자예요. '만인의 만인에 대한 투쟁'으로 유명한."

"으응, 그렇구나."

다마카는 전혀 모르는 눈치였다. 물론 아오도 모르는 인물이다.

아오는 고개를 들어 시선을 땅바닥에서 오두막으로 옮겼다. 나무숲에 둘러싸인 좁은 들판에 서 있는, 멸지부의 노력으로 조금은 개성 있는 기능을 가지게 된 오두막. 드나들 때 실내에 빛이 들어가지 않도록 현관문에 암막 커튼을 쳐 두었다. 줄자는 그 암막 위에서부터 수직으로 뻗어 나왔다.

세쓰나에게 지시받은 작업은 얼추 마쳤지만 아직 세쓰나는 오두막에서 나올 기미가 없었다. 아오는 나뭇가지를 바닥에 내던졌다.

"마사요시, 좀 알기 쉽게 설명해 주지 않을래?"

"아, 네. 홉스는 국가가 생겨나기 이전에는 사람들이 '자연 상태'에 있었다고 말했어요."

마사요시는 줄자를 감으면서 운동복 소매로 땀을 닦았다.

"지금 세계는 그런 상태로 가고 있는 게 아닌가 싶거든요."

마사요시의 설명에 따르면, 렐타의 접근이라는 엄청난 사건으로 인해 전 세계의 거의 모든 국가가 붕괴되면서 사람들은 자신의 몸을 스스로 지켜야 하는 상황에 맞닥뜨렸다. 자신을 지키기 위해서라면 모든 것이 정당화된다. 아니, 오히려 무엇이 정당하다는 개념조차 없어졌다. 그야말로 홉스가 말한 '자연 상태'와 같다는 것이다. 법과 경찰이 존재하지 않는다면 기댈 것은 오로지 자신의 힘뿐.

단숨에 거기까지 설명한 마사요시는 말문이 막힌 모양이었다. 줄자를 넣는 대신 가방에서 슬그머니 공책을 꺼내서 몰래 읽었다.

'여전하네.'

아오는 피식 웃었다. 미사의 오빠라고, 가슴을 펴고 당당하게 말할 수 있는 사람이 되겠다는 목표를 향해서 그는 오늘도 발돋움하고 있다. 동시에 발돋움한 딱 그만큼이 진정한 자신의 키가 되도록 노력하고 있다.

"으음⋯⋯. 아, 그래요. 중요한 것은 앞으로의 일이에요. 가장 두려운 것은, 또 폭동이 일어나서 정부가 무너지고 일본이 완전한 자연 상태에 빠지는 것이겠죠. 그렇게 되면 약육강식의 세상이 기다리고 있을 거고요. 최악의 사태까지 대비해 둬야 해요."

"지금보다 더 심각한 상태가 된다는 건가?"

아직은 그나마 일본 정부가 가까스로 기능하고 있기 때문에 식량 배급도 나오고, 경찰도 나름 역할을 하고 있다. 그마저도 없어진다면 정말로 원시 시대로 역행해서 원숭이 사회

나 다름없는 무법의 세상이 도래한다.

아오는 2년 전의 세계 폭동을 떠올렸다.

사람들은 5년 후, 10년 후, 혹은 더 먼 앞날까지 내다보고 인생을 설계한다. 대학에 들어가기 위해 공부하고, 출세를 위해 아니꼬운 상사에게 머리를 숙이고, 노후를 위해 저축한다. 미래를 위해 지금은, 아니 지금만은 견딘다. 그렇게 이를 악물고 살아온 사람들에게 "이 세상은 26개월 후 멸망합니다. 당신의 인생 설계는 무의미하며, 그간 당신의 노력은 헛수고였습니다. 우리는 그것을 오래전부터 알면서도 숨기고 있었습니다. 미안합니다."라고 말하는 정부를 이렇게 용서한단 말인가.

대중의 분노는 폭발했다. 전국에서 일어난 폭동 중 몇 건이 선동되었으며, 몇 건이 자연적으로 발생했는지 조사할 방법은 없었다. 거센 불길은 단숨에 전국을 뒤덮었고, 경찰과 군대만으로는 그 거센 불길을 잡을 수 없었다.

그런데 이번에는 어떨까.

혹시 국제 우주국의 발표가 거짓이라면. 델타는 지구를 '스치는' 것이 아니라 역시 충돌한다면. 전단의 촉구에 응하여 들고일어나는 이들에게 과연 세계 폭동 때와 같은 폭발력이 있을까. 지금은 많은 사람이 서서히 죽음을 받아들이려고 한다. 날벼락처럼 '죽음까지 앞으로 26개월'이라고 통고받았던 그

때와 모두가 각오를 다지기 시작한 지금은 상황이 다르지 않을까.

'정말 그럴까?'

아오는 가슴에 손을 얹고 생각해 봤다.

'그렇게 쉽게 죽음을 받아들일 수 있을까?'

"오래 기다렸죠?"

그때 암막을 걷고 하얀 가운 차림의 세쓰나가 마침내 오두막에서 나왔다. 아오는 생각을 멈추고 고개를 들었다.

"확인 끝났어요. 인화지도 제대로 설치되었고요."

"수고했어, 세쓰나. 우리도 측정해 뒀어."

다마카는 조금 전에 아오가 표시해 둔 땅바닥을 가리켰다. 세쓰나는 고개를 끄덕이면서 말했다.

"이제 촬영하죠. 거기에 서 있으면 예쁘게 찍힐 거예요."

"알았어. 그럼, 포즈를 취하자. 기회는 한 번뿐이니까."

"포즈요? 오늘 같은 날씨에는 5분간 가만히 있는 것만도 힘들걸요. 그것까지 계산하고 취해요."

"어, 5분씩이나? 그럼, 한쪽 다리를 든다거나, 몸을 젖히는 포즈는 못 하겠네?"

다마카와 세쓰나가 진지하게 의논하는 동안 딱히 포즈에 관심 없는 아오와 마사요시는 얌전히 기다렸다. 결국 포즈는 단순한 브이로 결정됐다.

"그럼."

세쓰나는 혼자서 오두막으로 뛰어가, 암막을 걷어 올리고 내려가지 않도록 고정했다. 그리고 셔터 대신 붙여 놓은 접착 테이프 끝을 잡고 이쪽을 보았다. 거리는 6미터.

"포즈 취하세요. 자, 움직이지 말고요. 찍습니다."

세쓰나는 접착테이프를 벗겼다. 가려졌던 바늘구멍이 나타나자 태양 빛이 그 사이를 비집고 오두막으로 들어간다. 그 빛들은 아오 일행의 몸이며 나무들이며 지면에 닿았다가 바늘구멍으로 뛰어들어 벽에 붙여 놓은 인화지에 자신들이 본 풍경을 새길 것이다. 5분에 걸쳐서, 또렷하게.

세쓰나가 재빨리 뛰어와 다마카 옆에 섰다. 이상한 시간이었다. 넷은 서로 몸을 붙인 채 오두막을 바라보고 손가락으로 브이 자를 그렸다. 5분 동안, 꼼짝도 하지 않고 있다. 이렇게 서 있는 이들과 주위의 풀과 나무에 쏟아지는 태양 빛의 일부가 바늘구멍을 통해서 오두막 내부로 향한다. 꼼짝하지 않고 있자니 묘하게 무겁게 느껴져 몇 번이나 땀을 닦고 싶은 걸 꾹 참았다.

"자, 5분 지났어요."

세쓰나는 말하자마자 포즈를 풀고 재빨리 오두막 문으로 뛰어갔다. 그리고 눈에 보이지 않을 만큼 빠르게 아까 떼었던 접착테이프를 다시 제자리에 붙였다. 걷어 올려 뒀던 암막을 내릴 때쯤에는 다른 셋도 경직됐던 몸을 풀고 이마의 땀을 닦았다.

"끝났어?"

"네, 찍혔을 거예요."

"왠지 실감이 안 난다. 보통 카메라처럼 셔터 소리 같은 게 안 나니까."

"핀홀 카메라는 과묵하게 일하니까요. 전 그 점이 좋아요."

넷은 오두막 카메라 안으로 들어갔다. 물론 한 명씩 조심스럽게 암막을 살짝 걷고 가급적 햇빛이 들어가지 않게 주의하는 것도 잊지 않았다.

내부는 자신의 손조차 보이지 않을 정도로 칠흑같이 어두웠다. 잠시 후 세쓰나가 건전지를 연결한 전기 회로의 스위치를 넣자 방 한구석에 희미한 주홍색 불이 들어왔다. 세쓰나의 말에 따르면 인화지는 빛에 반응하지만 이 특별한 성질의 불빛에는 반응하지 않는 모양이다. 가까스로 사물의 윤곽 정도는 구분할 수 있었다(다만 멸지부 멤버들의 실루엣도 모두 핏물을 뒤집어쓴 듯 붉게 물들어 있어서 좀 으스스했다.).

아오는 희미한 주홍색 불빛 속에서 정면을 응시했다. 문 맞은편 벽면에 세로 20센티미터, 가로 25센티미터 크기의 인화지가 빈틈없이 붙어 있었다.

"그럼 뗄까요? 왼쪽 위부터 차례대로 떼면 돼요."

"차례대로요?"

"그래. 순서가 뒤죽박죽되면 제 위치로 되돌려 놓기 힘들거든. 뒤쪽에 번호를 적어 두는 게 좋겠어요."

세쓰나는 설명했다. 이들 앞에 있는 것은 거대한 사진 한 장일 테지만 현상하기 전의 인화지는 그저 두꺼운 하얀 종이에 지나지 않는다. 아무 생각 없이 떼는 것은 초보자가 자전거를 분해하는 것처럼 무모한 일이다.

네 사람은 양면테이프로 벽에 붙여 놓은 인화지를 한 장 한 장 조심스레 거둬들였다. 마사요시가 사다리를 단단히 잡고, 세쓰나가 그걸 딛고 올라서서 인화지를 떼면, 아오가 건네받은 인화지에 번호를 적어 다마카에게 넘겼다. 그럼 다마카는 마지막으로 그것을 봉투에 넣었다.

떼어 내고, 번호를 쓰고, 봉투에 넣는다. 떼어 내고, 번호를 쓰고, 봉투에 넣는다. 떼어 내고, 번호를 쓰고, 봉투에 넣는다……

밖으로 나왔을 때, 해는 이미 뉘엿뉘엿 지고 있었지만 여전히 눈이 부셨다. 네 사람은 오두막 문 앞에 멈춰 서서 빛의 세계에 눈이 적응하기를 가만히 기다렸다. 모습을 드러내지 않는 존재들의 노랫소리가 사방에서 들려왔다. 벌레 소리, 참새소리, 찍짓기가 늦어진 휘파람새의 지저귐. 멀리서 솔개의 울음소리도 들려왔다.

아오는 천천히 눈을 뜨고 고개를 들어 하늘을 보았다. 서쪽 하늘은 오렌지 빛깔로, 그 이외에는 보랏빛으로 물들어 있었고, 높이 올라갈수록 연보랏빛으로, 하얀빛으로 그리고 물빛으로 색이 달라졌다. 노을 진 하늘이 퍽 아름답다고 생각했다.

"촬영은 다 끝났어요. 모두 수고하셨어요."

"그럼, 다음은 덴도 아오 생물 팀장 차례야."

"응."

아오는 고개를 끄덕이고 기지개를 켰다. 해는 곧 산 너머로 가라앉는다. 이상적인 시간대였다. 아오는 짐을 챙겨 들고 앞장서서 오두막을 뒤로했다. 작은 들판을 나와 울퉁불퉁한 산길로 들어갔다. 좌우의 울창한 나무들 때문에 발밑이 어두웠다. 맨 먼저 아오가, 이어서 마사요시, 세쓰나, 마지막으로 다마카가 손전등을 켰다.

"그럼, 이제부터 반딧불이를 보러 가는 거죠?"

도중에 마사요시가 기대에 찬 목소리로 물었다.

"그래. 작년에도 봤지만 올해는 아마 더 예쁘게 보일 거야."

"예? 왜요?"

"지구 멸망 직전이니까."

아오는 일단 거기까지만 말했다. 마사요시는 납득하지 못하는 표정이었지만 딱히 불만스러운 기색도 없이 따라왔다.

다마카와 세쓰나는 나뭇잎 사이로 보이는 하늘을 올려다보면서 걸었다.

다마카가 물었다.

"세쓰나, 개밥바라기는 어디에 있어?"

"저녁샛별 말인가요? 그건 금성인데요, 이 시간에는 보이지 않았던 것 같아요."

"그래? 하아, 아쉽다."

"하지만 새벽녘에 뜨는 샛별은 볼 수 있을 거예요. 일찍 일어나면요."

"일찍 일어나야 한다고……. 그럼, 그 새벽에는 어느 방향에 뜨는데?"

"다마카, 발밑을 잘 봐 가면서 걸어야지. 위험하잖아."

가는 도중에 아스팔트가 쩍쩍 갈라진 길을 한동안 걸었다. 드문드문 서 있는 가로등은 당연하게도 꺼진 채였으므로 발밑은 여전히 어두웠다. 아오는 멸지부 멤버 세 사람을 이끌고 산속을 향해 계속 걸어갔다. 태양이 완전히 자취를 감추자 하늘은 군청색으로 바뀌었다. 그렇게 한참을 걷다 보니 다시 비포장도로가 나왔다. 나무가 빽빽해지고, 그 사이사이에 서려 있던 어둠이 자신의 시간이 되었음을 기뻐하며 저마다 팔다리를 쭉쭉 뻗기 시작했다. 새들의 노랫소리도 점점 희미해졌다.

아오는 다마카가 넘어지지나 않을까 걱정이 되어 연신 흘끔흘끔 뒤를 돌아보았다. 그래서 세쓰나가 바짝 다가와 속삭일 때도 그다지 신경 쓰지 않았다.

"아오 선배."

"응?"

"나중에 저랑 얘기 좀."

"그래, 알았어."

또 무슨 심부름을 시키려나. 사진 현상에 대해서는 잘 모르지만 분명 전용 도구나 약품 같은 게 필요할 것이다.

아오는 그저 그렇게 짐작하고 넘겼다. 그보다 안전하게, 헤매지 않고 목적지에 도착하는 것이 무엇보다 중요했다. 손전등으로 어둠을 가르면서 앞으로 나아간다. 걷는다. 걷는다. 걷는다…….

"이 부근이야."

20분쯤 걸었을까. 아오는 마침내 걸음을 멈추었다.

"그거 꺼낼 테니까 잠깐만 기다려."

아오는 그렇게 말하고 가방에서 봉투를 꺼냈다. 손전등을 세쓰나에게 맡기고, 봉투 안에서 파란 셀로판지를 꺼냈다.

"자, 이거. 다들 여기서 세팅해."

아오는 셀로판지를 한 장씩 나눠 줬다. 넷은 그것을 자신의 손전등에 씌우고 고무줄로 고정했다. 손전등 불빛이 모두 파란색이 되었다.

"이렇게 하면 반딧불이에게 편안한 빛이 되는 거야?"

"맞아. 반딧불이에게 편안한 빛이야."

아오는 파란빛을 내는 손전등으로 풀 위를 비추며 다시 앞장서서 걸었다. 다만, 이번에는 오래 걷지 않았다. 졸졸 흐르는 시냇물 소리에 걸음을 멈췄다. 손전등을 앞으로 비추자 맑게 흐르는 물이 파란 불빛을 받아 반짝반짝 빛났다.

강물의 흐름은 잔잔했다. 풍부한 수초와 이끼 낀 바위. 게다가 물가 특유의 냄새가 났다. 그 속에 숨은 뭇 생명의 젖은 몸이 발하는, 아오가 좋아하는 냄새다.

아오는 강에서 몇 미터쯤 떨어진 풀밭에 앉았다. 다마카와 세쓰나 그리고 마사요시도 앉았다. 아오가 파란 불빛을 바닥에 비추자 다른 셋도 따라서 비추었다.

아무도 입을 열지 않았다. 작은 목소리나 바스락거리는 소리마저도 앞으로 일어날 '뭔가'에 방해가 되지 않을까 두려워하는 듯이.

수면은 타르처럼 까맸지만 참을성 있게 그곳을 계속 응시하자 얼마 뒤 뭔가가 나타났다. 오등성이나 육등성처럼 약한 빛. 깜빡거리다 그대로 사라져 버릴 것 같은 희미한 빛.

처음에는 한두 개. 이윽고 네 개, 여덟 개…….

채 몇 분이 지나지 않아 빛은 수십 개로 늘어났다.

"반딧불이다."

아오는 눈을 가늘게 뜨고 어지러이 날아다니는 빛을 보았다. 그 환상적인 풍경을 방해하지 않도록 목소리는 자연히 속삭임으로 바뀌었다.

결코 강렬한 빛은 아니었다. 한두 개뿐이었다면 금세 눈에서 놓쳤을 법한 미약한 불빛이었다. 희미한 가로등이나 손전등 불빛에도 쉽게 삼켜질 정도다.

그럼에도 그것은 문자 그대로 생명의 빛이다.

이 작은 생명체만이 만들어 낼 수 있는 경치가 여기에, 확실하게 있다. 어느 것은 공중을 날면서, 어느 것은 풀 위에서 생명을 불태우고 있다. 별이 총총한 하늘이 마치 땅 위로 내려온 것 같았다.

"물가에 서식하는 야행성 곤충. 몸길이는 약 10밀리미터로 암컷이 수컷보다 더 커. 유충 시기에는 물속에서 보내다가 흙 속에서 번데기가 되어……."

아오 입에서 옛날, 곤충 도감에 푹 빠져 닥치는 대로 읽었던 무렵에 뇌에 저장됐던 지식이 술술 나왔다. 하지만 갑자기 말을 멈추고 고개를 흔들었다.

"아니다, 해설 같은 게 무슨 필요가 있어. 아무튼 예쁘지?"

"응, 엄청."

다마카가 동의했다. 그리고 뒤쪽을 흘끗 보았다.

"가로등이 완전히 꺼진 게 오히려 다행이네. 빛이 잘 보여."

"우리가 잘 볼 수 있어서도 좋지만, 반딧불이에게도 좋아."

"반딧불이에게도?"

"응."

아오는 고개를 끄덕였다. 강여울 위를 소리 없이 날아다니는 빛의 알갱이들.

"어떤 연구에 따르면, 반딧불이 수컷은 가로등이든 뭐든 빛을 피해 날아다닌데. 하지만 암컷은 빛이 있어도 아랑곳하지 않고 계속 같은 장소에 머물러."

"그래서……?"

"그래서 가로등 하나 때문에 그 근처에서 태어난 암컷은 수컷과 만날 수 없게 되는 거지."

반딧불이들은 이제 빛의 강을 이루었다. 그 모습이 강물에 비치자 강이 두 줄기로 흐르는 듯했다. 하염없이 보고 있자니 어느 것이 하늘의 별이고 어느 것이 반딧불이인지 구분이 안 될 지경이었다. 별빛과 반딧불이의 빛이 강물 위에서 보석처럼 하나로 섞였다.

"올해는 방해하는 빛이 없어서, 다른 때보다 번식이 잘되겠다."

물론 알에서 부화한 개체가 성충이 될 일은 없다. 지구의 여름은 올해로 끝이다. 이를 알 리 없는 반딧불이들은 성공적인 번식에 만족한 채로 죽어 갈 것이다.

그때 어지러이 춤추는 반딧불이들에 넋을 놓고 있던 마사요시가 마침내 제정신이 돌아왔는지 속삭였다.

"몇 마리 잡아서 집에 가져가면 안 돼요?"

"별로 권하고 싶지 않은데."

아오는 생각을 멈추고 대답했다.

"반딧불이가 다 똑같은 건 아니지만, 대부분 성충이 되면 먹이를 안 먹어. 번식을 위해 생의 절반을 바치는 거지. 꼭 잡아 가고 싶다면, 적어도 번식이라는 목적을 이뤄 주기 위해서 암컷과 수컷을 쌍으로 잡아야 해. 그리고 알이나 유충은 반딧불이가 원래 살던 곳에 놓아 줘야 하고. 신경 쓸 일이 한둘이 아닐 텐데."

'어차피 죽을 텐데?'

아오는 빛으로 아로새겨진 강물을 바라보며 물음을 던졌다. 누구에게? 스스로에게.

'그래도 원칙대로 해야 돼.'

"그, 그러네요. 그럼, 동생을 여기에 데리고 오면요?"

"쉽지도 않을 거고, 위험해. 데려온다고 해도 아기는 시력이 약해서……."

아오는 후배의 터무니없는 생각을 부정할 생각이었다. 그러나 자신의 의도에 반하는 기억이 떠올랐다.

"아, 하지만 말이야. 자신의 갓난아기를 반딧불이 관찰하는 곳에 데리고 갔다는 연구자도 있긴 해. 아기에게 모기장을 씌워서."

"그런 예가 있었어요? 그럼 저도……."

"절대 안 되는 건 없는 거지."

아오는 신중하게 말을 골랐다. 하지만 평소라면 절대로 하지 않을 말이었다.

"뭐, 분명히 말할 수 있는 건, 한두 마리로는 이런 경치를 맛볼 수 없다는 거야."

아오는 입술에 집게손가락을 갖다 댔다. 넷이 차례로 불을 끄자 반딧불이는 더 아름답게 날아올랐다. 수백 마리의 반딧불이는 이제 약속이나 한 듯이 동시에 깜빡거렸다. 흡사 단 하나의 생명체처럼.

"선배님 말이 맞네요."

일제히 깜빡거리는 반딧불이에 압도되었는지 마사요시가 나직이 말했다.

"동생과 함께 하고 싶은 걸 하나 찾았어요."

'반딧불이와 인간이 크게 다르지 않을지도 몰라.'

마사요시의 말을 듣고 아오는 그렇게 생각했다.

반딧불이들은 인간이 감동을 하거나 말거나 아랑곳없이 빛을 내고, 날고, 춤을 추었다. 이 반딧불이들은 지구가 멸망

한다는 사실을 알아도, 혹은 모르더라도 분명 변함없이 깜빡 깜빡 빛을 낼 것이다.

다마카도 그렇다.

모든 것이 사라져 없어진다는 사실을 알면서도 여전히 전진을 멈추지 않는다.

'나는 찾을 수 있을까. 아니면 찾지 못한 채로 죽을까.'

그때 다마카의 탄성이 가까이서 들려왔다.

아오는 흘끗 다마카의 옆얼굴을 곁눈질했다. 다마카는 어지러이 날고 있는 반딧불이에 정신이 팔려, 어린아이처럼 눈을 반짝이며 반딧불이의 춤을 바라보았다.

아오는 아주 잠깐 동안, 뜻대로 되지 않는 이 세상을 향한 온갖 감정을 잊고 마음의 평온을 느꼈다. 그것은 모든 위기감이며 불안감을 초월한 행복감이었다.

"아오 선배, 잠깐 시간 돼요?"

"응?"

반딧불이 관찰을 마치고 강가에서 떠나려 할 때였다. 자신을 부르는 소리에 아오는 강 쪽을 돌아보았다. 어둠 속에서 파란 불빛을 흔들며 걸어오는 세쓰나를 발견한 아오는 미간을 모았다. 세쓰나는 다마카와 마사요시와 함께 먼저 도로 쪽으로 나간 줄 알았는데.

"뭐 두고 간 거 있어?"

"아니요. 선배한테 할 얘기가 있어서요."

"아, 맞다. 아까 그랬지. 걸으면서 들을게."

"그건 안 돼요. 지금, 여기서."

단호한 세쓰나의 말에 아오는 멈칫했다. 평소의 세쓰나 답지 않게 강한 어조였다. 아무래도 심각한 일인 모양이었다.

생각해 보니, 세쓰나는 아까부터 눈치가 조금 이상했다. 반딧불이를 관찰하는 내내 유난히 조용했다. 아니, 전혀 입을 열지 않았다. 워낙 물리 이야기를 할 때 이외에는 말수가 그닥 많은 편은 아니지만 그렇다 해도 이상했다. 골똘히 생각에 잠긴 얼굴이었다. 바람이 불자 어둠에 녹아든 세쓰나의 모습 중, 땋은 머리만이 희미하게 흔들렸다.

'읔! 혹시, 델타에 관한 건가. 국제 우주국 발표의 진위를 알아낸 건가?'

아오는 숨을 죽였다. 바로 며칠 전, 아오와 마사요시가 암시장에서 전단을 발견한 날, 세쓰나는 델타의 궤도를 혼자 조사해 보겠다고 했다. 그리고 그 사실을 다마카에게는 비밀에 부치겠다고도 했다.

아오는 파란 손전등으로 주위를 비춰 보고 근처에 아무도 없는 것을 확인했다. 그러고는 크게 심호흡을 하면서 마음을 진정시켰다. 델타에 관한 어떤 이야기를 듣게 되더라도 받아들일 수 있도록.

그러나 상황은 짐작과는 전혀 다르게 흘러갔다. 아오는 예상치 못하게 날아온 말의 공에 한 대 얻어맞은 듯한 충격을 받았다.

"결론부터 말할게요. 좋아해요."

"뭐라고?"

"주어를 넣어서 분명하게 다시 말하면, 나는 아오 선배를 좋아해요."

너무나 뜻밖이었다.

난데없는, 직접적이고도 기습적인 고백이었다.

"으음……. 맞아요, 결정 작용이에요."

"결정. 수용액을 냉각하거나 해서 만들어지는 것?"

"화약 이야기가 아니라 연애 이야기예요. 뭐, 저도 연애는 잘 모르지만."

그렇게 말하고 마사요시는 파란 손전등 불빛 아래서 공책을 바삐 넘겼다. 얼굴에 달려드는 모기를 가만히 쫓으면서 아오는 미간을 모았다.

풀밭에 책상다리를 하고 앉은 둘은 머리를 부딪칠 정도로 가까이 맞대고 공책을 들여다보았다. 마사요시가 읽었다는 스탕달의 《연애론》을 정리한 것이다. 개구리와 벌레의 울음

소리가 그들을 에워싸고, 깔고 앉은 풀에서 눅눅한 기운이 올라온다. 손전등 불빛에 지면이 파랗게 떠올랐다. 둘은 그 파란빛 속에서 몰래 이야기를 나누고 있었다.

"으음……. 누군가를 사랑하는 사람은 상상 속에서 상대를 끊임없이 화려하게 꾸민다고 해요. 예를 들면, 좋아하는 사람의 결점까지도 아름답게 보인대요. 그것이 결정 작용이에요."

"흐음. 결국, 세쓰나는 나를 실제 이상으로 미화한 걸지도 모른단 말이지?"

"그런 거죠."

"야, 너무 솔직한 거 아냐?"

"죄송해요."

"아냐, 농담이야. 근데 괜히 마음이 복잡하다."

아오는 한숨을 내뱉었다. 스탕달의 《연애론》. 아오는 몰랐지만 유명한 책인 모양이다. 아오에게 '사랑'이라는 것은 정체 모를 물건 같은 것이지만……. 대략적인 윤곽만이라도 파악하고 싶었다. 다음에 세쓰나를 만나면 어떻게 행동해야 할지, 조금이라도 힌트를 얻고 싶었다.

지푸라기라도 잡는 심정으로 마사요시에게 털어놨다가 이 《연애론》이란 걸 추천받았다.

"그런데 세쓰나 선배는 어디 있어요?"

"아마 다마카랑 있을걸. 벼랑 위에서 반딧불이를 보겠다고 했거든."

아오는 눈을 가늘게 뜨고 벼랑 쪽을 보았다. 나무들 사이로 파란빛이 희미하게 보였다. 지금 아오와 마사요시가 있는 곳은 반딧불이를 관찰했던 강가에서 산길을 따라 조금 올라가면 나오는 덤불숲이다. 이 숲을 나가면 바로 아오와 다마카가 처음 만난 벼랑으로 이어지는데, 지금 다마카와 세쓰나는 거기서 강을 내려다보고 있을 것이다. 난간이 망가진 벼랑 위. 다마카 혼자라면 걱정이지만 세쓰나가 옆에 있으니 마음을 놓아도 된다.

그런 이유로 아오는 그 둘과 잠시 따로 행동하고 있다. '잠시'란 구체적으로는 《연애론》이 유익한 정보를 가르쳐 줄 때까지다.

굳이 말할 필요는 없지만, 아오가 사랑 고백을 받은 건 난생처음이다. 게다가 세쓰나의 표정에서는 의도를 전혀 읽을 수 없었다. "어차피 이제 곧 죽을 거니까, 시험 삼아 사귀어 보지 않을래요? 저는 어느 쪽이라도 좋아요."라는 정도의 가벼운 마음일까. "저는 당신과 함께 죽기로 마음먹었어요. 당신 옆에서 먹는 구운 감자가 최후의 만찬이 될 거예요."라는 정도의 깊은 마음일까. "나에게 고백받은 사람이 어떤 반응을 보일지, 죽기 전에 한번 보고 싶어서."라는 가능성도 있다. 설마 그건 아니겠지. 아무튼 어째서 지금 고백한 것인지, 그의중을 도무지 가늠할 수 없었다.

"그럼 이제 내가 어떻게 하면 좋을까?"

"나도 모르겠어요."

"야, 난 그게 알고 싶다고!"

"경우에 따라 다르겠죠. 그건 스스로 생각해 봐요."

마사요시의 대답은 잔인했다. 아오는 "끄응." 하고 신음 소리를 냈다.

다마카에게 의논 없이 대답할 수도 없고……. 아, 무슨 바보 같은 생각을 하는 거지? 내가 너무 흥분했나. 이게 다마카한테 의논할 일이냐고. 나는 그 애를 돌보는 사람이지 돌봄을 받는 입장이 아니잖아. 여자한테 고백받고 당황하는 모습을 절대로 보여선 안 돼.

"차라리 다마카 선배하고 세쓰나 선배가 무슨 이야기를 하는지, 몰래 들어 볼까요?"

"어, 왜?"

"어쩌면 저쪽도 우리처럼, 방금 전 고백한 일로 의논하고 있을지도 모르죠. 그걸 들어 보면 뭐 좀 알 수 있지 않을까요?"

"이 바보야, 어떻게 남의 얘기를 엿들어!"

아오는 어둠 속에서 고개를 젓고는 벌떡 일어났다. 눅눅해진 엉덩이가 조금 불쾌해서 툭툭 털고 있자니 마사요시도 일어나 손으로 바지를 털었다.

"앞으로 어떡하려고요?"

"그러게…… 뭐든 대답할 말을 생각해 둬야지."

"선배는 세쓰나 선배를 어떻게 생각해요?"

"소중한 후배지."

아오는 나무들 사이로 벼랑 쪽을 흘끗 보면서 말했다. 대답이 되지 않는다는 걸 알면서도 달리 표현할 말이 없었다. 지금까지는 다른 표현은 필요 없었으니까.

아오는 몹시 난감했다. 오른쪽으로 가야 할지, 왼쪽으로 가야 할지 아니면 멈춰 서야 할지 도통 판단이 안 섰다. 발길이 저절로 벼랑 쪽으로 향했다. 다마카와 세쓰나가 있는 곳으로. 더구나 발소리까지 죽이고 살금살금.

"저기, 아오 선배?"

"아, 어차피 저 둘과 합류할 거잖아. 그리고 혹시 발이 미끄러져 벼랑에서 떨어지면 안 되니까…… 그래서."

완벽하게 둘러댔다. 아오는 마사요시를 데리고 나무들 사이에 몸을 숨겨 가며 다마카와 세쓰나가 있는 쪽으로 살금살금 다가갔다. 도중에 얼굴 앞을 날아가는, 길 잃은 반딧불이 한 마리를 두 손바닥으로 살포시 잡았다.

생각해 보면 반딧불이들도 사랑 고백을 하는 셈이다. 세쓰나도 그 상황에 편승해 고백한 건 아닐까.

오늘 밤, 이 산속에서 헤아릴 수 없을 정도로 많은 곤충 커플이 탄생한다. 여담이지만 많은 반딧불이의 수컷은 암컷과 결혼할 때, 상대에게 '결혼 선물'이라는 것을 건넨다. 대부분의 반딧불이 성충은 먹지 않기 때문에 알을 만들어 내기 위한 영양은 수컷으로부터 얻는다. 인간은 고백할 때 꽃다발 같은 것을 주지만 반딧불이의 선물은 상당히 실용적⋯⋯.

'이런! 문제는 반딧불이의 생식이 아니잖아. 인간의 마음이 궁금하다고, 그것도 고백하는 마음이!'

아오는 가까스로 생각을 멈췄다.

그들은 어느새 벼랑 가까이 와 있었다. 눈을 들어 보니, 뭇별이 반짝이는 밤하늘을 배경으로 다마카와 세쓰나의 모습이 그림자 그림처럼 떠올라 있었다. 반쯤 부서진 난간에 기댄 다마카, 그런 다마카를 마주 보는 세쓰나.

아오는 숨죽인 채 귀를 기울였다. 저 둘이 주고받는 이야기에서 뭔가 단서를 잡을 수 있기를 기대하면서.

하지만.

아오가 목격한 것은, 적어도 그에게는 상식의 틀 밖에 있는 상황이었다.

"좋아해요."

'⋯⋯ 어?'

"저는 다마카 선배를 좋아해요."

세쓰나의 목소리였다.

충격을 받은 아오와 마사요시가 살짝 휘청거리자 풀들이 서걱서걱 울었다. 아오가 두 손으로 살포시 감싸고 있던 반딧불이가 별안간 벌어진 틈으로 도망쳐 그대로 벼랑 밑 강가를 향해 날아갔다.

곧바로 둘의 기척을 알아차린 세쓰나는 아오가 변명할 새도 없이 여느 때의 냉정하고 침착한 어조로 재빨리 말했다.

"아, 마침 잘됐어요."

"아니, 잠깐만. 어떻게 된 거야, 이게. 그러니까 아까……."

"마사요시, 너도 좋아해."

"어, 어?"

"그러니까 결혼해요, 우리 넷이서."

세쓰나는 더없이 진지한 모습이었다. 얼굴의 절반을 비추는 달빛에 한쪽 눈이 반짝 빛났다. 아오는 다마카를, 이어서 마사요시를 보았다. 모두 당혹스러운 얼굴이었다.

《연애론》에는 이런 상황에 대처하는 방법도 나와 있을까.

뭘 어떻게 해야 할지, 도무지 알 수가 없었다.

한정판
우주여행 티켓

내전기 일본을 중심으로

세계 폭동의 기세는 멈출 줄을 몰랐고, 하물며 폭동이 그대로 내전으로 비화된 국가도 적지 않았다. 일본도 예외는 아니어서 경찰과 군인 중에 반정부 세력에 가담하는 이들이 등장했고, 러시아와 중국에서 밀수입된 무기까지 사용한 격렬한 시가전이 벌어졌다. 총성이 멈추지 않는 나날이 반년쯤 이어졌다.

　사람들의 마음에 분노의 불을 지핀 원인 가운데 하나는 국제 우주국이 중심이며, 일본 정부도 깊이 관여했던 화성 로켓 계획이었다. 당초에는 이를 두고 단순한 조사 목적이라고 밝혔지만, 그 주장과 달리 지구 탈출용 방주라는 것이 관계자의 폭로로 드러났다. 게다가 로켓 탑승자를 국민에게 알리지 않고 정부 관계자가 결정한 것도 불에 기름을 부은 꼴이었다.

일본 내 여러 반정부 조직 중 몇 곳은 로켓 탑승자를 공정히 선정할 것을 요구하며 정부 측과 싸웠다. 즉, 알려진 대로 정치가와 학자, 자본가 가운데서 자의적으로 선발하지 말고 엄정한 추천을 통해 선정하라는 요구였다.

내전은 수만 명의 사상자를 냈을 정도로 끔찍했다. 정부는 이러한 사실이 국민에게 알려지지 않도록 인터넷상의 정보를 철저히 통제하는 한편 공작과 조작을 서슴지 않았다. 당연히 반정부 조직은 이에 반발해 정부에 협력하는 대형 통신 회사를 습격 대상으로 삼았다. 직원들은 거의 도망쳤고, 남은 직원들은 대부분 계속되는 정부의 요청을 거절했기 때문에 통신 회사들은 업무 정지 통보를 받았다(협력 조건으로 제시받은 온갖 권리는 이미 아무짝에도 쓸모가 없었다. 혹시라도 있을 습격의 공포에 시달리면서 계속 국민을 속일 것인가, 아니면 모든 것을 버리고 안전한 생활을 할 것인가. 어느 쪽을 선택할 것인가는 생각할 필요도 없었다.).

일본의 통신 인프라는 사실상 기능 정지 상태였다. 현재도 정부 관계자나 각지에 잠복해 있는 반정부 조직 등은 유기된 통신 인프라를 비밀리에 복구해 사용하는 모양이지만 일반 시민들은 전혀 이용하지 못하고 있다.

또한 대형 언론사들을 회유한 일본 정부는, 평화로운 시위와 폭동과 반정부 조직의 공격 등을 하나로 싸잡아서 '테러'로 간주하고, 그들에게 불리하도록 언론 플레이를 했다. 그럼으로써 과잉 진압을 정당화하고, 한편으로는 적극적으로 밀고할 것을 장려했다. 그리고 국가로부터 테러리스트로 지목당한 사람은 국민카드를 사용할 수 없기 때문에 사실상 식료품과 의료품 배급 등 공공 서비스를 받을 권리를 모조리 박탈당한 셈이었다.

　정보 조작은 일본 정부가 자랑하는 오랜 주특기이다. 반정부 활동에 가담한 사람들은 동요했고, 서서히 흩어졌다. 그 결과, 정부 측은 반년 후에 그들의 주요 활동 거점을 모조리 탈환하는 데 성공한다. 그들 대부분은 도망쳐 체포를 피한 모양이지만 반정부 조직은 목적을 이루지 못했다. 일부 계층만을 탑승시키기 위한 화성 로켓 계획은 지금도 착착 진행되고 있다.

　반정부 조직이 이루고자 했던 목표는 실패했다. 다시 폭동을 촉구하고는 있지만 그간의 경위로 보건대 정부를 타도할 가능성은 낮다. 화성 로켓 계획은 극소수의 예외를 제외한 일반 국민에게는 관심 밖의 영역이다.

　그렇다, '극소수의 예외'를 제외하고.

　손을 뻗으면 닿을 곳에 그 '극소수의 예외'가 있을 줄은, 텐도 아오는 꿈에도 생각하지 못했다.

한정판 우주여행 티켓

"외력을 무시한다면, 두 물체가 충돌하는 운동은 운동량 보존의 법칙으로 구할 수 있습니다."

세쓰나는 칠판에 두 개의 원을 그려 놓고 설명을 시작했다. 한쪽은 '지구', 한쪽은 'δ'. 두 원에서 나온 화살표는 한 점에서 충돌한다.

"이 그림처럼 충돌 각도는 θ, φ로 결정돼요. 지구의 질량은 M, 속도는 위치 벡터 $\vec{r}$의 미분이기 때문에 반발 계수를 e로 하면 충돌 후에는……."

"그렇구나, 완전히 이해했어."

"세쓰나. 미안하지만, 좀 이해하기 쉽게 이야기해 줄래?"

앞줄에 앉은 아오가 말했다. 다마카는 생각하기를 완전히 포기해 버렸다. 마사요시는 칠판을 뚫어져라 바라보면서 필사적으로 따라가 보려는 것 같지만 만만치 않은 모양이었다. 아오 역시 무슨 말인지 종잡을 수 없기는 마찬가지였다.

"죄송해요, 더워졌네요. 그럼, 결론부터 말할게요."

빠르게 설명하던 세쓰나가 뺨을 붉히면서 헛기침을 했다.

"지하에 있든 지상에 있든 인류는 전부 멸종해요."

"그렇구나."

아오가 중얼거렸다.

"그 말은 이해하기 쉽다."

"지구가 태양 주위를 도는 공전 속도는 대략 초속 30킬로미터. 시속으로는 10만 킬로미터 이상이기 때문에 신칸센의 수백 배 이상인 거죠. 그것이 갑자기 속도가 비슷한 다른 물체와 충돌한다고 생각하면 돼요. 그렇게 되면 사람은 벽이나 천장이나 바닥에 내동댕이쳐질 거고, 주변은 온통 피와 살점으로 얼룩질 거예요."

멤버들 사이에 잠시 침묵이 찾아왔다. 운동장에서는 여느 때와 다름없이 야구부와 축구부의 구령이 생명을 불태우는 소리처럼 퍼지고, 복도 쪽에서는 관악기 소리가 울린다.

"솔직히 저는, 이 전단을 안 믿었어요."

무거운 분위기를 깨고 마사요시가 입을 열었다. 손에는 지난번 암시장에서 입수한 전단이 들려 있었다.

"그런데 사실이었군요. 이건 세쓰나 선배 아버지, 그러니까 물리학 교수님이 보증한 계산이니까요."

"그러게."

아오는 전단으로 눈을 돌렸다. 빨간색과 검은색의 굵직한 활자로 폭동을 촉구하는 선동적인 문구가 나열되어 있었다. 정부가 민중을 죽게 내버려 두고 있다는 내용이었다.

"하지만 어렴풋이 알고 있었지. '충돌'이 아니라 '스친다'는 발표는 거짓말이고, 대피소에 들어가도 살아남을 사람은 없다는 걸."

"그건 이미 알죠. 그래도 이런 걸 보니까…… 우리는 역시 버림받는 거네요."

마사요시가 한숨을 섞어 말했다.

"정부는 우리를 버리는 게 아니라 오히려 감시하는 거지. 대피소에 가둬 버리면 로켓 발사를 방해하지 못할 테니까."

다마카는 천장을 올려다보았다. 그 옆얼굴을 차마 볼 수 없어서 아오는 책상에 시선을 떨어뜨렸다.

반딧불이 관찰 다음 날, 아오를 비롯한 멸지부 부원들은 아직 마음의 정리가 되지 않은 상태였다. 아니다, '아직'이라고 했지만 앞으로도 정리가 될지는 미지수다.

세쓰나의 아버지가 물리학 교수라는 건 전부터 알고 있었다. 하지만 화성 로켓 계획에 깊이 관여해 왔다는 이야기는 금시초문이었다. 딸인 세쓰나조차도 최근에야 알았다고 한다. 국가 차원으로 진행되어 온 극비 프로젝트.

세쓰나는 아버지가 집에 돌아온 드문 기회를 잡아 캐물었다. '요성식' 때 공개됐던 자료와 이번에 발표된 자료의 차이를 지적한 것이다. 거기에는 국제 우주국의 발표와 모순되는 수치가 존재했기 때문에 아버지는 어쩔 수 없이 모든 사실을 털어 놓을 수밖에 없었다.

세쓰나 아버지의 말에 따르면, 국제 우주국은 델타에 관련된 새로운 자료를 입수한 것이 분명했다. 그 자료를 확인하고 델타의 궤도 예측을 수정할 수밖에 없었다. 그러나 인류의 운명을 바꿔 놓을 정도로 크게 수정된 것은 아니었다.

이들의 미래는 방금 세쓰나가 단적으로 말한 대로이다. 아무리 울고불고 아우성을 친다 해도 절대 피할 수 없다.

"그런데 세쓰나. 그거랑 지난번 고백이 무슨 관계가 있어?"

"살아남는 길을 생각해 봤어요."

세쓰나는 분필을 놓고 손가락 끝을 손수건으로 꼼꼼히 닦았다.

"로켓에는 정치가와 자본가, 학자만 탈 수 있지만, 제가 말했던 것처럼 예외적으로 가까운 친척도 탈 수 있어요."

"그래서 아버지를 따라 탑승할 수 있게 됐다는 거네."

"네, 맞아요. 저도 놀랐어요. 그동안 아빠가 하는 일은 기밀 사항이라 몰랐거든요."

기쁜 일일 것이다, 아마도. 멸망 지구학 클럽의 멤버 중 한 명이라도 우주로 탈출할 수 있게 됐으니. 그들의 활동 기록이 지구와 더불어 사라지는 것은 면할 수 있게 됐다. 그것은 분명 행운이다.

그러나 세쓰나의 생각은 다른 모양이었다.

"저는 여러분을 두고 혼자만 우주에 가고 싶지 않아요."

세쓰나가 말을 이어갔다.

"하지만 가까운 친척이 예외라면…… 내가 여러분과 결혼

하면 우리 넷 다 화성 로켓에 탈 수 있다고 생각한 거예요."

"야, 야, 잠깐만."

아오는 계속 듣고 있을 수가 없었다.

"아무리 그래도, 이건 말이 안 돼."

"로켓 계획은 다국적 사업이에요. 다부다처가 허용될 가능성도…… 전혀 없지는 않을 거예요. 합리적이지 않아요?"

"합리적이라니……."

"우리 아빠는 세계 폭동이 일어나기 훨씬 전부터 충돌 사실을 알고 있었어요. 이번에도 '스친다'는 발표가 터무니없는 거짓말이라는 것도 알고 있었고요. 알면서도 숨겼던 거죠. 그런 사람과 함께 우주에 간다고 생각하면 구역질이 나올 것 같거든요. 이건 아빠한테 보상을 얻어 내는 것뿐이에요. 세계를 속인 아빠를 이용해서 여러분의 생명을 구하는 거죠. 정당한 거라고요. 안 그런가요?"

거기까지 빠르게 말하고 세쓰나는 다마카를 보았다. 설령 가능성이 1퍼센트 미만이라 해도 "좋았어! 나도 우주에 가고 싶었는데! 역시 세쓰나야!" 따위의 말을 들을 거라고 기대했는지도 모른다. 그러나 다마카는 미간에 주름을 지으며 구원의 손길 같은 건 내밀 생각도 하지 않았다. 세쓰나는 무슨 말인가 더 하려다 입술을 깨물며 고개를 수그렸다.

"미안해요……. 선배들이랑 마사요시의 기분은 생각하지

않고 저 혼자 들떠 있었어요."

"아냐, 괜찮아."

다마카는 세쓰나를 위로했다.

"우리를 위해서 생각을 많이 했구나. 고마워."

"그런데 로켓에 타는 사람들에게, 화성에서 계속 살 수 있는 계획 같은 건 있대?"

아오가 물었다.

"없어요."

"그럼, 다시 지구에 돌아오는 거야?"

"아니요. 그것도 어려울 거예요."

세쓰나는 고개를 가로저었다. 마사요시에게서 가쁜 숨소리가 느껴졌지만 아오와 다마카는 신기하게 차분했다. 이것도 전부터 예상했던 일이다.

"오랜 옛날에 달이 생겨났을 때처럼, 지구는 델타와 충돌해서 파괴될 거고, 아마 다른 형태가 될 거예요. 기적처럼 원래 형태가 유지된다 해도 이론상, 충돌하면 단시간 안에 일부 강한 벌레나 미생물을 제외한 모든 생명체는 사멸해요. 그 밖에 폭발한 마그마에도 영향을 받을 거고, 우주선도 지구에 피해를 입힐 거고……. 아무튼 지구는 이미 지구가 아니게 되는 거죠. 인간의 입에 들어가는 것은 그 무엇도 생산되지 않는 환경이 될 거예요. 그건 틀림없어요."

"우주선 안에서 식량은 만들 수 있나? 옛날에 상추 같은 거 재배하는 실험이 성공했던 걸로 기억하는데."

"자급자족하기에는 턱없이 부족하대요. 그리고 우주 공간과 화성에 준비해 둔 식량은 고작 몇 년 치에 불과하고요."

"올해 죽느냐, 몇 년 후에 죽느냐의 문제인가."

큰 차이 같지만 작은 차이 같기도 했다.

인류는 멸종한다. 그건 분명하다.

'결국 다마카도 죽는다.'

아오는 별안간 그 잔인한 사실이 머릿속에 떠올랐다. 진지한 얼굴로 팔짱을 끼는 부장을 곁눈질했다. 이 애가 죽는 거다. 죽은 사람은 말하지 않고 웃지 않는다. 아오가 해 주는 요리를 먹을 수도 없고, 제멋대로 굴어서 부원들을 난처하게 할 일도 없다.

'아, 그런가.'

아오의 마음 한가운데에 돌멩이 같은 것이 툭, 하고 떨어졌다. 그 돌멩이는 마음속 깊숙이 내려가더니 밑바닥에 무엇이 있는지 아오에게 알려 줬다.

이제야 알았다.

'나는 내가 죽는 걸 두려워하는 게 아니다. 다마카가 죽는 게 두려운 거다.'

"그럼, 결정해야 하는 거네."

다마카는 아오의 시선을 못 느끼는지 그렇게 말했다.

"대피소에 들어갈 것인지, 아니면 도망칠 것인지."

도망친다. 아오는 혀 위에서 그 말을 굴려 보았다.

보통은 살기 위해서 도망친다. 하지만 이 경우에는 사정이 다르다. 도망치든 도망치지 않든 아오와 친구들은 죽는다. 대피소라는 감옥에 갇힌 채 죽을 것인가. 밖에서 자유롭게 죽을 것인가. 그 선택일 뿐이다.

무거운 침묵이 교실을 지배했다. 칠판 위, 시계의 초침이 한 바퀴, 두 바퀴, 세 바퀴…… 하염없이 돌고 있었다.

"저는 동생이랑…… 가족과 함께 보낼게요."

"그래……. 헤어지는 게 섭섭하지만."

"짧은 시간이었지만 고마웠습니다. 저 같은 사람도 뭔가를 조금 이뤄 낸 것 같은, 이제는 가슴을 펴고 당당히 미사의 오빠라고 말할 수 있을 것 같은, 그런 기분이 들어요."

"그래."

"그런 얼굴 하지 마세요. 대피소에 들어가도 되도록 연구는 계속하려고요."

"아오, 넌 어쩔 거야?"

"나는…… 너 하는 대로 할게."

"안 돼. 스스로 결정해. 네가 원하는 쪽으로."

"원하는 쪽으로……."

"지금 결정해도 나중에 생각이 바뀔지도 몰라. 마사요시도 그렇고. 시간을 들여서 잘 생각해 봐. 아직 구체적인 피난 명령은 떨어지지 않았으니까."

세쓰나에게서 잔혹한 계산 결과를 들은 이후에도 왠지 대피소로 피난하려면 아직 멀었다고, 멋대로 생각하고 있었다. 하지만 현실은 이들의 형편 따위는 전혀 아랑곳하지 않고 진행되었다. 그로부터 닷새 후, 멸지부 멤버 네 명은 저마다 관공서에서 보낸 우편물을 받았다. 갈색 봉투에 든 것은 피난 일시와 구체적인 피난처 등이 적힌 통보였다.

출발일은 7월 19일. 정확히 델타와 충돌하기 한 달 전이다.

통보에 따르면, 피난일 이후로 생활필수품 배급은 대피소 내에서만 이뤄진다고 한다. 만일 피난을 가지 않는다면 남은 한 달 동안을 배급에 의지하지 않고 생활해야 한다. 다행히 멸지부에는 여행용으로 모아 둔 휘발유가 있다. 피난일이 여름 방학 전이라 다 같이 여행할 기회는 사라졌지만……. 어떻게든 휘발유를 식량으로 바꿀 수만 있다면 굶어 죽지 않을 것이다(게다가 토끼도 아직 몇 마리 남아 있다.).

당연히 학급의 아이들도 모두 거의 같은 내용의 우편물을 받았다. 주소에 따라 배정된 집합 장소와 피난 버스의 좌석

번호 정도만 달랐다. 출발 예정 시각도, 목적지도 같았다.

교실 안은 피난에 대한 화제로 들끓었다. 누구는 가족이 서로 다른 버스를 탄다며 좌석 배정이 운 나쁘게 되었다고 불평했다. 또 누구는 '반려동물은 한 가족당 한 마리만'이라는 항목에 분노하여, 그 규정을 만든 누군가를 향해 할 수 있는 모든 저주의 말을 퍼부었다.

'가족……'

아이들이 이야기하는 소리를 들으면서 아오는 부모님을 특히 어머니를 떠올렸다.

아마 세계 폭동이 일어나기 한두 달쯤 전이었을 거다. 장기 취재를 마치고 돌아온 어머니는 집에서 전에 없이 느긋하게 쉬고 있었다. 아버지는 회사에 가고 없었다. 고등학교에 입학한 지 얼마 되지 않은 아오는 수업에 뒤처지지 않기 위해 예습을 하고 있었다.

무심코 창밖으로 눈을 돌렸을 때, 집 앞을 서성이는 양복 차림의 남자 두 명이 시야에 들어왔다. 처음에는 길을 잘못 들었나 싶었지만 몇 분쯤 지나 다시 고개를 들었을 때도 그 둘은 여전히 그 자리에서 움직이지 않았다.

그들은 아오네 집을 연신 흘끗거리면서 소곤소곤 이야기를 주고받았다. 2년이나 지났으니 이제는 확인할 길이 없지만 반정부 조직 쪽 사람들이 아니었을까 하고 아오는 추측하고 있다. 세계 폭동 후에 마치 사실인 양 나돌던 소문에 따르면, 반정부 조직은 국제 우주국에서 발표하기 전에 이미 델타 충돌에 대한 정보를 파악했다고 한다. 그리고 기자 회견 당일에 대중을 선동하기 위한 준비를 주도면밀하게 해 왔다고도 한다.

그런 비밀 조직이라면 어머니의 취재 활동을 탐탁지 않게 여겼을 건 분명하다.

물론 증거도 없고, 당시 아오는 반정부 조직의 존재를 알지도 못했다. 그때는 집 주위를 서성이는 수상한 자들을 보고 어쩐지 기분 나쁘다고 느꼈을 뿐이다. 가면을 썼나 싶을 정도로, 얼굴 근육이 마비됐나 싶을 정도로 그자들은 표정 변화가 거의 없었다.

그리고 놀랍게도 어머니는 그자들을 집 안으로 들였다.

"너는 방에서 나오지 마라."

수상한 자들을 집에 들이기 전에, 어머니는 아오에게 단단히 일렀다. 영문을 알 수 없었지만 아무튼 아오는 어머니가 시키는 대로 꼼짝하지 않고 방 안에 있었다. 대신, 문에 귀를 바짝 대고 바깥의 동정을 살폈다. 대화 내용까지는 들리지 않았지만 그들이 차를 마시며 10분쯤 이야기를 나누다 돌아갔다는 것은 알 수 있었다.

어머니에게는 반정부 조직도 취재 대상이었다. 아마도 팬히 쫓아내는 것보다 친해지는 게 좋다고 판단했을 것이다. 정말이지 위험천만한 어머니였다. 그럼에도 절대로 아오를 위험에 휘말리게 하지 않았다. 그날만 해도 그랬다. 아오를 곁에 두는 편이 혹시라도 발생할 위험 상황에 도움이 되었을 거다.

"너는 몰라도 돼. 그 두 사람의 얼굴도 안 봤어. 그렇지?"
그들이 돌아간 뒤로 아오는 어머니에게 다짐을 받았다. 하지만 아오는 회사에서 돌아온 아버지에게 낮에 있었던 일을 이야기했다. 아니나 다를까 아버지는 불같이 화를 냈고, 어머니는 미안해하는 기색이 전혀 없었다.
"아오한테는 숨어 있으라고 했어. 그럼 문제없잖아?"
"무슨 소리야, 그런 이야기가 아니잖아!"
"괜찮아. 내 몸에 손가락 하나도 안 댔으니까."
"내 말은, 그런 게 아니고……."
아버지는 거기서 말을 끊고는 입을 다물어 버렸다. 딱히 어머니에게 화가 난 것이 아니었으니까.
둘은 여전히 서로를 사랑했다.
그날은 마침 수요일, 아오가 저녁을 준비하는 날이었다. 셋은 식탁에 둘러앉아 아오가 만든 새우볶음밥을 먹으며 웃음꽃을 피웠다…….

"무슨 일이야, 생물 팀장님. 왜 그렇게 멍하니 있고 그래?"

갑작스러운 목소리에 아오 주위를 떠돌던 추억이라는 안개가 바람에 날아가듯이 스윽 사라졌다. 이곳은 부모님과 함께 앉아 있던 식탁이 아니라 학교 체육관이었다.

대낮임에도 조명이 사라진 체육관은 어두컴컴했다. 그 안에서 학생들은 접이의자를 나르거나, 분주하게 무대를 오르락내리락하면서 부지런히 맡은 일을 하고 있었다.

아오는 무대 전체를 둘러볼 수 있는 무대 정면에서 키 큰 갈색 머리 남학생 아이자와 히사토와 나란히 서 있었다.

"좀 더 연습을 했어야 하는데."

체육관 무대를 올려다보며 히사토가 아쉬움을 내비쳤다. 아오는 아무런 대꾸도 하지 않고 그의 시선을 좇았다. 무대 위에서는 연극부 부원들이 무대 장치를 옮겨 가면서 위치를 조정하고 있다. 오른쪽으로 1센티미터 움직일까, 왼쪽으로 1센티미터 움직일까, 그 선택이 흡사 남은 인생 전부를 좌우하기라도 하는 듯이 진지한 표정이었다. 아니, '흡사'라든가 '듯이'가 아니라 실제로 좌우한다.

체육관 바닥에는 빈틈없이 초록색 시트를 깔았고, 그 위에 일정한 간격으로 접이의자를 놓았다. 체육관은 연극부 부원들의 손에 의해 극장으로 탈바꿈하고 있었다.

"부장님! 발전기 오케입니다!"

"오케이."

무대 옆에서 얼굴을 내민 여자 부원에게 히사토는 가볍게 손을 들어 답했다. 아오는 어둡게 침묵하고 있는 천장을 올려다보고는 농구 골대 위로 시선을 돌렸다. 그 위에 앉은 연극부 부원 한 명이 검은 상자 모양의 기계를 두 손으로 끌어안고 무대 쪽으로 방향을 조절했다. 비스듬히 위에서 비추는 유형의 스포트라이트였다.

"저걸 쓰는 거야?"

"응. 앞으로 계속 대피소 생활일 텐데, 휘발유를 아껴서 뭐 하겠냐. 발전기에 다 쏟아부을 생각이다."

"하긴."

무대 장치 배치가 다 끝났는지, 이번에는 관악부가 나타나 무대 바로 아래에 보면대와 의자를 놓기 시작했다. 무대가 좁아서 연주는 밑에서 하기로 한 모양이었다.

히사토는 연극부 부장으로서 전체적인 준비 상황을 감독하고 정확한 지시를 내리고 있다고 생각했지만 실은 그렇지 않은 것 같았다. 히사토는 아오와 나란히 접이의자들 사이에 서서 멍하니 무대만 바라보았다. 그리고 근심 어린 눈빛을 하고 한숨을 내뱉었다.

"왜 그래? 걱정돼?"

"걱정……, 그런 거랑은 조금 달라."

히사토는 굳은 얼굴로 웃었다. 억지 미소였다.

"끝나지 않았으면 좋겠다. 계속 준비만 할 수 있다면 좋겠다. 내내 그런 생각에 빠져 있다."

"……."

"근데, 공연일은 반드시 오거든. 정확히 말하면 24시간 후에 말이지."

아오는 대꾸할 말을 찾지 못하고 그저 히사토와 같은 방향을 바라볼 뿐이었다. 대본을 손에 들고 뭐라고 중얼중얼 읊어 대는 연극부 부원들. 보면대의 높이를 조절하고 얼굴을 찡그리면서 다시 조절하기를 되풀이하는 관악부 부원들. 자신이 그린 무대 장치를 찬찬히 바라보는 미술부 부원들…….

"아, 미안하다. 너희도 재료 조달하는 걸 도왔는데, 지금 징징대면 안 되지."

"아냐……."

아오는 천천히 고개를 가로저었다. 챙강챙강 접이의자 부딪치는 소리는 이제 들리지 않았다. 관객석 준비는 끝난 모양이었다. 그렇다, 끝났다. 하나하나 끝나 가고 있다.

"그 기분, 알 것 같다."

"그래? 알 것 같다고?"

"응. 나도 알지."

아오가 그렇게 대답하자 히사토는 다시 웃었다. 조금 전보다 부드러운 미소였다.

아오의 마음도 히사토와 다르지 않았다.

피할 수만 있다면 마지막 순간을 피하면서 언제까지나 삶을 부여잡고 싶다. 최후의 날들을 보낼 방법을 계속 찾으면서도 끝이 오지 않으면 얼마나 좋을까 생각하며 괴로워한다.

그 생각이 잘못된 걸까. 살아 있는 생명체로서 DNA에 새겨진 생존 본능에 따르고 있을 뿐인데…….

"부장님!"

그때, 출입구 쪽에서 여자 부원이 뛰어오자 아오와 히사토는 동시에 돌아보았다. 무슨 일인지 그 여자 부원은 허둥대는 목소리로 다시 히사토를 불렀다.

"부장님!"

"왜? 무슨 일이야?"

"경찰이 왔어요."

아오는 미간을 찡그렸다. 경찰. 요즘은 폭동 방지에도 인력이 부족하다는 소문을 들었는데. 이런 시기에 고등학생에게, 그것도 연극부 부원에게 무슨 볼일이 있을까.

"왜 왔대?"

"그게…… 폭동 방지가 어쩌고저쩌고하면서…… 어른이 모이는 집회는 불법이라고."

아오와 히사토는 얼굴을 마주 보았다. 집회 금지. 분명 관공서에서 그런 내용의 안내문이 왔던 것 같다. 폭동을 미연에 방지하기 위해 한 달 동안, 모든 집회를 금지한다는 내용이었을 것이다. 한 달, 그러니까 지구가 멸망할 때까지 위험여부를 떠나 모든 집회를 금지하다니. 얼마나 용의주도하고 효율성 높은 폭동 방지책인가. 너무나 완벽해서 구역질이 다 나올 지경이었다.

'고작 고등학생 연극이라고!'

아오의 가슴속에서 당혹스러움과 분노가 뒤섞였다.

'이런 것까지 단속하겠다는 건가?'

"그래…… 경찰이 뭐래?"

히사토도 애써 감정을 억누르는 눈치였다. 후배에게 최대한 느긋한 어조로 물었다.

"연극을 중지하래? 아니면 조건부로 상연을 허락하겠대?"

답에 따라서는 경찰과 대립할 수도 있다. 저들은 고등학생을 상대로 어떻게 나올까. 상대의 인원수는? 타협의 여지는? 진짜 경찰이 맞기나 한 건가. 만일 거친 몸싸움이라도 벌어질 상황이라면 다마카를 지켜야 한다.

생각해서는 안 되는 일들이 머릿속을 맴돌았다. 쉴 새 없이 계속 맴돌았다.

하지만.

연극부 부원은 잠시 망설이고는 이렇게 말했다.

"아니요. 실은…… 이미 해결했어요."

"어?"

아오와 히사토의 입이 동시에 떡 벌어졌다. 경찰이 왔는데 해결했다니. 대체 어떻게 된 일일까. 무슨 상황인지 이해되지 않았다.

"해결했다고? 그럼, 경찰은 이제 돌아간 거야?"

"으음, 네. 돌아갔어요. 그런데 또 오겠대요."

"또 온다고? 흐음, 그럼 해결된 게 아니잖아?"

"아니에요. 고마쓰 다마카 선배가 알아서 처리했어요."

"다마카가?"

아오는 저도 모르게 언성을 높이고 말았다. 연극부 후배가 놀랐는지 허둥지둥 설명했다.

"네, 그게요……. 다마카 선배가 "이왕 오셨으니까 보고 가세요."라고 했어요. 경찰관 자리도 다 준비해 놓은 것처럼 말하던데요."

"보고 가라니……, 우리 연극을?"

"네. 그래서 경찰관이 내일 다시 오겠대요."

"이거 실화냐."

그렇게 말하고 히사토는 웃었다. 웃을 수밖에 없었을 것이다. 아오도 마찬가지였다.

"그 정도면 된 건가?"

때마침 다마카의 목소리가 들려왔다. 아오가 돌아보니, 다마카는 객석 오른쪽에 놓인 의자에 테이프로 종이를 붙이고 있었다. 자세히 보니 종이에는 손 글씨로 큼직하게 '예약석'이라고 쓰여 있다.

다마카 옆에는 연극부 부원도 몇 명 있었다.

"다마카, 왜 하필 이 자리야?"

"어? 어쩌다 보니까 그냥."

"다마카, 넌 느낌으로 살아가는구나."

와글와글 떠들어 대는 애들은 즐거워 보였다. 경찰과 대립할 각오를 다지던 아오는 자신이 굉장히 우스꽝스러웠다.

"과연."

부장의 마음을 부원이 어찌 알랴. 부원들의 웃는 얼굴을 바라보며 히사토가 중얼거렸다.

"하긴, 다짜고짜 쫓아내면 상대가 괜히 열받을 수도 있지. 위험한 집회가 아니라는 걸 직접 보여 주는 게 가장 나은 방법일 수도 있겠다."

"그런 거였어?"

"멸치부 부장님, 이제 보니 상당한 전략가인데."

"전략 그런 거 아니고. 쟤는 논리를 초월해서……."

거기까지 말하고 아오는 가슴이 덜컥해서 고개를 숙인 채 잠시 입을 다물었다.

순간 지금 다마카의 모습이…… 그날, 수상한 두 남자를 집 안으로 들여 차를 대접한 어머니와 겹쳐졌다.

"대단해."

"응? 무슨 말, 했어?"

"아니, 아무것도 아냐."

"그래. 뭐, 아무튼 다행이다. 너도 수고했어. 다마카한테는 내가 직접 인사할게."

히사토는 보고하러 온 연극부 부원에게 그렇게 말하고, 의자의 각도를 조정하면서 의견을 주고받는 다마카와 부원들 쪽으로 걸어갔다.

"아, 히사토. 와 있었네."

"당연하지, 부장인데. 경찰 말이야, 돌려보내 줘서 완전 고맙다. 네가 대처해 준 덕분에……."

"그건 그렇고, 여기. 이 맨 앞줄에 '멸지부 예약석'이라고 붙여도 돼?"

"응? 그런 거 안 붙여도 돼. 어련히 알아서 준비할까. 멸지부에게 신세도 졌는데."

히사토가 말하자 다마카는 기쁜 듯이 '멸지부 예약석'이라고 적힌 종이를 히사토의 티셔츠에 척 붙였다. 옆에 있던 연극부 부원들은 어이없다는 듯이 바라봤지만 히사토는 벙긋 웃었다. 다마카도 웃었다.

'다마카……'

한 발짝 떨어진 곳에서 다마카의 웃는 얼굴을 바라보며 아오는 마음속으로 중얼거렸다.

'얼마 전에…… 얼마 전에야 겨우 알았다.'

자신은 위험한 다리를 계속 건너면서도 절대로 아오를 휘말리게 하지 않으려고 했던 어머니. 그런 어머니를 구하기 위해 폭동의 소용돌이 속으로 뛰어든 아버지.

그런 부모님처럼 아오 자신도 정말 중요한 것을 깨달았다.

그래서 반드시 확인해 둬야 할 것이 있었다.

연극부의 마지막 공연은 체육관에 마련된 객석의 3분의 2가량이 채워진 가운데 시작되었고, 분위기도 꽤 고조되었다고 생각한다. '생각한다'라고 표현한 것은 연극부의 공연은 처음이어서 비교 대상이 없기 때문이다.

이른바 창작극으로, 장르는 판타지라고 해야 하나…… 잘 모르겠지만, 잠잘 때 꾸는 '꿈' 이야기였다. 꿈은 뇌에서 만들어지는 환상이 아니라 신체가 잠든 동안 영혼이 하는 여행이라고 정의했다. 사람의 영혼은 마을을 초월하고, 나라를 초월하고, 더 나아가 행성을 초월하고, 우주를 초월해 공통의 정신세계를 여행한다. 꿈의 세계에는 과거도 미래도 없고, 인간도 동물도 없으며, 지구인도 우주인도 없고, 산 자도 죽은 자도 없다. 사람은 완전히 새로운 영혼이 되어 잠깐 동안 영원의 여행을 한다. 주인공 남자 고등학생은 그러한 정신세계에서 비슷한 또래 여자아이와 친구가 된다. 그는 여자아이에게서 메시지를 받는데, 그것은 무려 1만 광년이나 떨어진 머나먼 다른 행성에서 온 것이다. 그 둘이 살고 있는 행성과 행성 사이의 거리는 1만 광년이며, 여자아이의 말이 전파를 타고 왔다는 사실은 그녀가 살았던 시대로부터 이미 1만 년이 지났음을 의미했다.

멸지부는 맨 앞줄에서 관람했다. 아오 옆자리에서 다마카는 눈물을 흘렸고, 마사요시는 진지한 얼굴로 메모를 하면서 보았다. 세쓰나는 표정 변화가 없었기 때문에 어떻게 느꼈는지 알 수 없었다.

경찰은 참 융통성 없게도 다마카가 말한 시간보다 정확히 5분 일찍 찾아왔다. 두 명이 온다더니 어떻게 된 일인지 다섯 명이 나타났다. 그들이 연극을 즐겼는지 어땠는지는 알 도리가 없다. 그러나 왜 규칙에 따라 연극을 중지시키지 않고 관객의 일부가 되는 쪽을 택했는지는 어렴풋이 짐작이 갔다.

'저들은 굶주려 있었던 거다, 오락에.'

"위험한 집회인지 아닌지 감시한다."라는 것은 어쩌면 명분에 지나지 않았을 것이다. 민중을 속여 온 정부 측 사람이라고는 하지만 경찰관도 이 지구상에서 죽음을 앞둔 한낱 인간이다. 신문과 라디오 이외의 미디어가 거의 사라진 상황에서 오늘 같은 문화 체험을 하기란 거의 불가능에 가까운 게 현실이었다.

"재미있었어."

집으로 가면서 다마카가 말했다. 달빛이 내리는 밤길을 아오는 자전거를 끌고 걸었고, 다마카는 그 옆에서 발걸음을 나란히했다.

이미 세쓰나와 마사요시와는 헤어졌다. 다마카를 집까지 바래다주는 건 여느 때와 마찬가지로 아오의 역할이다. 다마카는 때로는 콧노래를 흥얼거리고, 때로 아오 앞으로 나가서 손전등 불빛에 비춰지고, 때로는 밭에서 쉴 새 없이 들려오는 개구리의 합창에 귀를 기울였다. 기분이 매우 좋은 모양이었다. 연극이 무척 마음에 들었던 것이리라.

"특히 옛날에 길렀던 올챙이의 혼을 만나는 부분."

"그러게."

아오는 자전거를 끌고 손전등으로 발밑을 비추면서 밭 사이의 농로를 걸어갔다(자전거의 헤드라이트는 페달을 밟지 않을 때는 금방이라도 꺼질 듯이 희미했다.). 그러나 아오는 발밑을 보지는 않았다. 인류가 전기를 발명하기 이전처럼 또렷하고 아름다운 밤하늘을 올려다보았다. 그중 밤하늘에 박힌 점, 빨간 이물질을 보고 있었다.

요성 델타.

"다마카."

아오는 다마카의 이야기가 끝나기를 기다렸다가 밤하늘의 빨간 점을 응시하며 말했다.

"로켓에 타는 게 어때?"

"어?"

"세쓰나가 말했잖아. 세쓰나랑 결혼하는 게…… 현실적인지 어떤지는 모르지만 한 명 정도는 어떻게 어물쩍 탈 수 있을지도 모르잖아. 친척이라고 둘러대든가 해서."

중요한 건 관계자의 가족이 되면 방주의 탑승객이 될 수 있다는 사실이다. 비록 삶을 몇 년 연명하는 것에 지나지 않는다고 해도.

"아, 생이별하는 자매라고 해도 되겠다. 그 왜 드라마에서 흔히 나오잖아. 드라마 같은 거 못 본 지 꽤 오래됐지만."

농담하듯 말했지만 실은 농담이 아니었다. 아오는 곁눈질로 흘끔 다마카를 보았다. 당황해할 줄 알았는데 태연한 얼굴이다. 잠자코 차분한 눈빛으로 아오의 말을 기다리는 눈치였다.

그렇다. 다마카는 기다리고 있다. 자신을 올려다본 채로 다음 말을 기다리고 있다.

아오는 침을 삼켰다. 그리고 혀로 마른 입술을 적셨다. 심장과 폐가 자신의 것이 아닌 듯이 맥박과 호흡이 흐트러졌다. 아오는 잠시 망설이고는 입을 열었다. 목소리가 떨리지 않도록 세심한 주의를 기울이면서.

"나는 네가 죽지 않았으면 좋겠거든."

처음으로 말했다. 내내 이 말을 하고 싶었다. 죽는 방법을 찾는 다마카를 볼 때마다. 다마카가 '마지막'을 이야기할 때마다. 다마카의 의사에 반하더라도. 다마카의 노력에 물을 끼얹는 꼴이 될지라도.

그것은 아오의 마음속 가장 깊은 곳에서 나온 진심이었다.

"고마워."

달빛과 별빛을 받으며 다마카는 애처로운 미소를 지었다. 그 표정만으로도 어떤 대답이 돌아올지 아오는 짐작할 수 있었다.

"하지만 난 이 지구를 떠날 수 없어."

"그럼, 대피소로 갈 거야?"

"아니, 대피소에도 안 들어가. 나는 여기서 자유롭게 죽을 거야."

"그래. 그렇구나."

"물론 마지막에 할 일을 찾고 나서 죽을 거야."

"응."

아오는 다시 하늘을 올려다보았다. 요성 델타가 있는 하늘. 이미 다정하지는 않은 하늘. 이 하늘 아래에서 아오는 한없이 작아졌다.

드디어 하고 싶었던 말을 했다. 속에 담아 두었던 것을 꺼내 놓았다. 가슴속이 텅 빈 것 같고, 자신이 초라하게 느껴졌다. 하지만 잠시 뒤에 찾아온 감정은 허무함이 아니었다.

"미안해."

한동안 나란히 걸어가던 다마카가 나직이 말했다.

"아오 넌, 나를 위해서 말한 건데."

"괜찮아. 난…… 그 말을 꼭 하고 싶었어."

"응. 고마워."

다마카는 고개를 숙인 채 대답하고 몇 초 후에 다시 얼굴을 들었다. 웃음기 없는 얼굴로 다마카는 묵묵히 걸었다.

'그게 너의 바람이라면.'

아오는 잠시 어둠 속에서 그 옆얼굴을 바라보고는 마침내 다마카와 같은 쪽을 보았다. 손전등 불빛과 약한 자전거의 라이트 그리고 달빛과 별빛이 비치는 농로를 둘이서 나란히 걸어갔다. 개구리들의 합창 소리를 뚫고서.

'드디어 내가 되고 싶은 게 뭔지 알았어.'

텅 빈 가슴에 새롭고 따뜻한 뭔가가 들어오는 것을 아오는 확실하게 느꼈다.

'나는…… 고마쓰 다마카의 자유를 지켜 줄 수 있는, 보고 싶은 풍경을 보여 줄 수 있는, 그런 덴도 아오가 되고 싶다.'

지금 아오의 머릿속은 미래에 관한 생각으로, 마지막 나날을 다마카와 함께 어떻게 보낼까 하는 생각으로 가득 차 있다.

"사진 현상이 끝났어요."

세쓰나는 그렇게 말하고 가방에서 두툼한 갈색 봉투를 네 개 꺼내서 바닥에 놓았다. 동아리 방으로 쓰는 빈 교실 바닥에는 작업하기 편하도록 신문지를 빈틈없이 깔아 뒀다. 물론 암시장에서 구입한 것이 아니라 아오 집에서 가져온 낡고 오래된 신문지다. 멸망 지구학 클럽의 멤버 네 명은 실내화를 벗고, 그 위에 앉아 갈색 봉투를 내려다보았다.

"사진이라면, 요전에 넷이서 찍은 거 말이지?"

"맞아요."

다마카에게 대답하면서 세쓰나는 갈색 봉투 하나를 들고 살살 흔들었다. 안에서 미끄러져 나온 대량의 인화지는 처음 보는 것은 아니었다. 인화지들에는 물에 먹물을 한 방울 떨어뜨렸을 때와 같은, 다양한 농담이 빚어낸 기묘한 모양이 나타나 있었다.

신문지 위에 놓인 그것들이 왠지 모래 위에서 위장술을 선보이는 수생 생물처럼 보였다.

'아마 240장이었지. 그렇다면 봉투 하나에 60장.'

조각 퍼즐 같았다. 이것만으로는 나중에 어떤 모양이 나올지 가늠이 안 됐다.

"그럼, 먼저 A열의 1번을 찾아요. 그다음은 A2번. 다음이 A3번. A12번까지 마치면 다음은 B열의 1번이에요."

"어? 이 안에서?"

"아니요. 봉투가 세 개 더 있어요. 일단 전부 꺼내 놓을게요."

"우아……."

"다마카 선배, 파이팅."

세쓰나는 담담한 어조로 말하고 박수를 한 번 짝 쳤다. 다른 셋은 얼굴을 마주 보고 나서 곧바로 저마다 봉투를 하나씩 들고 신문지 위에서 제비뽑기라도 하듯이 살살 흔들었다. 물론 거기서 나온 것은 운세가 적힌 종이쪽지가 아니라 사진의 한 부분들이다. 240조각짜리 지그소 퍼즐 맞추기가 시작되었다.

"A1은 어디쯤 놔?"

"왼쪽 위 구석요. 아, 사진은 위아래가 거꾸로 돼 있으니까 실제로는 오른쪽 아래겠네요."

"A4하고 A5는 여기 있어."

"생각해 봤는데요, 먼저 각 열로 나눠 놓고, 나중에 한꺼번에 맞추는 게 효율적이지 않을까요?"

"안 돼, 마사요시. 그럼 퍼즐 같지 않잖아."

"아."

멸망 지구학 클럽의 마지막 활동이었다. 이틀 후면, 각각의 집합 장소로 가서 버스에 실려 대피소로 출발할 것이고, 학교라는 조직도 공식적으로 문을 닫는다. 멸지부 멤버들은 송별회 같은 건 하지 않기로 의견을 모으고, 지난 며칠을 그동안 해 오던 연구를 마무리 지으면서 보냈다. 평소와 같은 일상의 연장선이었다.

이들은 시간을 들여 먼저 오른쪽 A열을 완성하고, 다음으로 B열로 넘어갔다. 두 줄을 완성하자 나무의 줄기 같은 것이 보이고, 그 밖에도 지면의 경계선 같은 것도 드러났다. 같은 방식으로 C열, D열······.

"아, 이거 마사요시 얼굴이다. 거의 실물 크기인데."

"아, 민망해. 너무 그렇게 자세히 보지 마요."

"뭔가 이상하다 했더니······ 이건 반대예요. 방향이 거꾸로 됐어요."

"T가 마지막 열인 거지?"

더 효율적인 방법을 모르는 바는 아니었지만 그들은 오른쪽 끝에서부터 한 줄씩 맞춰 나가서 마침내 인화지 240장을 모두 맞췄다. 한 장 한 장은 형태를 알 수 없는 회색빛 무늬에 지나지 않았던 그것이 세로 3미터, 가로 4미터의 거대한 사진이 되었다.

"완성했다, 마침내."

다마카는 바닥에 빈틈없이 깔린 신문지 위, 곧 완성된 사진을 보고 눈을 가늘게 떴다.

너무 커서 거리를 두지 않으면 전체 상을 파악하기 어려웠지만…… 나무숲에 둘러싸인 좁은 들판에서 멸지부 멤버 네 명이 서로 딱 붙어서 저마다 브이 포즈를 하고 있었다. 다마카는 환하게 웃었고, 세쓰나는 평소처럼 무표정한 얼굴로 다마카에게 몸을 기대었다. 멋쩍었던지 브이를 그린 마사요시의 손가락이 약간 굽었다. 아오는 입은 웃고 있지만 사진 찍는 것이 익숙지 않은 탓에 표정이 영 어색했다.

산속의 오두막을 통째로 개조하면서까지 찍은 사진이다. 가구를 모조리 치우고, 내부를 전부 검게 칠하고, 빛이 들어오는 틈을 철저히 막았다. 긴 시간과 수고를 아끼지 않은 것은 벽면 크기만 한 이 사진 한 장을 얻기 위해서였다.

하지만.

"이거 말이야……."

거대한 사진을 바라보던 다마카가 이윽고 입을 열었다.

"결국은 그냥 커다란 사진인 거네."

'헉, 그걸 말해 버리다니⋯⋯.'

아오는 갑자기 머리가 아파 와서 손으로 이마를 짚었다. 너무 노골적이다.

주인이 사라진 산장을 카메라로 개조해 거대한 사진을 찍었다. 아오를 비롯한 멸지부 부원들이 한 것이라고는 결국 그것뿐이었다. 사진이라면 보통의 카메라로 찍을 수 있고, 크다고 해서 무슨 이익이 있는 것도 아니다.

하지만 다마카는 만족스러워 보였다.

다마카는 그 거대한 사진 주위를 걸어 다니면서 여러 각도에서 바라보았다. 때로 까치발을 들고 위에서, 때로는 웅크리고 앉아 가까이에서.

"하지만 이렇게 보니까 찍길 잘했다 싶어."

"그렇지? 나도 그래."

아오는 다마카의 말에 맞장구쳤다.

"저는 카메라를 만드는 작업을 함께 못 해서 아쉬운걸요."

"만드는 방법은 세쓰나한테 물어보면 알 수 있어."

"물어만 봐. 얼마든지 설명해 줄게."

"힘들게 맞춘 건데, 이거 사진 찍어 두면 좋겠다."

"사진을 사진으로 찍는다고요? 아, 과연 다마카 선배예요! 멋진 발상인데요."

"야, 그게 무슨 의미가 있다고."

사진을 보면서 네 사람은 그런 시답잖은 대화를 실컷 나누었다. 알맹이는 없지만 그냥 이야기를 하고 싶었던 것이다.

그러나 서서히 대화는 끊겼고, 이윽고 다마카 이외에는 아무도 입을 열지 않더니 결국은 다마카마저 입을 다물었다. 그러자 마사요시가 일어나 교실 구석으로 걸어갔다.

"자, 다음은 이것입니다."

마사요시는 청소 도구함 옆에 세워 둔 막대기를 들어 올렸다. 정확히는 막대기처럼 보이는 둘둘 말린 모조지였다.

"모조지……. 또 암시장에서 사 온 거야?"

"아뇨, 창고에 방치된 걸 가져왔어요. 이제 아무도 안 쓸 테니까요."

"와, 너도 아주 뻔뻔해졌다."

"요전에 만든 연표를 여기에 옮겨 쓰려고요."

완성된 사진은 거대했지만 교실 바닥은 아직 빈 곳이 남아 있었다. 마사요시는 바닥에 깔아 둔 신문지 위, 그러니까 거대한 사진 옆에 모조지를 펼쳤다. 이어서 전에 도서관에서 만든 연표 초안도 놓았다.

"그냥 옮겨 적기만 하면 돼요. 사실 저 혼자 할 수도 있지만."

"무슨 말이야, 다 같이 해야지. 그래야 재미도 있고."

"다마카 선배 말에 찬성이에요."

"하긴 그렇지."

넷은 다시 신문지 위에 앉았다. 역사 자료집을 책받침 대신 신문지와 모조지 사이에 넣고 바로 작업에 들어갔다.

"이거 다 옮겨 적으면 되는 건가?"

"네. 두 줄로 그은 건 필요 없는 부분이니까, 그건 빼고요."

"으음, 난 세계사를 해야겠다."

"저는 향토사 쪽을 할게요."

"나도 그쪽 할래."

"그럼, 다마카 선배는 날짜를 적어 주세요. 내용은 제가 옮겨 적을게요."

볼펜을 손에 쥐고 저마다 자신의 담당 범위를 옮겨 적는다. 요성 델타 발견. 의혹. 폭로. 세계 폭동. 그리고 내전. 격동의 몇 년간을 연표에 기록해 나갔다. 오래된 사건부터 점점 최근 사건으로. 한 줄씩 옮겨 적을 때마다 현재와 가까워졌다. 조금씩 끝을 향해 다가가고 있었다.

대피소로 피난 가는 날이, 다시 말해 도망칠까 말까를 결단해야 할 날이 이틀 앞으로 다가왔다. 그래서 하나하나 마무리하는 것이다. 이들에게는 이 마무리 작업이 꼭 필요했다. 아무리 괴로워도, 계속 하고 싶어도 끝내야 한다. 마무리하지 않으면 안 된다.

"어? 마사요시, 이 표시는 뭐야?"

"아, 죄송해요, 깜빡 잊고 말을 안 했네요."

아오가 연표 초안에 표시된 '※' 표시를 가리키자 마사요시는 일어나 교실 구석에 놓아둔 가방을 들고 왔다. 그리고 안에서 인쇄물을 몇 장 꺼냈다.

"초안을 다 만든 후에 발견한 기사 몇 건이 더 있었어요. 그걸 도서관에서 복사해 왔죠."

"복사를 했다고? 복사기는 쓸 수 없는 줄 알았는데?"

"그런데 전화기는 돈을 내니까 쓰게 해 주던데요."

"전화기로 복사를 어떻게 해?"

"아, 다 방법이 있어요. 도서관에서 학교로 팩스를 보냈죠."

마사요시는 인쇄물 몇 장을 모조지 위에 늘어놓았다. 신문 기사를 복사했다는 걸 한눈에 알 수 있었다. 다만 보통 복사기로 한 것과 다르게 해상도가 현저히 낮았다. 획수 많은 한자 중 일부는 글자가 깨져서 읽을 수 없었다. 그래도 내용을 파악하는 데는 지장 없었다. 아오는 진심으로 감탄했다.

"팩스. 그런 방법이 있었구나."

"도중에 종이가 먹히거나 찢어지면 어쩌나 조마조마했는데, 별문제 없었어요."

"팩스비는 공금으로 계산해."

"고맙습니다."

마사요시는 인사를 하고 나서, 다시 그 팩스를 보기 편하게 한 장 한 장 펼쳐 놓았다.

"이건 세계 폭동 당일 상황을 보여 주는 특집 기사인데요. 다음 날은 너무 혼란한 상황이라 그랬는지 제대로 된 기사가 나오지 않았고, 며칠 뒤에야 이 기사들이 난 거죠."

"하지만 대략적인 흐름은 이미 정리가 끝났잖아?"

"네. 그러니까 이제는 이 기사 중에 눈길을 끄는 게 있으면 세 번째 단의 메모란에 추가하는 정도가 좋을 것 같습니다."

"그게 좋겠다."

아오는 중얼거리고 무심코 팩스를 내려다보았다. 특집 기사의 제목은 '화염과 비명 속에서'. 불길이 치솟는 건물 그리고 주먹 쥔 손과 플래카드를 하늘 높이 번쩍 치켜든 폭도들의 사진과 함께 깨알 같은 글자로 당일 상황이 빽빽이 기록되어 있었다. 아오 옆에 앉은 세쓰나가 그중 한 문장을 손가락으로 살며시 덧그렸다.

"이 기사는 실제로 폭동 현장에 있었던 기자들이 쓴 것이라고 돼 있네요."

'뭐······?'

아오는 곧바로 세쓰나가 손으로 짚고 있는 그 문장을 눈으로 좇았다. 폭동의 소용돌이에 휩쓸린 기자. 세쓰나의 말대로 거기에는 분명히 그렇게 쓰여 있었다. 다시 말해, 사진 속에는 '지나치게 과격한' 것이 포함되어 있었다. 이를테면 이것, 화염병과 금속 몽둥이를 휘두르는, 눈에 핏발이 선 피사체의 적의는 어디를 향하고 있는가. 답은 명백하다, 말할 것도 없이 눈앞의 사진 기자이다.

'어쩌면……'

아오는 말없이 팩스를 전부 집어 들었다. 의아해하는 셋을 개의치 않고 그것들을 훑어보았다. 기사를 읽는 것이 아니었다. 그가 주목한 것은 각 기사의 끝에 있는 기자 이름. 자칫 놓칠 수도 있는 작은 주장.

팩스는 모두 다섯 장이었다. 마지막 다섯 장 째에서 아오는 그 이름을 발견했다.

"덴도 료코."

'…… 엄마.'

아오는 눈을 감고 잠시 말없이 몸을 떨었다. 그 기사는 세계 폭동 당일, 〈대일본신문〉의 한 지사가 습격당한 비극을 자세히 다루었다. 출입구 주변에 쌓인 급조한 바리케이드, 폭도들이 휘두른 몽둥이에 깨진 유리창, 건물 입구로 돌진한 트럭……. 읽어 보지 않아도 그 모든 광경이 눈에 훤히 보이는 듯했다. 아오는 그것들을 직접 보았다.

"그렇구나, 이게."

'이게 엄마의 마지막 할 일이었나.'

아오는 다섯 장의 팩스를 원래대로 모조지 위에 다시 펼쳐 놓았다. 마사요시가 의아한 표정으로 바라보았다.

"왜 그래요?"

"…… 아냐, 아무것도."

아오는 잠깐 생각하고는 결국 아무 말도 하지 않았다. 다마카는 진지한 얼굴로 기사를 뚫어지게 보고 있다. 세쓰나의 표정은 평소와 다름없다.

처음에는 물론 충격을 받았지만 차츰 마음이 진정되었다. 애써 외면하면서 덮어 뒀던 오랜 상처가 치유되어 간다. 어릴 때 잃어버렸던 물건이 어디선가 툭 튀어나왔을 때의 기분이랄까. 지금에 와서 그것이 무슨 도움이 될까마는…… 어쩐지 위로가 된다.

'아마 엄마는…….'

폭동의 소용돌이 속에서도 도망치지 않고 자신이 해야 할 일을 하는 사람이 되고 싶었을 것이다. 그리고 그렇게 되었다.

"…… 자, 계속하자. 마사요시는 우리가 읽는 동안 좀 기다려 주고."

아오가 재촉하자 다마카와 세쓰나가 고개를 끄덕이면서 팩스를 한 장씩 집어 들었다. 아오도 다시금 한 장을 집어 들었다. 그건 어머니의 기사가 아닌 다른 것이었다. 회피한 것은 아니다. 언제든 읽고 싶을 때 꼼꼼히 읽으면 된다. 지금은 멸지부의 활동이 우선이다.

게다가 그만큼 알았으니 충분하다고 생각했다.

그날, 어머니는 그 비극의 현장에서 꼭 해야 할 일이 있었다. 사명이 있었다. 분명 텐도 료코는 도망치지 않은 걸 울부짖으며 후회하지 않았을 것이다. 그렇게 마지막 순간까지 기자로서 의연하게 싸우다가 목숨을 잃었다.

그렇다면 서러워만 말고 자랑스러워하자.

아오는 마음이 조금 가벼워졌다.

"대피소에 가지 않을 사람은 버스를 타지 말고 몰래 학교 뒤로 모여."

피난 당일. 다마카는 수업 시작 전에 멸지부 부원을 모아놓고 몰래 알렸다. 어김없이 그날이 오고야 말았구나 하고 아오는 실감했다.

멸지부 네 사람만이 아는 비밀을 가슴에 품은 채로 수업, 자습, 잡담, 학급 회의까지 마치고 귀가했다. 그리고 마지막으로 짐을 점검했다. 시간은 눈 깜짝할 사이에 지나갔다.

여느 때와 다름없이 날이 저물어 간다. 지구는 다가오는 죽음 따위는 아랑곳하지 않고 같은 속도로 자전한다. 세상이 색채를 잃어 가는 가운데 아오는 마을 끝자락에 있는 사찰 내 묘지 한구석의 어느 묘비 앞에 웅크리고 있었다. 주위는 매미 소리로 가득 찼다. 1분 1초도 아깝다는 듯이, 얼마 남지 않은 이 밝은 시간을 이용하여 목청껏 울어 대는 것이리라.

흙먼지를 잔뜩 뒤집어쓴 묘지도 많았지만 아오 앞의 묘비는 깨끗이 닦여 있다. 정기적으로 관리하는 이유도 있지만…… 무엇보다 아직 새것이기 때문이다.

아오는 알고 있다. 묘비 밑에는 뼈밖에 없다는 걸. 그것은 이미 생명이 없으며, 아버지와 어머니가 아니라는 걸. 더는 대사 활동을 하지 않으며 자기 복제를 하지 않는다. 정의를 내리자면 정확히 무생물이다.

그럼에도 아오는 무릎을 꿇고 합장하지 않을 수 없었다.

이것이 마사요시가 말하는 생명의 영원성인가. 혹은 세쓰나가 말하는 엔트로피 증가의 법칙*인가. 아오는 딱히 알고 싶지도 않았다.

잠시 뒤 자리에서 일어났다. 물론, 여기서 기도 몇 분 한다고 죽은 이에게 도움이 되는 것도 아니지만 아무래도 상관없었다. 이 행위는 굳이 말하자면, 각오를 다지기 위한 아오 나름의 의식이니까.

---

* 엔트로피는 열과 관련된 물리 현상을 이해하는 데에 필수적인 개념이다. 높은 온도에 있던 열이 낮은 온도로 흘러가면 열량은 변하지 않더라도 분모에 있는 온도가 낮아지므로 엔트로피는 증가한다. 또한 어떤 물리계가 이전보다 더 무질서해지면 그 계의 엔트로피가 증가했다고 말한다.

멸지부 멤버 중 로켓에 타지 않는 세 사람은 오늘 밤 안으로 자신의 운명을 선택해야 한다. 대피소로 갈 것인가, 아니면 도망칠 것인가. 일몰 직후, 그러니까 대피소행 버스에 타기 위한 집합 시간은 지금으로부터 1시간 후이기 때문에 성미 급한 사람들은 슬슬 각자 지정된 집합 장소로 몰려들기 시작할 것이다. 아오와 다마카와 마사요시의 집합 장소는 구마타하라 사무소.

뭐가 그리도 떳떳하지 못한 것일까. 버스는 어두워진 후에야 출발한다. 아오는 그 이유를 모른다. 알고 싶지도 않았다. 이미 자신과는 상관없는 일이었다.

기도를 마친 아오는 저물어 가는 하늘을 올려다보았다. 뭇 별 중에서 태양의 잔재 못지않게 밝은 별이 벌써 얼굴을 내밀었다. 잠시 하늘을 노려보던 아오의 눈에 남쪽 하늘에 떠 있는 놈이 들어왔다. 기분 나쁜 빨간 광점, 요성 델타.

이제 그 빛을 봐도 예전만큼 초조하지 않았다. 아마도 이미 각오가 돼 있기 때문일 것이다.

바로 그때 등 뒤에서 발소리가 들렸다. 깜짝 놀라 돌아보았다. 묘비 사이로 난 길에 하얀 가운 차림의 갈래머리 여자애가 서 있었다. 세쓰나였다.

"죄송해요, 제가 방해했어요?"

"아냐. 너도 성묘 온 거야?"

"네에, 그런 셈이죠. 그 묘지는 혹시 부모님?"

"그래."

세쓰나는 조용히 아오 옆으로 다가오더니 쭈그리고 앉아 합장을 했다. 아오는 손이 뻘쭘해서 다시금 합장을 했다. 매미 울음소리와 성가시게 구는 모기만 아니었다면 엄숙한 시간이었을 것이다.

아오는 세쓰나와 동시에 일어났다.

"세계 폭동 말이야. 마치 어제 일 같다."

"네. 그날까지도 아빠는…… 델타 궤도에 대한 걸 가족에게도 숨겼어요."

세쓰나의 표정이 무겁게 가라앉아 있었다.

"죄송해요. 우리 아빠도 그 폭동에 책임이 있어요."

아오는 세쓰나를 물끄러미 바라보았다. 안경 너머의 눈을 들여다보았다. 이전의 자신이었다면 어쩌면 그 눈동자에서 죄를 찾아내려 했을지도 모른다. 두 눈을 부릅뜨고 세쓰나를 비난할 구실을 찾으려 했을지도 모른다.

세쓰나의 아버지를 비난해서 모든 일이 해결된다면 얼마나 좋을까. 하지만 현실은, 그래 봐야 아무런 의미가 없다. 세쓰나는 고개를 떨구고 말을 이었다.

"충돌 사실을 그렇게 완벽히 속이지만 않았어도 그 정도의 폭동은 일어나지 않았을 거라고 생각해요. 이 묘지에는 선배 부모님 말고도 그날 돌아가신 분이 많이 잠들어 계셔서……
그냥 사죄라도 하고 싶었어요. 사죄한다고 뭐가 달라지는 것
도 아니지만……."

"그래서 일부러 온 거야? 그러지 마. 네가 사과해서 어쩌게.
부모의 잘못과 딸은 상관없어……. 그리고 우리 아버지와 어
머니를 죽인 건 폭도들이야. 네 아버지가 아니고."

감정을 폭발시킬 상대를 착각하면 안 된다. 아오는 가슴을
짓누르는 통증을 참으며 발길을 돌렸다. 그리고 세쓰나와 등
지고 선 채로 저녁 하늘을 올려다보았다.

"그런 쓸데없는 것까지 짊어지지 마. 네 일만으로도 버겁
잖아? 어쨌거나 넌 이제 우주에 가야 하니까 말이야."

"선배……."

"로켓 기지로는 글피에 출발하는 거지? 지금 시간 괜찮으
면, 마사요시 집에 좀 들렀다 가지 않을래? 이제 정말 마지막
이니까……."

"아오 선배."

등 뒤에 와 닿는 세쓰나의 목소리가 아오의 말을 가로막았
다. 돌아본 아오의 눈과 생각에 잠긴 듯한 세쓰나의 눈이 마
주쳤다.

"저도 지상에 남을래요."

아오는 귀를 의심했다. 실제로 잘못 들은 줄 알고 머릿속으

로 비슷한 문장을 몇 개 떠올려 봤을 정도였다. 남을래요. 지상에. 지상에 남을래요.

"농담하지 말고."

"농담 아니에요. 오늘 밤에 몰래 집을 나오려고요. 다시는 안 돌아갈 거예요."

"어렵게 건진 목숨이잖아."

"건진 거 아니에요. 어차피 우주에 가도 굶어 죽거나 사고로 죽겠죠."

"그럴지도 모르지만······. 생각해 봐, 어쩌면 지구는 죽음의 행성이 되지 않을 가능성도 있어. 형태야 바뀌겠지만, 기적이 일어나서 생물이 살 수 있는 최소한의 환경이 보존될 수도 있잖아. 만약 그렇게 되면 굶어 죽기 전에 돌아올 수 있지."

"하지만 멸지부 멤버들은 죽고 없는데요? 그럼, 살아남아도 아무 의미 없다고요. 같이 죽을래요."

"세쓰나······."

"그리고 아빠는 모든 인류를 배신했어요. 그런 사람과 같은 우주선에 타는 거, 저는 정말 견딜 수가 없어요."

평소에는 표정 변화가 거의 없는 세쓰나였지만 지금은 두 눈이 젖은 듯하다.

"다마카는 반대할 텐데."

"선배는 반대 안 해요?"

"나는……."

반대야, 하고 말하려다 아오는 입을 다물었다. 예전 같았다면 살아갈 수단이 있으니 시험해 봐야 한다고, 망설임 없이 말했을 테지만…….

고민한 끝에 아오는 나직이 말했다.

"잘 모르겠다."

"네? 아아, 의외네요."

안경 너머 세쓰나의 두 눈이 조금 커졌다.

"선배라면 이럴 땐 절대로, 천지가 뒤집혀도 반대할 줄 알았는데."

"나를 어떤 사람이라고 생각했는데?"

"대체, 왜요?"

왜냐고? 당연한 의문이다. 이유는 여러 가지 있겠지만…….
아마 한 가지는 연극부 공연이 있던 날 밤에 다마카와 나눴던 이야기일 것이다. 그 대화가 아오의 마음속에서 뭔가를 바꾸어 놓았다. 그때 다마카의 생각을 긍정했던 아오로서는 세쓰나의 선택 역시 부정할 수 없었다.

그것을 알기 쉽게 설명하려 했지만 한마디로 정리하기가 어려웠다. 그래서 아오는 이렇게 말했다.

"되고 싶은 것을 찾았거든."

"되고 싶은 것……."

"그래서 너도 되고 싶은 자신을 향해서…… 원하는 대로 하길 바라는 거야."

아오는 자신의 바람을 이야기했다. 강요하는 것처럼 느끼지 않도록 신중하게 말을 골랐다.

"부모님과 함께 가는 게 싫다든가, 뭐 그런 소극적인 이유가 아니라 스스로 고민해서 내린 결정이라면 아무래도 상관없어. 지상에 있든 지하에 있든, 화성에 가든 토성에 가든 말이지. 아, 이건 순전히 내 개인적인 생각이야."

"……."

세쓰나는 아무런 대꾸도 하지 않았지만, 그것은 거부의 표명이 아니라 숙려의 침묵인 듯했다.

하늘이 점점 어두워지고 있었다. 아오는 죽 늘어선 묘비를 둘러보고 마지막으로 부모님의 묘비에 눈을 돌렸다. 마음의 정리는 끝났다. 이제 다시는 여기에 찾아올 일도 없을 것이다.

'안녕, 아버지, 엄마.'

아오는 몇 초 동안 눈을 감았다 떴다.

'마침내 되고 싶은 걸 찾았어요. 멋지게 이뤄 낼게요.'

"그럼, 난 이만 간다."

"네."

"그리고 다마카 의견도 들어보는 게 어때?"

"그럴게요."

아오가 걸음을 떼자 세쓰나는 잠시 망설이더니 결국 묘지에 더 머물지 않고 아오를 뒤따라왔다. 무생물에 지나지 않는 묘비를 뒤에 남겨 두고 둘은 묘지를 나왔다.

아오와 세쓰나는 작별 인사를 하기 위해 마사요시의 집으로 향했다. 마사요시는 가족과 함께 대피소로 갈 것이다. 그리고 다른 날은 몰라도 오늘 출발하는 멸지부 부원은 마사요시뿐이고, 다른 셋은 마을에 남는다. 아오는 그렇게 믿어 의심치 않았다.

하지만.

대피소행 버스를 타기 위한 집합 시각이자, 멸지부 집합 시각이기도 한 오후 7시 반.

믿어 의심치 않았던 그 예상은 보기 좋게 빗나갔다.

다마카는 아오와 세쓰나가 기다리는 학교에 나타나지 않았다.

통조림, 음료수, 건전지, 갈아입을 옷, 머리빗, 손거울, 칫솔, 비누, 공책, 녹음기……. 다마카는 자신의 방에서 필요한 것들을 배낭에 챙겨 넣었다. 창문으로 들이비치는 저녁 햇살이 약속한 시각이 다가오고 있음을 알렸다.

'마사요시는 대피소로 갈 테니까……. 역시 아오만 나오겠지. 하지만 세쓰나도 로켓에 타기 싫은 눈치였는데……. 어떻게 하려나.'

다마카는 좀처럼 닫히지 않는 배낭의 지퍼와 씨름하고 있었다. 정부 명령을 어기고 도망치는 것이니, 최소 하루 밤낮은 꼬박 숨어 있어야 할 것이다. 멸지부 활동에 필요한 도구 외에 생활필수품도 챙겨 가야 한다. 체중을 실어 배낭을 꽉 꽉 눌러 가까스로 지퍼를 닫는 데 성공했다.

"다마카, 잠깐 들어가도 되겠냐?"

노크 소리와 함께 아버지의 목소리가 들린 건 바로 그때였다. "응." 하고 대답하고 다마카는 방바닥에 앉아 묵직한 배낭에 몸을 기댔다. 방문이 열리고 아버지가 거리낌 없이 안으로 들어왔다.

"짐은 다 쌌냐."

"응. 다 쌌어."

다마카는 방 안을 둘러보았다. 아버지는 다마카가 대피소로 가기 위한 짐을 꾸렸다고 생각했겠지만 도망갈 때나 피난 갈 때나 가져갈 목록은 크게 다르지 않다. 굳이 짐을 숨길 필요도 없었다. 책상 위에 널린 교과서와 공책, 책장에 가득한 만화는 그대로 두고 가도 이상할 것은 없다(하지만 가장 좋아하는 만화 한 권은 챙겨 넣었다.). 화장대와 침대 같은 가구는 배낭에 넣기에는 너무 크기 때문에 두고 가는 품목이다.

마지막으로 다마카는 구석을 흘끗 보았다. 거기에 놓인 투명 플라스틱 상자 안에는 이끼 낀 돌멩이와 나뭇가지와 반딧불이가 들어 있다. 마음 아프지만 어쩔 수 없이 한동안 그대로 둘 수밖에 없다. 돌아오면 먼저 습도를 확인해서…….

다마카는 이미 도망에 성공한 후의 일을 생각하고 있었다.

하지만.

"다마카, 이건 사소한 의문인데……."

살피는 듯한 어조로 아버지가 말을 꺼냈다.

"너는 오늘 밤, 어디에 가지?"

심장 박동이 빨라졌다. 다마카는 피하려던 시선을 일부러 아버지에게로 돌렸다.

"당연히 대피소에 가지."

"그래, 대피소. 당연한 거지."

아버지는 천천히 고개를 가로저었다.

"그런데 왜 국민카드를 두고 가는 거냐?"

"아냐, 챙겼어."

"네 카드는 여기 있다."

아버지의 목소리가 다마카의 말을 덮어 버렸다. 주머니에서 꺼낸 것은 틀림없는 다마카의 국민카드였다. 다마카는 숨을 죽인 채 책상을 보았다.

한정판 우주여행 티켓

카드는 서랍 속에 있어야 했다. 그런데 그걸 아버지가 가지고 있었다. 그것이 의미하는 바를 깨달은 다마카의 입술이 절로 일그러졌다.

"이건 생명줄이다. '그만 깜빡' 잊을 수 있는 게 아니란 말이다."

"완전 실망이야! 아빠가 뭔데!"

다마카는 아버지에게 소리쳤지만 의미 없는 일이었다. 배급은 앞으로 대피소 내에서만 이루어지기 때문에 대피소로 가지 않는 다마카에게 카드는 아무런 가치가 없었다. 그래서 애초에 국민카드를 챙길 생각을 하지 않았던 것이다.

망했다. 분명히 신중하게 행동했을 텐데, 대체 언제 눈치챈 걸까.

"…… 모르는 거야? 대피소에 들어가든 안 들어가든 다 죽는다고."

"그런 말 하면 못쓴다."

아버지는 다마카를 지긋이 바라보았다. 문밖에서 발소리가 들리고, 아버지 등 뒤에서 어머니가 나타났다.

"엄마!"

지푸라기라도 잡는 심정으로 다마카는 소리쳤다. 그러나 어머니는 말이 없었다. 당연했다. 어머니와 둘뿐이라면 모를까 아버지가 옆에 있을 때의 어머니는 늘 아버지 편이었다.

어머니의 눈은 젖어 있었다.

"또 무의미한 시간을 보내려는 건 아니겠지? 가족이 함께 있자는 건 다 너를 위해서야."

아버지의 태도는 단호했다. 다마카는 도망칠 길을 찾아야 했다. 여기는 2층이다. 문은 막혀 있고, 상대는 어른 둘……

"가족과 함께 피난한 것 같은데요."

"그러게. 그런 것 같다."

아오는 세쓰나의 말에 그렇게 대꾸했다. 둘의 목소리는 밤의 어둠 속으로 녹아들었다. 찬바람이 몸을 훑고 지나간다.

다마카의 집은 주위의 다른 집들처럼 불이 꺼져 있고, 쥐죽은 듯이 조용했다. 죽어 빈껍데기가 된 육체를 닮은, 버려진 집들에는 모종의 으스스함이 깃드는 법이다. 눈앞의 다마카 집에서도 그런 으스스함이 느껴졌다.

지금쯤 몇 십 대, 혹은 더 많은 버스가 마을에 남아 있던 사람들을 태우고 대피소로 가고 있을 것이다. 그 안에 마사요시와 그 여동생이 있다. 놀랍게도 다마카도 있다.

구름이 달빛을 가리자 어둠이 한층 짙어졌다.

"마음이 바뀐 건가."

잠시 잠자코 있던 세쓰나가 말했다.

"부모님과 상의했는지도 모르죠."

다마카가 자기 스스로를 배신했다는 말인가.

"대피소에도 들어가지 않을 거야. 나는 여기서 자유롭게 죽을 거야."

아오는 당혹스러웠다. 그렇다면 그런 말은 왜 한 건가. 아니다, 대피소에 들어가는 것도 자유로운 행동이라고 할 수 있다. 굳이 아오와 세쓰나에게 양해를 구할 필요는 없다. 다마카 답지 않다는 생각은 들지만……. 떠나기 전에 인사할 시간이 없었다면, 어쨌든 앞뒤가 맞긴 하다.

다마카는 아오가 아닌 가족과 보내는 쪽을 선택했다. 다마카의 행동으로서는 이해할 수 없지만 상식적으로 보면 있을 수 있는 일이다.

'그런 부모라도 가족은 가족이란 건가.'

아오는 2층에 있는 다마카의 방에 손전등을 비춰 보았다. 당연하지만 손전등 메시지는 돌아오지 않았다.

"…… 어쩔 수 없지, 뭐. 대피소라면 바깥보다는 단 몇 분이라도 더 살 수 있을 테니까. 이상적인 선택…… 그래, 이상적인 거야."

"선배는 이제 어떻게 할 거예요?"

"받아들일 수밖에 없지. 멸망 지구학 클럽도 이제 두 명밖에 안 남았다.”

“선배가 부장인가요?”

“부장 대행이지. 첫 활동은…… 맞아, 미뤄 뒀던 여행을 하는 거야! 자동차는 못 쓰니까 자전거로 어딘가 갈까?”

아오는 억지로 웃었다. 세쓰나는 차분해 보였지만 어디까지나 그렇게 보일 뿐, 역시 동요하고 있을 것이다. 말할 수 없이 허무했다. 앞으로 한 달이나 더 살아야 한다는 사실이 두려웠다.

아오는 자신이 되고 싶은 것을 찾았다. 다마카가 바라는 것을 이뤄 주고 싶었다.

그러나 그렇게 다짐하자마자 갈 길이 막혀 버렸다.

“…… 가자.”

잠시 고민하고 나서 아오는 목소리를 쥐어짰다. 무거운 발길을 돌리려다 그대로 멈춰 섰다. 시야 끝에 조그만 황록색 불빛이 들어왔다.

“설마…… 반딧불이?”

근처에 물가가 있다면 또 모를까 이런 주택가에 반딧불이가 있을 리 만무했다. 아오는 의아한 생각이 들어 불빛을 찾아 현관으로 다가갔다. 문 옆에 투명한 플라스틱 상자가 놓여 있었다. 밤하늘의 길 잃은 별들처럼 덧없는 빛이 투명 상자 안에서 깜빡깜빡 빛났다.

세쓰나도 아오 뒤에서 투명 상자를 들여다보았다.

"반딧불이에요?"

"응, 반딧불이야."

아오는 고개를 끄덕였다.

뚜껑은 열려 있었다. 암컷은 상자 안에서 빛을 내뿜었고, 수 컷은 상자 근처를 날아다녔다. 이끼 낀 돌멩이며 나뭇가지 따 위로 꾸민 상자 안은 마치 미니어처 반딧불이 산란장 같았다.

"참 내, 끝내 반딧불이를 잡아 왔네."

아오는 구름에 반쯤 가려진 밤하늘을 올려다보며 기억을 더듬었다. 그날은 세쓰나의 고백 사건으로 어수선했기 때문 에 다른 일에는 그다지 주의를 기울이지 못했다. 다마카가 반딧불이를 잡은 걸 눈치채지 못한 건가. 아니면 나중에 다 시 가서 잡아 온 건가.

어쨌든 이 투명 상자를 보면 다마카가 일시적인 기분에서 반딧불이를 잡아 온 것은 아닌 듯했다. 아오가 예전에 배운 사육 방법을 그대로 재현해 놓은 걸로 보아 반딧불이를 정성 껏 돌볼 생각이었던 게 분명하다. 그러나 당연하지만 반딧불 이 상자를 대피소로 가져갈 수는 없다.

"가져가지 못해서 어쩔 수 없이 여기에 방치해 둔 건가."

논리적으로는 이해할 수 있었다. 하지만 거기에는 석연찮 은 뭔가가 있었다. 아오는 무릎을 꿇은 채 투명 상자 안을 뚫어지게 보았다. 손전등 불빛이 반딧불이에 직접 닿지 않도록 주의하면서 두루두루 살펴보았다.

"어? 세쓰나, 이건."

"왜요?"

"이거 봐."

아오는 상자 안을 가리켰다. 이끼 낀 돌멩이. 암컷 반딧불이. 그리고 이끼 속에 있는 작디작은 알들을 겨우 알아볼 수 있었다.

"이건 알이야."

"알이라고요?"

"틀림없어. 다마카는 내가 설명해 준 방법 그대로 사육하고 있었어. 그렇다면 역시 이상하잖아."

"아오 선배 말대로 한 게, 뭐가 이상해요?"

"다마카는 이렇게까지 정성을 쏟았어. 그렇다면 사육하지 못할 상황이 와도 내가 말한 걸 지켰을 게 분명해. 알은 반드시 원래 있던 물가에 돌려 놓을 것. 나는 틀림없이 그렇게 말했어."

아오는 다시 주의 깊게 이끼 속을 관찰했다. 알은 한두 개가 아니었다. 아무리 봐도 다마카가 몰라서 방치했다고 생각할 수 없었다.

그렇다면.

"부모님인가."

최악의 가능성에 생각이 미친 아오가 그렇게 중얼거렸다. 세쓰나의 표정도 굳어졌다.

이 상자를 현관 앞에 내놓은 것은 다마카 본인이 아니다. 다마카가 아니라면 부모밖에 없다. 그렇다면 반딧불이들의 생명에 관련된 중대사를 부모가 결정했던 이유가 뭘까. 다마카가 자신들에게 알리지 않고 대피소로 떠난 이유는 뭘까. 지금껏 그 부모가 다마카를 어떤 식으로 대해 왔던가.

"하지만 아직 그렇다고 단정 짓는 것은 빠르지 않을까요. 우연히, 그만 깜박하고 선배 말을 잊어버렸을 수도 있어요. 단순히 시간이 없었을 가능성도……."

"그렇다면 확인해 봐야지."

아오는 단 1초도 망설이지 않았다. 자신이 하고 싶은 것. 자신이 되고 싶은 것. 적어도 여기서 멍청히 수수방관하는 덴도 아오는 되고 싶지 않았다. 아니, 될 수 없었다.

"비켜 봐."

"서, 선배……?"

현관 옆에 서 있던 아오는 집 옆으로 돌아가 뒤따라온 세쓰나에게 물러나라고 손짓했다. 그리고 손전등으로 마당을 비추더니 화분 하나를 집어 들었다. 그의 눈앞에는 커튼이 쳐진 유리창이 있다. 개방감이 느껴지는 대형 창문 안쪽은 아마 거실일 것이다.

아오는 아랫배에 힘을 단단히 주고 화분을 번쩍 들어 올려 유리창을 내리찍었다.

쨍그랑.

창문 일부가 깨지고 커튼이 흔들렸다. 아오는 손가락을 베지 않도록 조심스럽게 깨진 유리 틈으로 손을 집어넣어 잠금장치를 풀고 창문을 열었다.

"선배, 이건 엄연히……."

"대피소에 간 이상, 절대로 돌아올 일 없으니까 괜찮아."

세쓰나는 조금 망설이면서도 결국 아오를 따라 거실에 침입했다. 둘은 신발을 신은 채로 들어가 손전등으로 실내를 비춰 보았다. 불빛에 쫓겨 후다닥 도망가던 어둠이 금세 제자리로 다시 돌아왔다.

소파, 텔레비전, 에어컨, 관엽 식물……. 어디에도 싸운 흔적은 없었다.

아오는 방을 하나하나 들어가 봤다. 부엌, 세탁실, 화장실, 안방, 서재. 그리고 마지막으로 다마카의 방문을 열었다.

아오는 손전등 불빛으로 거침없이 어둠을 몰아냈다. 만화책이 빼곡히 들어찬 책장. 교과서며 참고서 따위가 아무렇게나 쌓여 있어 빈말이라도 정리 정돈이 잘돼 있다고 할 수 없는 책상. 목각 곰 인형이며 미니 도쿄 타워 등 자리를 잘못 잡은 듯한 것들로 가득한 화장대. 특히 눈에 띄는 것은 책상 옆의 벽면에 붙은 종이였다. 대여섯 장쯤 되는 그 종이는 하나같이 빼곡하게 채워져 있다. '소 사육', '산장에서 불꽃놀이', '종말 조류 관찰'. 얼핏 보아 의미를 알 수 없는 단어가 수백 개쯤 됐고, 그 단어들은 대부분 빗금으로 지워져 있다. '산속 오두막 카메라'와 '종말사 연구' 등 몇 개만이 예외로 빨간 동그라미표가 되어 있다.

그것은 다마카가 멸망 지구학 클럽 부원들에게 제안했던 활동 내용이었다. 빗금으로 지운 것은 다마카 스스로 채택하지 않은 아이디어였을까.

그리고 그 종이 중 한 장에는 빗금과 빨간 동그라미로 표시된 단어들 맨 아래에 이렇게 쓰여 있었다.

즐거운 활동이 되기를

'일시적인 기분으로, 즉흥적으로 한 게 아니었단 말인가. 다마카는 이렇게 깊이 생각하고······.'

아오는 벽면의 종이에 손전등을 비춘 채로 굳어 버렸다. 망연히 몇 초가 지났다. 하지만 오래오래 바라보고 있을 여유가 없다는 것을 곧바로 깨달았다. 아오는 정신을 차리고 다시 손전등으로 방 안을 샅샅이 비춰 보았다.

책상과 화장대 위에 물건들이 잡다하게 놓여 있지만 아마도 평소의 상태일 것이다. 특별히 싸운 흔적은 찾을 수 없었다. 지금으로서 부자연스러운 것은 현관 앞에 놓인 반딧불이 상자뿐이었다. 세쓰나의 말대로 다마카가 억지로 끌려갔다고 결론을 내리기에는 증거가 너무 부족했다.

'앗! 아니, 이건……!'

아오는 숨을 죽인 채 손전등으로 다시 책상 위를 비추었다. 자세히 보니, 교과서와 공책만 있는 게 아니었다. 두툼한 대형 봉투도 있었다. 아오는 그것을 집어 들었다.

"세쓰나. 이 봉투, 기억 안 나?"

"그거 혹시…… 제가 사진을 넣어 온 거?"

"맞지?"

아오는 봉투 안에 손에 넣어 두꺼운 종이 한 장을 꺼냈다. 손전등 불빛 속에 떠오른 그것은 그냥 두꺼운 종이가 아니었다. 그 한 장만 보면 회색 그림물감을 흘려 놓은 듯한 기묘한 종이에 불과하지만 그것은 초대형 사진의 일부였다. 240장의 사진 중 한 장이었다.

멸지부의 발명품인 산속 오두막 카메라를 이용하여 찍은 단체 사진. 동아리 방으로 쓰던 교실에서 퍼즐을 맞추듯 인화지 240장을 일일이 맞춘 뒤, 우정의 증표로서 4등분을 해 나눠 가진 것이었다.

"이걸 두고 갔을 리 없어."

아오는 확신에 차서 말했다. 세쓰나도 이 말에는 이의를 제기하지 않았다. 아오에게서 봉투를 건네받은 세쓰나는 두 손을 파르르 떨었다. 곤혹스러워서일까? 아니면 분노에 차서일까?

"다마카는 강제로 끌려갔어."

"그런 거 같아요."

"구하러 가야겠어."

"저도 갈게요."

마을이 피난하는 날

'구마타하라 마을 C조'의 주민 수송을 위해 정부가 준비한 수십 대의 버스가 어둠 속을 줄지어 갔다. 마치 순례자처럼.

차도에는 다른 차들이 전혀 보이지 않았다. 빛을 내는 가로등은 없었고, 달은 구름 속에 숨어 있었다. 헤드라이트 빛에만 의지하여 나아가는 버스는 크게 속도를 내지 못하고 있다. 대체 왜 밝을 때 이동하지 않은 것일까. '대피소에 피난민이 한꺼번에 몰려들지 않도록 시군구별로 출발 시각을 달리했다.'라는 둥, '수업과 일이 끝나는 시간까지 기다렸다.'라는 둥, 여러 소문이 떠돌았지만 마사요시는 깊이 생각하지 않기로 했다.

버스는 숲 사이로 난 좁은 길을 달리다가 갑자기 탁 트인 곳으로 가서 멈추더니 하염없이 정차해 있었다. 휴식은 아니고 아무래도 피난민을 더 태울 모양이었다. 창밖으로 눈길을 돌리자 여기저기서 손전등 불빛이 어지럽게 춤추었다. 적어도 수백 개는 됨 직한 그 빛 너머에는 가로로 기다란, 거대한 뭔가가 웅크린 듯이 보였다. 잠자는 괴수가 아니라면 건물일까. 주변이 울창한 숲으로 둘러싸인 것으로 보아 체육공원에 설치된 체육 시설이 아닐까. 마사요시는 그렇게 추측해 봤다.

그렇다면 여기는 그 시설의 주차장일까.

"한참 있다 갈 모양이네."

뒷자리에서, 잠든 미사를 안고 있는 엄마가 말했다.

"바깥 공기 좀 쐬고 오지 그러니?"

"안 쐬어도 돼요."

마사요시는 몸을 틀어 잠든 동생의 평안해 보이는 얼굴을 잠시 바라보았다. 그리고 다시 밖으로 눈을 돌렸다. 다른 버스에서는 문 앞에 줄지어 선 피난민들이 차례차례 인솔 담당자에게 국민카드를 제시하여 확인을 받고 있었다. 마사요시 가족이 탄 버스 앞에도 피난민들이 모여 있는 걸 보면 아마 곧 버스에 태울 것이다. 지금 버스 안은 보조석을 포함하여 3분의 1가량이 비어 있고, 먼저 탄 사람들은 뒷자리부터 앉았다. 반려동물 케이지를 끌어안은 사람이 꽤 되었다(반려동물 반입은 한 가족당 한 마리라고 규정되어 있었지만 두 마리 이상을 키우는 사람들은 지인에게 부탁하여 대신 들고 타게 한 모양이었다.).

통로를 막아 보조석까지 마련한 것을 보면 아마도 좌석은 전부 채워질 것이다. 과연 승객 중 몇 명이나 진실을 알고 있을까. 대피소라는 이름의 감옥. 바깥 공기는 두 번 다시 쐬일 수 없을지도 모른다.

그들은 이뤄 냈을까.

마사요시는 문득 멸지부 멤버들을 떠올렸다. 유리창에 비친 자신의 얼굴이 몹시 우울하고 어두워 보였다. 긴 앞머리에 반쯤 가려진 두 눈에는 힘이라고는 티끌만큼도 없었다. 아쉬움일까, 쓸쓸함일까 아니면 허무함일까. 그는 자신의 얼굴을 의식 밖으로 밀어내고 창밖에 집중하려 애썼다. 그렇다고 특별한 뭔가가 보이는 것은 아니었다. 지면과 흔들리는 숱한 손전등 불빛뿐……

"어?"

마사요시는 미간을 모았다. 흔들리는 수많은 손전등 불빛 가운데 규칙적으로 깜빡이는 빛이 하나 있었다. 꽤 멀리서, 약하게 깜빡였다. 저도 모르게 그 불빛에 집중했다. 불빛의 위치는 아무래도 주차장 밖 숲속인 듯했다. 깜빡이는 그 패턴을 어디선가 본 기억이 떠올랐다.

'긴급 사태……?'

뇌가 무의식적으로 그 암호 통신을 해독했다. 마사요시는 당황했다. 멸지부 멤버 중에서 아오와 세쓰나는 출발 전에 찾아와 인사를 나눴으니 틀림없이 마을에 남아 있을 것이다. 다마카의 경우는 굳이 듣지 않아도 절대 대피소에 들어가지 않을 것이다.

그렇다면 '구마타하라 마을 C조'로 분류된 이 피난민 무리 속에 있는 멸지부 멤버는 마사요시뿐이다. 대체 저 신호는 뭐지? '긴급 사태' 신호를 멸지부를 통해서 알게 된 누군가가 이곳에서 시험하고 있는 건가? 아니다, 그 '문자'는 멸지부 멤버들 사이에서만 공유되는 암호였을 터. 그렇다면 단순히 우연…… 그렇다, 그 가능성이 가장 크다. 암호로 신호를 보낼 의도가 없었음에도 손전등의 건전지가 거의 닳았다든가 하는 이유로 우연히 '긴급 사태'의 깜빡임 패턴이 돼 버렸을 수도 있다.

그러나 마사요시가 스스로에게 설명하는 동안에도 '긴급 사태' 신호는 반복되었다. 두 번, 세 번, 네 번……. '우연'이라고 넘겨 버릴 수 없을 정도로 집요했다.

마사요시는 결국 자리에서 일어났다. 옆자리에 앉아 있던 아버지가 놀라서 물었다.

"왜, 왜 그러냐?"

"아무래도 좀 나갔다 와야겠어요."

바람 쐬러. 그렇게 덧붙이려다 그만뒀다. 아버지도 어머니도 마사요시의 심상치 않은 모습을 감지했는지 이내 표정이 굳어졌다. 이럴 때는 섣불리 속이지 않는 게 좋다.

"무슨 일이냐."

"괜한 걱정일 수도 있는데요, 그래도 확인해 봐야 할 게 있어서요."

마사요시는 거기서 말을 자르고 창밖을 노려보았다. 어떻게 설명해야 할까. 가족이 함께 고난의 길을 걷기 시작한 지금, 혼자서 어디로, 무얼 하러 가겠다는 것인가.

거기까지 생각하고, 마침내 한마디를 덧붙였다.

"빛 있는 동안."

"그래."

가지 말라고 붙잡을 줄 알았다. 그러나 예상과 달리 아버지는 아무것도 묻지 않았다. 마사요시의 선택을 이해하지 못하면서도 인정해 준 것이다.

"제대로 잘하고 와라."

마사요시는 고개를 끄덕이고 동생의 머리를 부드럽게 쓰다듬었다. 그러자 어머니의 품 안에서 잠자던 미사가 "으에엥……." 하고 작게 울음소리를 냈다. 마사요시는 흠칫 놀랐지만 미사는 입을 오물오물하더니 이내 다시 잠이 들었다.

마음이 놓였다. 마사요시는 보조석에 앉은 승객들에게 연신 양해를 구하면서 문 쪽으로 걸어갔다.

"다마카가 끌려갔어."

신호를 알아보고 달려온 마사요시에게 아오는 거두절미하고 알렸다. 나무들 사이로 버스 헤드라이트와 손전등 불빛이 일렁였다. 주차장은 버스 주위에 무리 지어 있는 수많은 사람으로 꿈틀거렸다.

숨죽이는 마사요시의 기척이 전해져 왔다.

아오와 세쓰나와 마사요시는 지금 주차장 밖의 잡목림 속에서 서로 마주 앉았다. 먼지와 땀으로 범벅이 된 아오와 세쓰나는 온몸에 나뭇잎과 나뭇가지를 잔뜩 매달고 있었다. 험한 길을 달려서 그들을 여기까지 데려다준 자전거 두 대는 나무에 기대어 놓았다.

사라진 다마카. 어딘지 석연치 않은 반딧불이. 두고 간 기념사진. 아오는 자신들이 추측한 바를 들려주었다. 마사요시는 처음에는 반신반의하는 것 같았다. 그러나 점점 그의 눈에도 분노의 불길이 일기 시작했다.

"말도 안 돼……. 딸의 생각을 짓밟다니……."

"내가 부주의했어. 더 조심해야 했는데."

아오는 얼굴 주위로 날아드는 각다귀를 손으로 연신 쫓았다. 하지만 끝도 없이 몰려들자 이윽고 쫓기를 포기했다.

"다마카는 아마 어느 버스 안에서 부모의 감시를 받고 있을 거야. 대피소로 들어가 버리면 아예 손을 쓸 수 없게 돼."

"어떻게 하죠? 버스가 저렇게나 많아요. 다마카 선배를 찾는 것도 장난 아니겠는데요."

세쓰나는 버스들을, 이어서 하늘을 올려다보았다. 바람이 살랑거리고, 보름달에 가까운 달이 얼굴을 내밀고 있다. 달 주위에 낀 옅은 구름은, 달빛과 가까운 곳은 하야스름하고 그 바깥 부분은 노르스름하게 물들어 있다. 구운 생선의 눈알을 연상시키는 으스스한 색조였다.

"골치 아프게 됐네요. 달빛이 환해지면 버스가 속도를 올릴지도 모르는데."

"그럼 자전거로 쫓아가기 어려운 건가."

아오는 나무에 세워 둔 자전거를 흘끔 보았다. 대피소의 소재지는 관공서에서 보낸 안내문에 기재되어 있기 때문에 버스가 지나갈 길을 예측하기는 그리 어렵지 않았다. 그들은 지도를 보면서 자전거로 올 수 있는 좁고 험한 지름길을 골라서 여기까지 따라왔다. 그나마 버스가 속도를 올리지 않은 데다 도중에서 멈추었기 때문에 따라잡을 수 있었다.

그렇다면 버스가 속도를 내도 따라잡을 수 있을까?

만약 따라잡는다면 다마카를 구할 방법은 있는가?

느긋하게 생각할 여유가 없었다. 시간이 없었다.

마을이 피난하는 날

'시간이 없다고? 그건 새삼스러운 것도 아니잖아.'

마음속으로 아오는 자신을 질타했다.

'얼마 남지 않은 시간을 완전히 불태우겠다고 결심하지 않았던가.'

"아무튼 여기서 버스가 멈춘 건 천운이야. 어떻게든 방법을 찾아야지."

"아오 선배, 다마카 선배를 구하겠다는 거, 진심이에요? 그건 유괴인데요?"

아오는 그렇게 말한 마사요시에게 버럭 소리쳤다.

"유괴는 그쪽이 한 거고. 뭐, 그래도 정부에 대한 반역인 건 확실해."

아오는 거기서 말을 끊고는 어둠 속에서 마사요시의 눈을 응시했다. 자신은 지금 이 후배를 범죄에 끌어들이려 한다. 거짓말을 해서 마사요시를 끌어들일 수 있을지는 모르지만 그런 짓을 한다면 다마카 앞에서 떳떳할 수 없을 것이다.

마사요시에게는 동생이 있다.

그가 '되고 싶어 하는 모습'을 망가뜨릴 수는 없다.

"마사요시, 억지로 도우란 말은 안 할게."

아오는 솔직하게 말하기로 했다.

"만약 붙잡히면, 대피소보다 더 끔찍한 곳으로 끌려갈 수도 있어. 그렇게 되면 다시는 동생을……."

"그만해요."

마사요시가 아오의 말을 가로막았다. 평소와 다름없는 근엄하고 진지한 어조였다.

"저는 다마카 선배한테 도움을 받았어요. 게다가 아오 선배가 하고 싶은 말은 그게 아니잖아요."

"그래, 맞아."

아오는 고개를 떨구었다. 몇 초 간 마음속으로 마사요시에게 감사해한 후 다시 얼굴을 들었다.

"마사요시, 부탁한다. 도와줘."

"예, 당연히 도와야죠."

둘은 누가 먼저랄 것도 없이 손을 내밀어 힘껏 악수를 나누었다. 이제부터 할 일은 간단하다. 오직 다마카를 구하는 데만 집중하면 된다.

"마사요시. 다마카가 어디 있는지 짐작 가는 데 있어?"

"각 담당자가 파악하고 있을 거예요. 승객을 확인할 때 쓰는 태블릿이 있는데, 아마 정보는 거기에 있겠죠."

"그렇구나. 그리고 버스가 또 정차할 계획은 없어?"

"그건…… 못 들었어요."

"그래. 세쓰나, 가령 버스가 떠나 버린다면 우리도 이동 속도를 올릴 방법은 없을까?"

"생각해 볼게요."

"부탁할게."

아오는 나무들 사이로 몰래 주차장을 살폈다. 피난민들이 잇따라 버스에 올라타고, 인솔을 맡은 담당자들은 그들을 일일이 확인했다. 줄은 점점 짧아졌다. 바람에 나뭇가지가 흔들리고, 세쓰나의 갈래머리도 살랑거렸다.

"반드시 부장을 구해 내자!"

'아오 선배는 그렇게 말했지만…….'

두 사람과 헤어져 홀로 움직이기 시작한 마사요시는 돌연 불안해졌다. 실체를 잃은 그림자처럼 버스 앞에서 얌전히 줄서 있는 사람들의 모습이 몹시 섬뜩했다. 마사요시는 그 줄을 요리조리 피해 가며 걸었다. 버스를 한 대 한 대 지나치면서 두 눈을 부릅뜨고 한가해 보이는 담당자를 찾았다.

버스 밖에는 승차를 기다리는 사람들 외에 담배를 피우거나 잡담을 하거나 목적 없이 서성거리는 사람들도 적지 않았다. 걸어 다니는 것만으로 의심을 받지는 않을 것 같아서 일단 마음이 놓였다.

잘은 몰라도 버스의 인솔자들은 분명 공무원일 것이다. 주민 센터에 집합해 버스에 탈 때까지 일관되게 이 대이동을 책임지고 있다. 푸르스름한 작업복 차림을 한 그들은 태블릿을 들고 승객들을 관리했다. 버스에 탈 때는 사전에 지정된 버스 앞에서 그들에게 국민카드를 제시해야 한다.

그렇다면 각 태블릿에는 누가 어느 버스에 탔고, 앞으로 누가 타는지 명단이 담겨 있을 것이다. 다마카가 타도록 지정된 버스도 알 수 있을 게 분명했다.

문제는 인솔 담당자가 그런 개인 정보를 길이라도 알려 주듯이 호락호락 가르쳐 줄 것인가, 하는 점이다.

의심을 받으면 저쪽은 국민카드를 요구할지도 모른다. 그렇게 되면 아오와 세쓰나는 버스에 타지 않은 것을 들킬 가능성이 컸다. 그러니 이 일은 마사요시가 할 수밖에 없었다. 어떤 이유를 꾸며 내서라도 반드시 다마카가 탄 버스를 알아내야 한다.

워낙 거짓말을 잘 못한다.

하지만 해야 한다.

'될 대로 되라지!'

마사요시는 결심했다. 그와 동시에 줄 선 승객이 없는 버스를 발견했다. 그 버스의 담당인 듯한 인솔자는 한가한지 어떤지는 모르겠지만 버스 문 옆에 혼자 서서 납작한 태블릿을 들여다보고 있었다. 마사요시는 심호흡을 세 번 하고 나서 그를 향해 뛰었다.

"저기…… 죄송합니다."

작업복 차림의 담당자는 고개를 들더니 미간을 찡그렸다.

"무슨 일이지?"

"저어, 실은 사촌 누나가 어느 버스에 탔는지 몰라서요. 좀 알아볼 수 있을까요?"

"본인 버스는?"

"그건 압니다."

"곧 출발한다. 대피소에 도착한 다음에 알아봐."

냉담한 태도였다. 다른 버스도 승차를 기다리는 피난민들의 줄은 점점 줄어들었다. 밤하늘을 베일처럼 가리고 있던 구름을 바람이 걷어 버리자 달이 제 모습을 드러내면서 담당자의 얼굴을 비추었다. 그 무신경하고 차가운 얼굴이 드러나자 마사요시는 움츠러들었지만 다시 아랫배에 힘을 단단히 주고 버텼다.

"사, 사촌 누나는 몸이 아파요."

마사요시는 생각해 둔 거짓말을 술술 주워섬기면서 주머니에서 구깃구깃한 하얀 봉지를 꺼냈다.

"제가 약을 가지고 있는데, 그걸 못 전해 주고 그대로 버스에 타 버렸어요. 약을 전해 줘야 해요."

담당자가 성가신 듯이 손전등을 약봉지에 비추었다. 마사요시는 눈이 부셨지만 꾹 참았다. 손에 들린 것은 진짜 내복약 봉투였다. 일부러 자신의 버스로 돌아가서 가져왔다. 약봉지에는 마사요시 어머니의 이름이 적혀 있었지만 그 부분은 손가락으로 교묘하게 가렸다.

가슴이 두방망이질하듯 뛰었다. 거짓말이 탄로 나서 붙잡히면 어쩌나 하는 생각에 제정신이 아니었다. 설령 붙잡히지 않더라도 의심을 산다면 거기서 끝이다. 수십 대의 버스 중에서 다마카를 찾으려면 인솔 담당자를 이용할 수밖에 없다.

담당자는 잠시 골똘히 생각하는 눈치였다. 얼마나 긴장이 되는지 목이 따끔따끔하고, 땅바닥이 흔들흔들하는 것 같은 착각에 사로잡혔다. 영원처럼 길었던 몇 초가 지나자 담당자는 약봉지를 비추던 손전등을 내렸다. 아무래도 중학교 교복과 연약해 보이는 생김새 덕분인 것 같다.

담당자는 손가락으로 천천히 태블릿 화면을 밀었다.

"사촌 누나 이름은?"

"다마카, 고마쓰 다마카입니다."

"국민카드 번호는?"

"어어, 잠깐만요, 적어 뒀어요. 299-GCR-118-D예요."

"4번 버스다."

"고맙습니다!"

마사요시는 깊숙이 고개 숙여 인사했다. 그러고는 채 고개를 들기도 전에 뛰기 시작했다. 자칫 작은 실수라도 해서 오해를 살까 봐 냉큼 그 자리를 뜬 것이다. 금방이라도 담당자의 손이 목덜미를 잡아챌 것만 같아서 쏜살같이 뛰면서도 심장이 오그라드는 듯했다. 하지만 다행히 아무도 쫓아오지 않았다.

'야호, 해냈어……. 성공이다! 4번 버스…… 4번 버스…… 4번, 4번……!'

혹시라도 잊을까 봐 마사요시는 마음속으로 주문처럼 그렇게 되풀이했다. 버스가 많기는 했지만 다행히 번호순으로 주차되어 있었다. 마사요시는 어둠 속에서 요리조리 사람들을 피하면서 달렸다.

8번, 7번, 6번, 5번……, 4번.

마사요시는 버스 앞 유리에 붙은 '4'라는 숫자를 보고 작게 승리의 브이 자를 그렸다.

그런데.

"그런 일이라면 대신 전해 주지."

"아니, 중요한 거라 직접……."

"안 돼. 규칙이다."

4번 버스 문 앞에서 인솔 담당자에게 제지당하고 말았다. 4번 버스는 사람들이 이미 다 탔는지 문 앞에 서 있는 사람이 한 명도 없었다. 이제 이 담당자만 타면 출발 준비는 완료되는 모양이었다.

마사요시는 초조했다. 약은 그저 구실일 뿐이라 직접 이야기하지 못한다면 아무런 의미가 없다. 다마카의 부모는 마사요시의 얼굴을 모를 테니 얼굴만 봐도 되는데……

마사요시는 창 쪽을 보면서 필사적으로 다마카의 모습을 찾았다. 그러나 출입문 쪽 창가에서는 보이지 않았다.

마사요시는 망설였다.

그리고 2초 후에 결심했다.

"누나!"

사촌 누나고, 약이고, 지금은 그런 설정을 생각할 때가 아니었다. 마사요시는 버스 문을 향해 소리쳤다. 놀란 인솔 담당자가 제지하기 전에 마구 소리쳤다.

"나중에 만나러 올게! 생물이랑 물리랑 철학 교과서, 가져올게!"

그리고 아무 일도 없었던 양 발길을 돌려 천천히 걷기 시작했다. 일부러 '떳떳하지 않은 일은 한 적 없습니다. 이제 내가 탈 버스로 돌아갑니다. 그게 뭐, 무슨 문제라도?'라는 분위기를 온몸으로 뿜어 내려고 애쓰면서.

심장이 터질 것 같았다. 후들거리는 다리를 간신히 떼어 한 걸음, 두 걸음, 세 걸음……. 앞으로 내디뎠다.

담당자는 쫓아오지 않았다.

그러나 그것은 마사요시의 언동에 수상쩍은 점이 없어서가 아니었다.

"지금 출발합니다! 밖에 있는 분들은 다시 버스에 타세요!"

마을이 피난하는 날

1번 버스 쪽에서 목소리가 들려왔다. 그러자 밖에서 서성이던 사람들이 분주하게 움직이기 시작했다. 어떤 사람은 피우던 담배를 발로 비벼 끄고, 어떤 사람은 하던 이야기를 멈췄다. 발소리가 뒤섞이고, 손전등 불빛들이 서로 엇갈렸다. 사람들은 바삐 보금자리로 돌아가는 작은 동물처럼 자신이 탈 버스를 향해 갔다. 수상한 인물 한두 명을 뒤쫓을 만한 분위기가 아니었다.

마사요시는 손전등을 끄고 어둠 속에 녹아 들어갔다.

"다마카 선배는 4번 버스에 탄 게 틀림없는 것 같고요. 다만, 출입문 쪽 창가 좌석에는 없었어요."

"그럼, 반대편 자리겠네."

"메시지도 들었는지 잘 모르겠고…… 죄송해요."

"무슨 소리야, 그 정도면 수확은 충분해."

"그런데 아오 선배는, 어떻게 다마카 선배 카드 번호까지 알고 있는 거죠?"

"모든 상황에 대비하고 있으니까."

"아, 아아……."

아오와 마사요시는 자전거 페달을 밟으면서 빠르게 말을

주고받았다. 주차장을 빠져나와 우회하는 버스를 곁눈질하며 체육공원을 가로질렀다. 버스를 앞질러 가고 있지만, 방심하면 금세 추월당할 것이다. 둘은 필사적으로 페달을 밟았다. 자전거 두 대는 숲에 둘러싸인 어두운 길을 질주했다.

한편, 아오의 뒤에 탄 세쓰나는 달빛에 의지해 지도를 노려보았다. 한 손으로는 아오를 꽉 붙잡고, 한 손에는 지도를 들고 길을 안내했다.

"저기서 좌회전해요."

"좌회전? 길이 없는데."

"있어요. 잘 봐요."

두 개의 라이트가 길옆을 비추었다. 가드레일 사이로 난 길. 그 너머에는 울창한 숲 뿐일 줄 알았는데 자세히 보니 나무들 사이로 작은 동물이 다닐 만한 좁디좁은 길이 있었다. 세쓰나는 단호하게 말했다.

"자, 빨리요!"

"이렇게 위험한 길을 어떻게 빨리 가라고. 게다가 너까지 태우고 있는데……. 그래 뭐, 어쩔 수 없지."

아오가, 돌다리를 두드리고 또 두드리고서도 결국 돌아서는 일이 적지 않았던 선배가, 평소였다면 절대 하지 않을 말을 했다. 먼저 아오가 이어서 마사요시가 그 좁은 오솔길에 진입했다. 자전거가 심하게 흔들렸다. 게다가 그곳은 자전거만 지나기에도 좁아서, 아오 뒤에 탄 세쓰나는 연신 나뭇가지에 얻어맞았다. 자전거를 타는 데 방해가 될까 봐 트레이드마크인 하얀 가운까지 벗어 던졌다. 그 때문에 여기저기 긁혔지만 지금은 그런 데 신경 쓸 여유가 없었다.

상처는 시간이 지나면 낫지만, 다마카는 지금 찾지 못하면 영원히 잃는다.

온 정신력을 다마카를 구하는 데 썼다. 이제는 물리학자가 될 수 없는 물리 팀장. 자신의 모든 존재를 걸고 속도를, 거리를 계산했다.

"앞지를 수는 있는 거죠?"

마사요시가 물었다.

"간신히."

세쓰나는 다시 지도를 응시했지만 울창한 나무에 빛이 가로막힌 데다 자전거도 심하게 흔들렸다. 세쓰나는 지도 보는 걸 포기하고 머릿속 기억에 의지하여 시뮬레이션을 해 봤다.

"아무튼 이 길이 제일 빠를 거야."

자전거가 한층 더 심하게 흔들렸다. 세쓰나는 엉덩이가 아팠지만 꾹 참았다.

"다음 갈림길에서 오른쪽이에요."

"오케이……. 앞지른 다음에는 어쩌지? 달리는 버스 안에서 다마카를 낚아채 오는 건 더 어려울 거야."

"그때부터는 힘으로 해야죠."

"힘으로?"

"'보존력'을 이용할 거예요."

'나는 이날을 위해서 물리학 공부를 했나 봐.'

세쓰나는 마음속으로 중얼거렸다. 자전거는 날아가듯이 좌우의 나무들 사이를 획획 빠져나가면서 세쓰나를 다마카에게 데려다주고 있었다.

"나, 창가에 앉을게. 내가 좋아하는 하늘과 땅에 작별 인사를 하고 싶어."

버스에 타면서 다마카는 아버지에게 그렇게 말했다. 물론 체념하고 운명을 받아들인 것은 아니었다. 호시탐탐 도망칠 틈을 엿보고 있었다. 버스의 통로는 보조 의자로 꽉 차 있어서 그쪽으로는 도망칠 수 없을 것 같았다. 그렇다면 남은 선택지는 창문으로 뛰어내리는 것뿐이다.

다마카 옆자리에 앉은 아버지는 버스에 탄 이후로 계속 팔짱을 낀 채다. 통로의 보조석에는 엄마가 앉아 있다. 다마카는 그 둘이 그대로 잠이라도 들기를 바라며 계속 틈을 엿보았다. 하지만 그들은 이 감옥행 드라이브 내내 눈을 부릅뜨고 있었다.

도착하려면 얼마나 남았을까. 2시간? 아니면 1시간?

창밖으로 보이는 경치는 어둡고 밋밋했다. 자연의 소리는 엔진 소리에 먹혀 지워졌다. 이젠 정말 끝을 향해 가고 있다. 즐거웠던 날들은 아득히 뒤로 물러나고 있다.

도무지 잘 풀리지 않는 인생이었다. 중학교 때까지는 아버지가 시키는 대로 했지만 모조리 실패했다. 고등학교에 들어간 후에야 자신의 동아리를 만들었고, 친구가 생겼고……. 하지만 결국 '마지막'까지는 함께하지 못했다. 하고 싶은 것을 다 하고 죽을 생각이었다. 지금의 다마카로서는 모든 것을 빼앗긴 셈이다.

어쩔 수 없는 일이라고 순순히 받아들여야 할까. 차갑고 쓸쓸한 감옥 속에서 체념하고 최후를 맞을 수 있을까.

그럴 수 없다.

나는 살고 싶다. 가까스로 찾은 길을 끝까지 걸어 보고 싶다. 마지막 순간까지, 그들과 함께. 이런 식으로 죽고 싶지 않다. 아직 끝내고 싶지 않다…….

"누나!"

다마카는 어깨를 들썩이며 울었다. 바로 그때, 귀에 익은 목소리가 들려왔다. 그 목소리의 주인은 평소 저런 식으로 소리치는 인물이 아니지만 다마카는 알 수 있었다. 버스 승객들도 깜짝 놀랐는지 꾸벅꾸벅 졸던 사람들은 눈을 번쩍 떴고, 작은 소리로 이야기를 나누던 사람들은 입을 다물었다.

"나중에 만나러 올게! 생물이랑 물리랑 철학 교과서, 가져올게!"

그뿐이었다. 목소리의 주인은 버스 안의 평온을 잠시 흐트러뜨리고는 이내 조용해졌다. 반대편 창가에 앉은 사람들은 바깥 상황을 살피기 위해 몸을 틀고 내다보았다. 웅성웅성, 와글와글. 술렁거림은 파문처럼 버스 안에 퍼져 나갔다.

아버지는 미간을 찡그리며 보조석에 앉은 어머니에게 물었다.

"뭐야, 저 소란은?"

"나도 모르지. 누구 동생이 온 거 아닌가?"

"흐음, 아주 무례한 녀석이군."

둘의 대화는 그뿐이었다. 아버지는 여전히 팔짱을 낀 채로 얼굴을 험상궂게 찡그렸고 보조석에 앉은 어머니는 무릎에 손을 올려놓고 가만히 있었다. 한편 다마카는 계속 모른 척하느라고 진땀을 뺐다.

달빛은 의외로 무시할 수 없는 존재였다. 아오가 그 사실을 실감한 것은 인프라가 파괴되고 전등이란 전등은 모두 그 역할을 다한 후였다.

피난민을 태운 버스들은 세쓰나가 말했던 대로 속도를 올렸다. 어둠에 묻혀 희미하던 도로가 휘영청 밝은 달빛에 드러났기 때문이다. 그렇다고 달을 원망해 봐야 번지수가 틀린 것이고, 구름과 바람에 욕을 퍼부어 봐야 소용없는 일이다.

거대한 존재 앞에서 인간이 할 수 있는 것은 한계가 있다. 델타가 나타나고부터 아오를 비롯한 멸지부 부원들은 그걸 쓰라리도록 절감해 왔다. 그럼에도 그들은 어디 해 볼 테면 해 보라는 심정으로 저항하고, 발버둥 치며 여기까지 왔다.

지금도 마찬가지다.

구름에 가려졌던 달이 나오고, 버스가 속도를 올린다면 이쪽도 수단과 방법을 가리지 않고 속도를 올리면 된다. 그뿐이다.

"들어 봐요, 선배."

버스를 앞질러 가서 급경사의 내리막길에 다다랐을 때, 세쓰나가 말했다. 단 1초라도 아끼려는 듯이 빠르게.

"'보존력'이란, 물체의 이동 경로에 상관없이 달라지지 않는 힘을 말해요. 예를 들면, 중력은 10미터 빌딩에서 떨어질 때와 고저 차가 10미터인 비탈길을 내려갈 때 일의 양이 똑

같아요."

"무슨 말인지 잘 이해 못 하겠지만……. 그걸 어떻게 이용해서 다마카를 구한다는 거지?"

"이 언덕의 경사는 약 10페센트이고, 36미터를 내려가면 3.6미터만큼의 위치 에너지를 얻을 수 있어요. 그걸 운동 에너지로 환산하면 시속 약 30킬로미터. 여기에 아오 선배가 낼 수 있는 전속력을 더하고요."

"시장에 갈 때나 타는 이런 자전거로 말이야?"

"네. 브레이크는 쓰지 말고 전력을 다해서 계속 밟아요. 이론상으로는 시속 60킬로미터까지 가속할 수 있어요."

"으아아아아아아아아아악!"

전력을 다해 쇼핑용 자전거 페달을 밟은 것은 초등학교 때 이후 처음이었다. 몸이 바람을 갈랐고, 자전거 불빛은 어둠을 찢어 놓았다. 금방이라도 넘어질 것 같은 공포에 맞서 아오는 점점 속도를 올리면서 내리막길을 달렸다.

전방은 역 Y자 형태로 도로가 합류하는 지점이다. 야생 동물들의 숨소리까지도 들릴 것 같은 깊은 산속에 난 도로여서 부근에 인가는 눈에 띄지 않았다. 그런 외진 도로에서 버스 두 대가 지금 막 합류점을 지났다. 암흑 속에 떠오른 헤드라이트와 창문에서 불빛이 흘러나온다.

마을이 피난하는 날

타이어와 아스팔트가 마찰하는 진동이 두 다리에 전해질 정도였다. 두 손에 힘을 주고 미친 듯이 날뛰는 핸들을 꽉 누른다. 합류점을 통과하는 세 번째 버스는 이미 뒤쪽 좌석에 몇 명이 앉았는지 셀 수 있을 정도로 가까이 왔다. 다음 차량의 헤드라이트가 도로 지면을 비추며 나타났다.

목표물은 네 번째 버스였다. 그 버스의 출입문 반대편을 노렸다. 마사요시 말에 따르면 다마카는 거기에 있다.

"일단 버스하고 나란히 달리는 동안 다마카 선배의 위치를 확인해 둬야 해요. 다마카 선배가 창문을 열면 곧장 버스 안으로 쪽지를 던지는 거예요. 거기에는 대피소 도착 후의 구출 작전을 써 두고요."

"쪽지?"

"네. 버스가 멈추지 않고 곧장 목적지로 간다면, 구출할 기회는 대피소에 도착한 후부터 그 안으로 들어갈 때까지, 그 잠시뿐이에요. 다마카 선배에게 구출하러 간다는 걸 알리고, 어떻게든 대피소에 들어갈 때까지 시간을 끌게 하는 거죠. 물론 쪽지는 공기 저항을 덜 받도록 돌 같은 걸 묶어서 던져야 할 거예요. 제대로 받을지 못 받을지는 운에 맡겨야겠지만……."

"그렇다면 그 방법은 안 돼."

"옛?"

"다마카의 부모님이 작전을 알면 그걸로 끝이거든. 다음 기회는 없어."

"그럼…… 무슨 다른 방법이 있는 거예요?

"자전거로 뛰어내리게 하는 거야. 그게 제일 간단해."

"지, 지금 제정신이에요!"

"제정신이 아닐지도 모르지."

"버스 왔어요!"

그것은 작전이라고 할 수도 없었다. 세쓰나의 계산에 따르면 아오는 내리막길을 이용해 시속 60킬로미터까지 가속할 수 있다. 그렇게 되면 버스와 나란히 달릴 수 있을 것이다. 그 다음에는 다마카가 아오를 발견해야 하지만……. 다마카가 창가에 앉아 있기나 한 걸까.

'있기나 한 걸까, 라니. 틀림없이 창가에 있을 거다.'

전력으로 페달을 밟으면서 아오는 확신했다.

다마카가 그리 쉽게 포기할 거라고는 생각하지 않았다. 마사요시 말에 따르면, 각 버스는 보조석까지 전부 찼기 때문에 달리는 중에는 통로가 완전히 막힌다고 한다. 그렇다면 통로로 도망치는 방법은 현실성이 없다. 다마카도 창문으로만 도망칠 수 있다고 판단할 것이다.

하지만 달리는 버스에서 달리는 자전거로 뛰어내리는 게 정말로 가능할까. 버스와 나란히 달리다가 자칫 균형을 잃기라도 하면 아오는 죽는다. 다마카가 뛰어내리다 실패하면 둘 다 죽는다.

'아니, 죽게 놔두지 않을 거다. 최악의 경우, 내가 쿠션이 돼서 다마카만은 살릴 거다.'

바람에 저항하며 아오는 눈을 크게 떴다. 드디어 4번 버스가 합류점을 통과했다. 거의 동시에 아오가 탄 자전거도 그곳을 지나쳤다.

질주하는 대형 버스의 옆구리에 아오의 자전거가 흡사 빨판상어처럼 바짝 붙어 달린다. 버스와 자전거는 시속 60킬로미터에 육박하는 속도로 나란히 달린다. 사람의 힘으로 기계의 힘을 바싹 뒤따른다. 아오는 마구 날뛰는 자전거를 죽을 힘을 다해 통제하며 몰았다. 자전거를 제어하면서 버스 창문을 올려다봤다.

속도는 거의 같다. 오히려 이쪽이 조금 빠를 정도다. 맨 뒷자리부터 차례로 시선을 옮긴다. 잠든 얼굴, 창백한 얼굴, 죽은 듯한 얼굴…….

그리고 버스 중간쯤 창가 자리에서 시선이 멈췄다. 포니테일, 요즘에는 거의 보지 못했던 근심 어린 눈동자.

'다마카!'

소리쳐 부르고 싶었지만 숨쉬기도 힘들었다. 아오는 땀방울을 흩뿌리면서 타는 듯이 뜨거운 두 다리에 더욱 힘을 주었다. 땀과 바람이 뒤섞여 두 눈을 찌르고 때렸다. 그럼에도 그는 다마카를 똑바로 바라보았다.

다마카의 시선이 창밖을 향했다. 순간, 근심 어린 눈동자에 놀라움과 당혹스러움이 뒤섞였다.

올려다보는 눈과 내려다보는 눈. 두 개의 시선이 부딪쳤다. 자전거의 속도가 서서히 떨어지면서 다마카의 모습도 천천히 멀어졌다. 아오는 그 모습을 따라잡기 위해 글자 그대로 죽을힘을 다해 페달을 밟았다. 폐와 심장이 비명을 지르고, 다리의 감각이 무뎌진다. 혈액이 온몸을 굽이치며 격렬히 흐르지만 기력은 다해 간다. 앞으로 나아갈 힘이 사라져 간다.

때마침, 버스가 속도를 줄이기 시작했다.

기적이 아니다. 이것도 세쓰나의 작전이었다.

'아, 지도에도 있었지. 좀 더 가면 왼쪽 커브. 자전거로 뛰어내릴 수 있는 곳은 여기밖에 없다.'

다마카는 지금 창문에 두 손을 짚고, 불안스레 아오를 바라보고 있다. 다마카의 모습이 다시 가까워졌다. 아오는 금방이라도 찢어질 것 같은 두 다리를 채찍질하고, 심장과 폐의 고삐를 휘어잡았다.

아오는 한 손을 핸들에서 떼고는 손짓으로 신호를 보냈다.

자전거로 뛰어내려! 다마카가 눈을 크게 뜨고는 뒤를 돌아보고, 창문에 손을 댔다.

아오는 뛰어내리는 다마카를 자전거에 태울 태세를 취했다. 아니 정확히는 취하려고 했다.

그러나 자전거 타이어에서 엄청난 마찰음이 울렸다.

이미 완만한 커브 길에 접어들었다. 아오는 무의식적으로 자전거의 관성에 따라가도록 핸들을 맡겨 버렸다. 자동차만큼이나 속도가 빠른 자전거를 한 손으로만 운전한다는 사실은 잊은 채.

갑자기 핸들이 90도로 꺾이면서 자전거가 급격히 나동그라졌다. 정신이 들었을 때는 몸은 이미 허공에 떠 있었다.

'뭐, 뭐가 어떻게……?'

현실은 뇌가 따라갈 수 없을 정도로 너무 빠르게 진행되어 갔다.

세상이 돌고 있었다. 아니, 도는 것은 아오의 몸이었다. 시야 끝에 반대 차선으로 굴러떨어져 가드레일에 충돌하는 자전거가 보였다. 그리고 0.1초 후에 아오의 등짝이 나무를 들이받았다. 아픔이라기보다는 온몸이 산산이 부서지는 듯한 충격이었다. 몸속의 공기가 모조리 빠져나갔는지 비명조차 지를 수 없었다. 아오는 그대로 땅바닥에 거꾸로 떨어졌다.

가드레일 너머에서 버스들이 줄지어 지나간다. 막을 수가 없다. 막을 힘도 방법도 없다.

'제, 제기랄······.'

욕설은 목소리로 나오지 못했다. 목소리가 나오지 않았다. 간신히 몸을 틀어 울퉁불퉁한 나무뿌리를 베고 눕긴 했지만 한동안 몸을 일으킬 수조차 없었다. 온몸이, 특히 등이 타는 듯이 뜨거웠다. 아픈 것인지 뜨거운 것인지 감각이 모호해지더니 이내 심장 박동이 온몸 구석구석까지 통증을 실어 날랐다.

아프다. 뜨겁다.

하지만 살아 있는 건 확실하다.

"······배, 아오 선배!"

비명과도 같은 여자의 목소리를 듣고 아오는 정신을 차렸다. 잠깐 동안 기절했던 모양이다. 목을 약간 움직여 소리 나는 쪽을 보자 뒤에 세쓰나를 태운 마사요시가 달빛을 뚫고 자전거를 질주해 오고 있었다. 마사요시가 소리쳤다.

"살아 있는 거죠! 아오 선배!"

"괘, 괜찮아."

몸을 일으키려던 아오는 극심한 통증에 저도 모르게 신음 소리를 내고 말았다. 그리고 대여섯 번 기침을 하고 나서 땅에 팔꿈치를 짚고 간신히 몸을 반쯤 일으켰다. 세쓰나와 마사요시가 가드레일을 넘어왔다.

"아오 선배, 머리를 부딪친 건 아니죠? 몸에 무슨 이상은?"

"팔다리는 붙어 있어. 뼈도 멀쩡하고. 아마도."

"다마카 선배는……."

"눈은 마주쳤어."

아오는 이를 악물고 후들거리는 손으로 이마의 땀을 닦고 가드레일 너머의 도로 앞쪽을 바라보았다. 마침 맨 마지막 버스의 미등이 모퉁이를 돌아서 사라지고 있었다. 더는 꾸물거릴 틈이 없다.

"쿨럭, 아무튼 다음, 다음 작전을 부탁한다."

"그게……."

세쓰나는 아오를 부축해 일으키면서 말끝을 흐렸다.

"왜 그래?"

"경로가 예상과 달라요."

마사요시가 대신 대답했다.

"왼쪽으로 꺾은 다음에 직진해야 하지만…… 버스는 오른쪽으로 꺾었어요."

"어떻게 된 거야?"

"사전에 안내받은 것과 다른 대피소로 가는 것 같은데요."

온몸의 통증을, 특히 극심한 등의 통증마저 잊을 정도로 아오는 바짝 긴장했다. 다른 대피소로 가는 게 사실이라면 경로를 예측할 수도 없고, 지름길도 알 수 없다. 결국 대피소로 직접 구하러 가는 건 불가능하다.

"이유는 모르겠지만 계획을 변경한 모양이에요."

세쓰나는 손전등 불빛에 의지하여 땅바닥에 지도를 펼쳐 놓았다. 있는 대로 인상을 쓰면서.

"우리도 계획을 다시 짜야겠네."

다시 짠다.

그 말이 아오의 고막을 흔들면서, 뜨거운 머릿속에서 메아리처럼 울렸다. 그럴 시간이 없다는 것쯤은 아무리 사고력이 저하되었다 해도 알 수 있었다. 버스는 이미 가 버렸다. 지금 우물쭈물하다가는 버스를 따라잡거나 앞지르기는커녕 완전히 놓쳐 버린다.

'뭐 하고 있냐고! 다마카가 가 버리는데…….'

땅바닥에 주저앉은 채 아오는 절망을 떨쳐 버리려 애썼다.

'이거 봐, 덴도 아오! 어떻게 좀 해 봐……. 다마카를 찾아 오란 말이야, 데리러 가라고! 하지만 어떻게……?'

이런 상황에서는 절대로 버스를 따라잡을 수 없다. 만에 하나 그것이 가능하다 해도 아까와 같이 적당한 비탈길이 다시 나오리라는 보장도 없다. 주행 중인 버스에서 달리는 자전거로 다마카를 뛰어내리게 하는 작전은 이제는 실행할 수 없다.

속수무책. 절망이란 놈이 아오의 몸에 들러붙어 그의 마음을 꺾어 놓으려 했다. 아오는 고개를 떨구었다. 온몸이 깜깜

한 땅바닥 속으로 빨려들어 간다…….

그때.

"아직 포기하긴 일러요. 지금부터 시작이에요."

떨리는 목소리를 쥐어짜 낸 것은 마사요시였다.

"저는 아직 포기 안 해요. 포기하는 것은 인류의 의무에 반하는 행위니까요."

"어?"

아오는 고개를 들었다. 그러나 마사요시가 무슨 말을 하는지 도무지 이해되지 않았다.

"그런 내용을 책에서 읽은 적이 있어요. 으음,《권리를 위한 투쟁》이라고, 예링이라는 사람이 쓴 책이에요. 신체의 자유는 기본적인 인권이다. 그리고 인권을 위해서 싸우는 것은 인류의 의무라고, 예링도 말했어요."

'아니, 거기서 인류까지 나오는 건…….'

목구멍까지 올라온 그 말을 아오는 삼켰다. 마사요시의 눈에는 어둠 속에서도 알아볼 수 있을 정도로 눈물이 가득 고였다. 그는 말을 이었다.

"여, 여기서 포기하면 우리는 인간으로서 죽을 수 없어요. 비록 지상에서 인간이란 인간은 모두 사라진다고 해도 저는 마지막까지 사람답게 보내고 싶어요. 인간으로……."

더는 참을 수 없었는지 마침내 마사요시는 오열했다. 무슨 말을 하고 싶었던 건지, 그건 알 수 없었다. 어쩌면 단지 머릿속이 혼란스러웠는지도 모른다. 그 모습이 우스워서 아오는 그만 웃음을 터뜨리고 말았다.

"왜, 왜 웃어요? 저는 진지하게……."

"아, 미안하다."

사과하면서 아오는 온몸의 근육을 다그쳤다. 근육은 녹슨 기계처럼 삐거덕거렸지만 조금 전보다는 훨씬 나아졌다. 움직일 수 있을 것 같았다.

한편 세쓰나는 계속 지도와 씨름하고 있었다. 상황이 무척 나빠졌는데도 불평 한마디 하지 않았다.

후배들은 아직 좌절하지 않았다.

"마사요시. 그렇게 복잡하게 생각하는 건 나쁜 버릇이야."

아오는 비틀비틀 일어나 가까스로 몇 걸음을 뗐다. 온몸에 밀려오는 통증에 오만상을 찡그리면서 가드레일에 걸쳐 있는 자전거를 살폈다. 바구니가 엉망으로 우그러졌지만 달리는 데는 크게 문제없을 것 같았다.

몸도 자전거도 아직 무사하다. 그렇다면 문제는 역시 어떻게 버스를 따라잡을 것이며, 따라잡은 후에는 어떻게 다마카를 구출할 것인가였다. 급작스럽게 경로를 변경한 이유는 알 수 없지만 버스 자체에 무슨 문제가 생기지만 않았다면 그대로 속도를 유지할 것이고…….

"어?"

급작스럽게 경로 변경?

복잡하게 생각하는 건 나쁜 버릇이라고 방금 마사요시에게 말했는데. 아오의 머릿속에 온갖 기억이 복잡하게 되살아났다.

세계 폭동. 습격을 당한 언론사와 공공 기관. 암시장에서 발견한 폭동을 촉구하는 전단. 연극을 그만둘 것을 요구한 경찰관들.

그리고 버스는 날이 저물고 나서야 출발했다. 마치 누군가의 눈을 두려워하는 듯이.

'아니, 급작스러운 경로 변경이 아니야.'

차가운 가드레일에 손을 짚고 머리를 최대한 빠르게 회전시켰다. 아오의 머릿속에서 점과 점이 이어졌다.

'아마 예정된 경로로 가고 있을 거다. 목적지를 숨기고는 일부러 다른 대피소로 간다고 통지한 거다……'

피난을 총괄하는 주체는 정부이다. 정부는 폭도의 습격이 두려워서 목적지를 숨긴 것이다. 더욱이 경로를 변경한 사실이 가급적 드러나지 않도록 야간에 이동하는 것을 선택했다.

아오에게는 지금, 폭도 따위는 아무래도 상관없었다. 중요한 것은 '상대는 경계하고 있다.'라는 사실이었다.

'아하, 그렇다면 비집고 들어갈 틈이 있겠군.'

"찾았어요."

아오가 마음속으로 모종의 확신을 품자마자 타이밍을 맞춘 듯, 세쓰나가 귀에 펜을 꽂은 채로 뛰어왔다.

"지름길이 또 한 군데 있어요. 버스가 목적지까지 가려면 좁은 길과 커브가 많아서 평균 속도도 떨어질 거예요. 한 번 더 따라잡을 기회가 있어요."

"흐음, 다음 분기점 직전이네."

아오는 손전등으로 지도를 비춰 보면서 중얼거렸다. 다음 분기점까지 가는 길은 하나뿐이기 때문에 버스는 반드시 그곳을 지나갈 것이다. 예측할 수 있는 버스의 통과 지점은 여기뿐이다. 성공하든 실패하든 여기서 다마카의 운명이 결정된다. 그리고 아오의 운명도.

"세쓰나, '문자' 용 손전등 가져왔지?"

"네? 아, 예. 일단 챙겨 왔어요."

"마사요시, 버스는 보조석까지 다 찼다고 했지?"

"그, 그런데요. 그건 왜……."

"좋아. 아직 가능해."

아오는 온몸이 터질 듯한 아픔을 꾹 참으며 가드레일을 넘어갔다. 더는 1초도 헛되이 보낼 수 없었다. 바구니가 휘어진 자전거를 일으켜 세워 올라타고는 바람처럼 달렸다.

피난민을 태운 1번 버스 운전사 쓰카다는 피로에 찌들 대로 찌들었다. 지난 일주일 내내 정부의 명령에 따라 인근 지역 주민들을 밤낮없이 이송했다. 정부는 최신 기술로 건설해 안전성이 확보된 대피소라고 홍보했다. 그것이 사실이라면 지구를 '스친다'는 델타가 일으킬 재해에서 살아남을 수 있을지도 모른다.

하지만 쓰카다는 알고 있었다. 대피소 중에는 급조된 조악한 시설이 섞여 있다는 것을. 반정부 조직이 이송을 방해하기 위해 버스를 습격하는 사건이 많이 발생하는 이유도 그 때문이라는 것을.

지금 향하는 시설이 급조한 시설인 '꽝'일 가능성도 있다. 계산상, 각 대피소는 수만 명 혹은 수십만 명을 수용하도록 배정되었지만, '꽝' 시설에는 물과 식량이 거의 갖춰져 있지 않을뿐더러 공간도 몇만 명의 사람들이 '간신히 누울 수 있'을 정도로 비좁다. 더구나 한번 들어갔다 하면 영영 밖으로 나올 수 없다.

환경은 감옥이나 마찬가지로 열악…… 아니, 감옥보다 더 끔찍하다. '꽝'인 대피소에 들어가면 델타와 충돌하기까지 남은 한 달은커녕 일주일도 견디지 못하고 죽을 것이다.

'방해하려는 사람들 심정도 이해는 돼…….'

하지만 옆에 탄 정부 관리에게 지금 향하는 곳이 꽝인지 아닌지 물어볼 수도 없다. 그들은 눈에 띄지 않게 총기를 소지하고 있고, 무엇보다 쓰카다는 비교적 좋은 대피소에 들어갈 생각으로 이 일을 맡았다. 진상 승객이 손찌검을 해도, 차멀미를 한 승객이 토해 내는 토사물을 뒤집어써도, 거만한 관리가 함부로 대해도 여태껏 군소리 없이 참고 견뎌 왔다. 그런데 쓸데없는 한마디로 물거품이 되게 할 수는 없다. 침묵은 금. 다만 기계적으로 피난민들을 실어 나르기만 하면 된다.

둔감해진 것은 인간성만이 아니라 주의력도 마찬가지였다. 게다가 '도중에 습격을 당할지도 모른다.'라는 공포감도 수시로 엄습해 왔다.

그래서 전방에 갑자기 빛이 나타났을 때, 쓰카다는 그것이 무엇인지 곧바로 파악하지 못했다.

'저 불빛은 뭐지?'

쓰카다는 도로 앞에서 나란히 비치는 두 개의 불빛을 보고 미간을 찌푸렸다. 마주 오는 자동차의 헤드라이트일지도 모른다. 휘발윳값이 천정부지로 올랐다고는 해도 도로에서 차들이 완전히 사라진 것은 아니니까.

하지만 잠시 뒤, 그것은 자동차의 불빛이 아니라는 것을 깨달았다. 불빛은 맞은편 차선이 아니라 분명히 이 버스와 같은 차선에 있다.

'설마?'

어둠 속에서 빛나는 그것을 본 사람은 쓰카다를 포함한 몇 명, 즉 1번 버스 탑승객 중에서도 일부에 지나지 않았다. 하지만 이 일은 순식간에 수십 대의 버스에 전부 전해졌다.

그것이 멸망 지구학 클럽 멤버들이 벌인 '부장 구출 플랜 B'의 시작이라는 걸 버스 안의 사람들은 알 턱이 없었다.

단 한 사람, 다마카를 제외하고는.

"이건 너를 위한 거야, 다마카."

옆자리에서 팔짱을 단단히 낀 채 앉아 있는 아버지가 말했다. 그 목소리는 간신히 엔진 소리에 묻히지 않을 정도였다.

"이럴 때, 끝까지 믿을 수 있는 건 가족뿐이다. 자, 좀 봐."

고마쓰 다마카는 잠시 아버지의 말을 무시했지만 또다시 "좀 봐."라면서 재촉하는 바람에 마지못해 버스 안을 둘러보았다. 어린아이를 사이에 두고 서로 몸을 기대고 있는 남녀. 아까부터 잡은 손을 잠시도 놓지 않는 노부부. 반려동물 케이지를 안고 나직이 말을 건네는 소녀. 아기를 안고 있는 아빠와 엄마. 산적이 고향을 불살라 버렸다고 해도 이토록 침

통한 얼굴을 하지는 않을 것이다.

"그래서? 믿음직한 가족과 함께 관 속으로 뛰어들자고?"

"일시적인 감정에 휩쓸려선 안 돼. 생각을 좀 해 봐. 그 연구인가 뭔가 하는 걸 아무리 열심히 해 본들 무슨 소용이야, 자료가 전부 잿더미가 돼 버리는데. 살 가능성이 눈곱만큼이라도 있다면 거기에 기대를 거는 게 합리적이지 않겠냐."

"그게 정부의 계략이지."

"네가 없다고 네 친구가 연구를 못 하는 것도 아니잖아."

그 목소리에서는 연민마저 묻어났다. 초등학교 때 배웠던 피아노. 사립 중학교 시험 낙방. 중학교 때 하던 배구. 아버지가 생각하는 다마카는 사회적 패배자, 무엇 하나 제대로 못 하는 낙오자에 불과할 것이다.

"맞아, 난 하는 일마다 실패했어."

다마카는 창밖의 어둠으로 눈을 돌리고는 미소를 지었다.

"하지만 앞으로도 실패할 거라고 멋대로 단정하지 마. 어떻게 살 것인지도, 어떻게 죽을 것인지도 내가 결정할 거야."

"떼쓰는 거냐, 지금? 유치원생처럼 왜 이래."

"내가 하고 싶은 대로 할 거야."

허락을 구하는 것이 아니다. 그것은 선언이었다. 지금 행동할지 말지 결정할 수 있는 건 2년에 걸쳐 쌓아 올린 자신, 오로지 다마카 자신뿐이다.

"내가 있을 곳은 여기가 아냐."

"뭐라고? 그 무슨 말도 안 되는 소리를……."

비로소 의아한 얼굴을 하는 아버지는 끝까지 말을 잇지 못했다.

1번 버스의 운전사 쓰카다가 전방의 불빛을 확인한 것은 바로 그때였다.

갑자기 나타난 불빛은 두 개. 번쩍이며 빛나는 한 쌍의 라이트가 버스를 정면에서 가로막았다. 역주행해 오는 자동차의 헤드라이트인가? 장시간의 가혹한 노동과 언제 나타날지 모르는 폭도에 대한 공포에 시달릴 대로 시달린 운전사가 그렇게 생각한 것도 무리는 아니었다. 그는 순간적으로 브레이크를 밟았다. 뒤따라오던 열 몇 대의 버스는 영문도 모른 채 줄줄이 속도를 줄였고, 뒤쪽에 있는 버스 몇 대는 추돌을 피하려다 하마터면 가드레일을 들이받을 뻔했다. 4번 버스는 그나마 나은 편이었다. 그럼에도 갑작스럽게 속도가 떨어지자 승객들은 당황했다.

"뭐야?"

다마카의 아버지는 놀라면서도 순간적으로 보조석에 앉은 어머니를 두 손으로 잡아 주었다.

"급제동에 주의하시기 바랍니다."

자동 안내 방송이 흘러나왔다. 케이지에 갇힌 개와 고양이가 가족의 무릎 위에서 불안스레 울부짖었다. 시야를 메우는 것은 어둠과 3번 버스의 꽁무니. 아무것도 보일 리 없다는 걸 알면서도 승객들은 그저 앞을 바라볼 수밖에 없었다.

그러나 다마카는 달랐다.

반드시 자신을 다시 구하러 오리란 걸 알고 있었으니까.

'마지막에 무얼 하고 싶으냐고? 사실은 말이야.'

갑작스러운 사태에도 다마카는 동요하지 않았다. 힘껏 창문을 밀어 올리고 몸을 내밀었다. 밤바람이 뺨을 쓰다듬고, 발밑을 흘러가는 아스팔트가 눈에 들어왔다. 어머니의 비명과 함께 등 뒤에서 아버지가 손을 뻗었다.

바로 그때 차가 한 번 더 흔들렸다.

다마카는 그 충격에도 흔들리지 않았다.

'너와 함께라면 어떻게 되어도 좋아.'

버스의 두 번째 충격은 1번 버스와는 아무런 상관이 없었다. 3번과 4번 버스 사이로 무언가가 휙 달려갔기 때문이다.

'사람? 자전거?'

어둠 속에서 순식간에 일어난 일을 제대로 판별하기란 불가능하다. 운전사가 인지할 수 있는 건 '위험하다'라는 사실 뿐이었다.

'아, 위험해……!'

순간적인 판단으로 4번 버스 운전사는 운전대를 오른쪽으로 꺾었다. 관성의 법칙에 의해 다마카의 아버지는 통로 쪽으로 크게 기울면서 보조석에 앉은 어머니의 몸을 덮치고 신음 소리를 냈다.•

그 틈에.

다마카는 호리호리한 몸을 더욱 움츠리고는 창틀에 발을 걸치고 주저 없이 도약했다. 자세를 바로잡은 아버지가 다시 손을 뻗었지만 허공을 가를 뿐이었다. 이미 다마카의 몸은 밤의 어둠 속으로 떨어지고 있었다.

버스가 다소 속도를 줄였다고는 하지만 지면은 여전히 위험한 속도로 흘러가고 있었다. 그 필연적인 결과로 다마카는 착지하면서 발을 헛디뎌 두 다리가 골절……되지는 않았다.

다마카가 낙하한 지점에는 버스와 나란히 질주하는 자전거가 있었다. 버스와 자전거의 상대 속도는 0. 자전거 위의 남자는 한쪽 팔을 뻗어 버스에서 뛰어내리는 다마카를 가슴으로 받아 안았다. 순간, 자전거가 심하게 좌우로 흔들렸지만 그는 넘어지기 일보 직전에 버스 옆구리를 걷어차고 가까스로 중심을 잡을 수 있었다.

"미안해. 바람맞혀서."

• 일본의 차도는 좌측통행므로 차량의 운전석이 오른쪽에 있고, 우측통행인 우리나라와는 운전 방식이 다르다.

"아냐, 나도 지금 막 왔는데, 뭘."

까까머리 남학생 덴도 아오는 말도 안 되는 자세로 다마카를 안은 채 그대로 반대 차선으로 가로질러 갔다.

"다마카! 다마카!"

"여보, 진정해! 자리에 앉아!"

"이거 놔! 내 딸을 다시 데려오겠어!"

"위험해요! 다마카는 장난으로 그런 게 아니라고……!"

다투는 소리는 점점 작아지더니 더는 들리지 않았다. 다마카는 돌아보지 않았다. 달리는 자전거 위에서 다마카는 몸을 틀어 힘겹게 아오 뒤로 가서 앉아 그 등을 꼭 끌어안았다. 이미 둘은 차도를 벗어나 숲속으로 들어가고 있었다.

둘이 탄 것은 백마가 아닌 고물 자전거. 덜컹거리면서 심하게 흔들리는 자전거의 승차감은 최악이었다. 그럼에도 신기하게 기분이 좋았다.

라이트도 없이 자전거는 나무들 사이를 빠져나간다. 등 뒤로 남겨 두고 온 버스 쪽에서 고함치는 소리가 들려왔다.

"쫓아오나 봐. 총을 든 사람도 있는데."

"아냐, 안 쫓아올 거야. 우리를 반정부 조직이라고 생각한다면 버스를 지키는 것이 급선무일 테니까."

아오는 흘끗 왼쪽을 보았다.

"그리고 만일을 대비해서 안전 장치도 마련해 뒀거든."

다마카도 아오의 시선을 좇았다. 무성한 나뭇가지 너머에서 희미한 빛이 흔들렸다.

"저건……?"

"아오 선배."

다마카가 빛의 정체를 물으려는데, 그쪽에서 자전거 한 대가 달려왔다. 아오는 브레이크를 잡고, 역시나 라이트 없이 달려오는 그 자전거가 가까이 오기를 기다렸다. 윤곽만으로도 자전거에 탄 사람이 누구인지 알 수 있었다. 앞에서 페달을 밟는 건 마사요시, 그 뒤에 탄 건 세쓰나였다.

자전거에서 뛰어내린 세쓰나는 다마카를 보자마자 와락 끌어안았다. 그렇게 한참을 있더니 세쓰나는 이윽고 다마카의 등에 두른 팔을 풀고는 여느 때의 이성적인 얼굴로 돌아와, 마사요시의 자전거 뒤로 가면서 말했다.

"아오 선배. 손전등을 나뭇가지에 걸어 놓고 왔어요. 만약 누가 좇아오더라도 그쪽으로 갈 거예요."

"그래. 수고했다."

"다마카 선배…… 정말 다행이에요."

마사요시가 울음 섞인 목소리로 말했다. 하지만 이들에게 재회를 기뻐할 여유는 없었다. 아오와 마사요시는 곧바로 땅을 힘껏 박차고 자전거를 몰았다.

"그런데 아오 선배. 이제 손전등이 없는데요."

"아무렴 어때. 어차피 한동안은 빛이 없는 게 나을 거야."

"아오, 어디로 도망가는 거야?"

아오는 주저 없이 대답했다.

"당연히 집으로 돌아가야지. 내일은 평일이잖아."

다마카는 가슴이 뭉클했다. 죽음에 대한 공포와 부조리에 대한 분노는 차츰 엷어지더니 이윽고 사라졌다. 다마카의 삶은 거기에 있었다.

'안녕. 아빠, 엄마.'

자신을 부르는 소리가 들리는 것 같았지만 다마카는 돌아보지 않았다.

그들은 이내 어둠 속으로 녹아들어 누구의 손길도 미치지 않는 곳으로 사라졌다.

마지막 순간을
맞이하는 방식

짙은 남색 하늘이 부옇게 밝아 올 무렵, 멸지부 멤버 넷은 비닐 시트 위에 앉아 동쪽 산줄기를 바라보고 있었다. 깜빡 거리던 별들은 서서히 모습을 감추었고, 요성 델타마저도 그 붉은 빛과 함께 하늘에 녹아들어 갔다. 그들 옆에는 망원경 과 자전거 네 대가 놓여 있다. 한 대는 바구니가 우그러지고, 다른 한 대는 프레임이 온통 흠집투성이였다.

나무숲에 둘러싸인 조그만 들판. 산속 오두막 카메라 앞에 서 넷은 조용히 시간을 보내고 있다.

일찍 일어난 새들은 나무에서 나무로 날아다니며 노래하 고, 춤추며 서로서로 축복한다. 그 작은 생명들은 알고 있을 지도 모른다. 마을에서 인간들이 사라짐으로써 지상의 대부분이 동물들에게 다시 돌아갔다는 것을.

"저, 화성에 가기로 했어요."

다 먹고 난 통조림 깡통을 비닐봉지에 넣고 나서 세쓰나가 말했다. 마사요시는 놀란 눈치였지만 아오는 무덤덤했다.

"결정한 거야?"

"네. 선배 말을 듣고 결정했어요. 아빠를 용서할 수 없다는 이유로 로켓에 타지 않으면 후회할 것 같아서요. 저의 마지막은 남이 아닌 저 자신을 기준으로 결정하려고요."

세쓰나는 단호하게 아버지를 '남'이라고 지칭했다. 세쓰나에게 물리학이란 이미 아버지의 흉내나 내는 게 아니었다.

"제 가슴에 물어봤어요. 제 가슴은…… 역시 좀 더 물리 공부를 하고 싶다고 말하고 있어요. 아마 우주는 저에게 최고의 교실이 될 거예요."

"그래."

아오는 고개를 끄덕이고는 졸린 눈을 비비며 하늘에서 화성을 찾았지만 도무지 찾을 수가 없었다.

그 탈주극을 벌이고 나서 두 번째 새벽을 맞이했다. 그들은 밤의 어둠을 틈타 구마타하라로 돌아와 오롯이 함께 시간을 보냈다. 탈주극과 그 후의 서른 몇 시간이 미뤄진 여행을 대신한 꼴이었다. 그 시간을 보내며 그들은 저마다 앞으로 어떻게 살아갈지를 결정했다.

마지막 순간을 맞이하는 방식

다마카가 세쓰나의 어깨에 손을 얹고 안경 너머를 빤히 들여다보았다.

"정말 괜찮겠니?"

"선배가 본보기를 보여 줬잖아요. 저는 제 방식으로 부모한테서 독립할 거예요. 역설적이지만."

세쓰나가 엷게 웃고는 조용히 말했다.

"은폐에 가담한 물리학자 쓰쓰미 교수의 딸이 아니라, 멸지부의 물리 팀장 쓰쓰미 세쓰나로서 우주에 갈 거예요."

"알았어. 그럼, 이걸 부탁할게."

다마카는 비닐 시트 끝에 놓아둔 가방을 끌어당겨 두툼한 파일을 꺼냈다. 두 눈을 가늘게 뜨고 파일을 팔랑팔랑 넘겨보고는 세쓰나에게 내밀었다. 마치 신성한 것이라도 되는 양 두 손으로 공손히.

"가능하면 디지털화해서 가져가."

"네. 스캔하는 데 별로 안 걸릴 거예요. 우주 비행 훈련하는 틈틈이 할게요. 아무리 바빠도 휴식 시간 정도는 있을 테니까요."

세쓰나는 받아 든 파일을 가슴에 꼭 끌어안은 채 눈을 감았다. 그동안 멸망 지구학 클럽에서 연구했던 자료. 그것을 세쓰나가 보관하는 것에 아오도 마사요시도 불만을 제기하지 않았다. 불만이 있을 리 없다. 그들이 살아온 증거는 조금이라도 살아남을 가능성이 있는 사람이 지녀야 하니까.

"제가 잘 보관할게요."

"화성의 저녁노을이 정말로 파란색인지 꼭 확인하고 와."

"네."

세쓰나는 아오와 마사요시와 악수했다. 다마카는 세쓰나를 꼭 안아 주었다.

"그동안 고마웠어요. 저는 우리 멤버들을 좋아해요. 지금까지도, 앞으로도. 언제까지나 영원히 좋아할 거예요."

"알지."

다마카가 웃었다. 세쓰나는 울었다. 하지만 안경을 벗고 눈가를 닦고는 환하게 웃었다.

그렇게 작별이 끝났다.

물리 팀장 쓰쓰미 세쓰나는 자전거를 끌고 덤불숲 사이로 난 좁은 길로 사라졌다.

"저는 대피소로 갈게요."

비닐 시트를 다 접었을 때, 이번에는 마사요시가 말했다. 앞머리에 반쯤 가려진, 촉촉해진 눈으로 아오와 다마카를 똑바로 보았다.

"그 버스가 그 많은 대피소 중에 어디로 갔는지 알아?"

"몰라도 돼요. 어디든 대피소만 찾아가면 담당자가 태블릿으로 검색해 주겠죠."

"그래. 제대로 된 대피소면 좋겠는데."

"어디든 괜찮아요, 동생이 있으니까."

마사요시는 어엿한 오빠의 면모를 떠올렸는지 순간 입을 꽉 다물었다. 하지만 참기 어려웠던 모양이다. 이내 한 줄기 눈물이 뺨을 타고 흘러내렸다.

"저는 이제부터 죽는 순간까지 동생 곁에 있으려고요. 물론 멸지부의 일원으로서 연구도 계속할 생각입니다. 대피소에는 온갖 사람이 다 모여 있을 테니까, 역사 연구는 탐문 조사로 할 수 있겠죠."

"그거 재밌겠다."

"확실하게 해야 돼. 아, 만약 히사토를 만나거든 우리도 잘 지내고 있다고 전하고."

아오는 문고본이 가득 든 종이봉투를 마사요시에게 건넸다. 다마카와 아오와 세쓰나가 자신의 집 책장에서 가져온 것이다. 마사요시는 깊숙이 고개를 숙였다.

"그동안 고마웠습니다."

"그건 우리가 할 말이지. 여러 가지로 고마웠다."

짧은 기간이었지만 아오는 마사요시가 동생처럼 느껴졌다. 그 말을 할까 잠시 망설였지만 결국 민망해서 그만뒀다.

하지만 다마카가 대신 말해 버렸다.

"동생이 생긴 것 같았어. 아오, 너도 그랬지?"

"응? 어, 그래."

아오는 다마카의 말에 순순히 동의하고, 수줍어하는 마사요시의 가슴에 가볍게 주먹을 한 방 먹였다. 마사요시는 말 없이 고개만 끄덕였다.

마사요시는 자전거를 끌고 가면서 몇 번이나 돌아보며 손을 흔들고, 또 흔들었다.

"자, 이제 우리만 남았네."

"그러게."

다마카와 아오는 한동안 참새 소리를 들으면서 우두커니 있다가 이윽고 자전거를 일으켜 세웠다. 이제 델타는 하늘빛에 섞여 보이지 않았다. 둘은 자전거를 끌고 좁고 울퉁불퉁한 산길을 천천히 걸어 내려갔다.

산길을 빠져나오자마자 나란히 자전거에 올라탔다. 완만한 비탈길을 내려가자 주택가와 밭이 보였다. 밭에서는 푸릇푸릇한 채소들이 고지식하게도 영원히 돌아오지 않을 수확을 기다리고 있었다. 어느 집 현관 앞에는 개 한 마리가 미동도 없이 먼 곳을 바라보고 앉아 있었다. 어디서 왔는지 모를 커다란 소 한 마리가 밭 한가운데를 가로질렀다.

건널목 앞에서 꺾어 선로를 따라 달렸다. 선로에는 평소처럼 버려진 쓰레기들이 나뒹굴었다. 빈 깡통, 잡지, 전자 제품.

사람이 살았던 흔적은 있다. 그러나 사람이 내는 기척은 어디에도 없었다.

"내일부터 하는 연구 자료를 남길 방법도 생각해야 돼."

"그거, 참 어려운 문제다."

졸음을 쫓으며 페달을 밟는 아오가 대답했다. 지금까지 연구한 자료는 세쓰나에게 맡겼지만 앞으로 나올 자료는 어떻게 해야 할까. 집에 보관해 둔다면 마침내 도래할 천재지변으로 순식간에 사라져 버릴 것이다. 인류가 멸망한 후에도 한동안 남아 있지 않으면 애써 연구한 의미가 없다.

"돌판이나 점토판에 새겨 넣는 건 어때?"

"인류의 원점으로 회귀하는 거네."

"하지만 지구의 형태가 바뀔 정도의 충격에 견딜 수 있을까 몰라……."

다시 주택가로 들어갔다. 담장 위에 있던 고양이가 후다닥 모습을 감춘다. 굴뚝에서 피어오르는 연기는 없다. 일방통행 도로가 묘하게 넓게 느껴진다. 크고 작은 온갖 플라스틱이 산더미처럼 쌓인 쓰레기장을 까마귀가 빤히 바라보고 있다.

"아, 잠깐!"

다마카가 갑자기 브레이크를 잡는 바람에 아오는 신발 밑창으로 땅바닥을 쓸면서 급정지했다. 돌아보니, 다마카는 쓰레기장 앞으로 다시 돌아가 있었다. 까마귀가 놀랐는지 푸드덕 날아가 버렸다.

다마카는 주머니에 손을 넣어 국민카드를 꺼냈다. 아오도 옆에 나란히 서서 말없이 주머니 속 국민카드를 꺼냈다. 둘은 약속이나 한 듯이 카드를 힘껏 구부려 두 동강을 냈다. 그리고 얼굴을 한번 마주 보고는 그걸 쓰레기더미 속에 힘껏 던졌다. 그들은 소리 높여 웃었다.

"나는."

웃음소리가 하늘 높이 올라가 사라지자 아오가 말했다.

"나는 지금 죽어도 좋아."

"나는 좀 더 살고 싶은데."

아오의 두 눈썹이 치켜올라갔다. 다마카의 입에서 '살고 싶다'라는 말이 나오다니. 그동안은 늘 어떻게 죽을 것인지만 이야기해 왔는데.

그렇다면.

"그렇다면, 나도 좀 더 살지, 뭐."

앞으로 한 달.

다마카가 마지막 순간에 하고 싶어 하는 것이 무엇인지 아오는 아직 모른다. 아마 머지않아 말해 줄 것이다. 아무튼 지금은 수면 부족으로 머리가 돌아가지 않는다. 오늘 할 일을 생각하는 것만으로 버겁다.

"오늘은 영어, 체육, 물리, 고전, 역사……지?"

"전부 자습이겠네……. 아, 좀 더 자고 싶었는데."

둘은 다시 자전거를 달리기 시작했다. 동쪽 산마루에는 이미 밝은 태양이 얼굴을 내밀고 있었다.

"그럼, 학교에서 보자."

삼거리에서 둘은 헤어졌다. 아오는 오른쪽으로, 다마카는 왼쪽으로 꺾어졌다. 또 하루가 시작되었다. 닭이 울면서 도로 한가운데를 뛰어다녔다.

죽음을 앞둔 인간은 종종 너무도 쉽게 무너진다. 가늠하지 못할 불안 앞에서 인간은 스스로를 인간답게 만들어 주는 미덕과 가치를 저버리곤 한다. 또한 사회 질서가 제공하는 안온한 일상으로 도피해, 내일도 세상은 언제나처럼 이어지리라는 자기 최면에 빠져들기도 한다.

이 작품 속 인물들 대다수의 행동도 이와 다르지 않다. 정부가 요성 델타에 관한 정보를 은폐한 정황이 밝혀지자 사람들은 폭도로 돌변한다. 언론사 기자인 아오의 어머니와 그를 지키려던 아버지는 이들의 손에 죽는다. 국민 대부분은 일부 자본가와 학자, 정치인 들이 로켓을 타고 탈출한다는 사실을 알면서도, 대피소에 들어가면 살 수 있다는 정부의 발표에 순진한 기대를 건다. 한바탕 폭동이 지나간 후, 불안 속 평범한 일상은 계속된다.

'멸망 지구학 클럽' 멤버들은 정반대로 행동한다. 그들은 멸망과 그에 따르는 죽음 자체를 자신들의 활동 주제로 삼는다. 멸망을 눈앞에 둔 지구의 역사를 굳이 기록하거나, 천체 관측을 한답시고 지구를 향해 시시각각 거리를 좁히는 요성 델타에 망원경을 조준한다. 이들의 활동은 다가올 멸망은 아랑곳하지 않는다는 듯이 천진난만하기까지 하다. 부원 모두가 온갖 고생을 하며 산장을 통째로 개조해 만든 핀홀 카메라도, 그렇게 찍은 이들의 인생 사진도 몇 달 뒤면 흔적도 없이 사라지고 이내 기억해 줄 사람 하나 남지 않을 텐데도.

자칫 덧없어 보이는 이들의 활동들은 죽음에 대한 최대한의 저항으로 읽힌다. 죽음은 그다음에 무엇이 올지 알 수 없다는 점에서 불안의 근원이다. 그러나 살아간다는 것은 죽어간다는 것과 같은 뜻이니, 애써 무시하거나 도피할 때 인간은 죽음 앞에서 무너져 내린다. 영원할 것만 같은 일상에 만족함으로써 죽음에 패배하는 것이다. 그렇다면 죽음에 저항하는 최선의 방법은, 그것을 매 순간 똑똑히 의식하면서 죽음을 맞는 순간까지 부단히 자신의 한계를 넓히는 것이 아닐까?

마사요시는 말한다. "하지만 상대는 별이에요. 보복해 봐야 전혀 타격을 입지 않는다고요." 그의 말대로 우리는 죽음에 보복할 수도, 타격을 입힐 수도 없다. 그러나 가까워지는 죽음을 또렷하게 의식하며 역사를 기록하고, 연극을 관람하고, 반딧불이의 아름다움에 감탄하며, 공들여 만든 산속 오두막 카메라로 소중한 순간을 기록하여 남김으로써, 멸지부 부원들은 자신들의 한계를 차근차근 넓혀 간다. 그렇게 죽음의 불안을 극복해 나가는 것이다.

사람들은 대체로 자신의 흔적을 남기기를 원한다. 육체의 죽음 이후에도 자신의 존재는 가까운 이들의 기억 속에 남아 있을 것이기에, 많은 이들은 인간다움을 지키며 의연하게 죽음을 준비하고 맞이한다. 이렇듯 누군가와 함께한다는 느낌, 자신이 기억될 것이라는 믿음 덕에 우리는 죽음의 불안을 다소나마 견딜 수 있다. 그러나 지구조차 파괴되어 모든 생명체가 멸절하는 경우, 누가 우리를 기억해 줄까?

때로는 죽음보다도 고독이 무섭다. 비단 생전의 외로움뿐 아니라 사후에 잊히는 것조차 우리는 끔찍이 두려워한다. 그래서 멸지부 부원들은 기록을 남기는 데 공을 들였는지도 모른다. 멸망을 앞두고 아오와 다마카, 마사요시는 자신들을 기억해 줄 증인을 남겼다.

옮긴이의 말

세쓰나만 제외하고 말이다. 세쓰나는 누구도 자신을 기억해 줄 리 없는 차가운 곳에서 마지막을 쓸쓸히 맞지 않을까. 세쓰나는 단지 멸지부 활동 자료를 보존하고 자신의 연구를 계속하기 위해서만 탈출을 선택하지는 않았을 것이다. 어쩌면 세쓰나는 부원들에게 '기억됨'이라는 선물을 남기기 위해 조금 더 오래 살아남기로 한 것이 아닐까.

　우리는 매 순간 선택에 직면한다. 선택의 자유는 종종 고통스럽기 때문에 예속과 묵종으로 도피하는 경우도 드물지 않다. 정부와 언론의 권위, 전통과 관습, 심지어 나의 감각적 욕구마저도 우리의 선택을 제약하고 자유를 포기하기를 요구한다. 대개 일상성의 더께에 덮여 보이지 않는 자유의 문제는, 이 작품 속 죽음을 앞둔 세계에서 비로소 떠오른다.

　책 속의 세계는 현실 세계와 별반 다를 것이 없다. 나에게 남은 삶이 한 달이건, 1년이건, 아니면 30년이건 언젠가는 찾아올 죽음 앞에서는 본질적인 차이가 없다. 하지만 언제가 되었든 닥쳐올 죽음을 인식할 때 우리는 삶과 죽음의 경계에서 무한한 가능성을 발견한다. 매 순간의 가치를 인식하고 자신을 온전히 사용하며 선택의 자유를 최대한 누릴 수 있는 것이다. 단순하면서도 잊기 쉬운 이 진실을 이 작품은 무너져 가는 세상 속 청소년들을 통해 멋지게 그려낸다.

《멸망 지구학 클럽》을 우리말로 옮기는 것은 쉽지 않은 작업이었다. 작품 속 세계의 음울한 배경을 오롯이 감당하면서도 등장인물들의 섬세하고 다양한 경험을 따라가는 것은 그야말로 감정을 갉아먹는 일이었다. 그러면서도 매 순간 이 작품의 깊이에 감탄하던 기억이 생생하다. 부디 많은 독자들이 그러한 감동을 함께 느낄 수 있기를 바란다.

고향옥

멸망 지구학 클럽

D-110, 죽기 전에 할 일 찾기

초판 발행 2023년 10월 10일

지은이 무카이 쇼고
옮긴이 고향옥

편집 이슬, 오지숙
디자인 신병근, 선주리
마케팅 강백산, 강지연

펴낸이 이재일
펴낸곳 토토북
주소 04034 서울시 마포구 양화로11길 18 3층 (서교동, 원오빌딩)
전화 02-332-6255
팩스 02-6919-2854
홈페이지 www.totobook.com
전자우편 totobooks@hanmail.net
출판등록 2002년 5월 30일 제10-2394호
ISBN 978-89-6496-506-1